Tödliche Untiefen

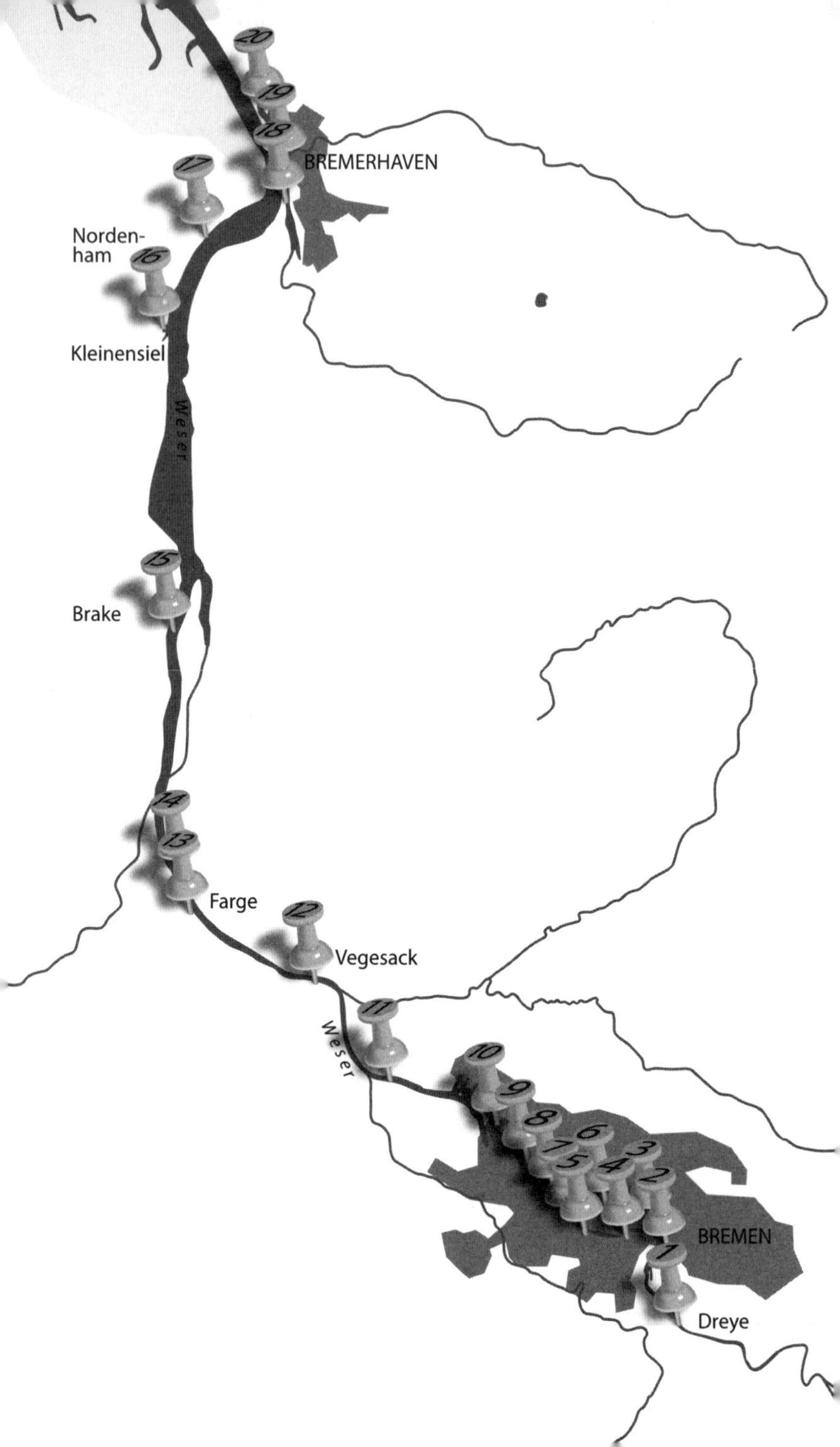
20
19
18
BREMERHAVEN
17
Norden-
ham
16
Kleinensiel
Weser
15
Brake
14
13
Farge
12
Vegesack
11
Weser
10
9
8
7
6
5
4
3
2
BREMEN
1
Dreye

Batschari

von Holger Wittschen

»Die Liebe hört niemals auf…«
(Erster Brief des Apostels Paulus an die Korinther)

»Sag mal, was ist dein Chef eigentlich so für'n Typ?« Henrike versucht in ihrer Stimme ein gespieltes Desinteresse mitklingen zu lassen und blickt daher ihre Freundin Danny nur aus den Augenwinkeln an, um sich ihre Neugierde nicht anmerken zu lassen. »Du meinst, ob er gut im Bett ist?« Danny grinst geheimnisvoll. Dann bremst sie abrupt ab und fährt mit dem Rad hinter Henrike, weil eine Gruppe Skater auf sie zukommt. Himmelfahrt ist auf dem Weserdeich der Teufel los. Besonders wenn die ersten warmen Sonnenstrahlen das nordisch-kühle Gemüt der Bremer erwärmen. Vor zwei Wochen hat Danny die Etage und ihr Büro beim *WESER-KURIER* gewechselt, das sie einige Jahre mit Henrike geteilt hat, und ist in eine andere Abteilung gegangen, wo Jonas Göttert für hormonelle Hochstimmung bei den Kolleginnen sorgt – wenn man der Gerüchteküche Glauben schenken darf. »Was sagen denn die anderen Verflossenen so?« Danny lenkt ihr Rad wieder in gleiche Höhe mit ihrer Freundin. »Ach Henrike! Das ist gar nicht so ein Womanizer wie alle immer sagen. Das ist einfach nur ein sehr Netter.« Henrike grinst. »Der zufällig gut aussieht, aus wohlhabendem Hause kommt und mit seinen 32 Lenzen als Chefredakteur bereits ziemlich gefragt ist. Aber das kann frau schon mal unter den Teppich kehren…« Jetzt müssen beide lachen. »Du warst schon immer eine gute Spürnase. Aber lass uns jetzt nicht über die Arbeit reden. Ist es nicht schön hier?« Natürlich durchblickt Henrike das ungeschickte Ablenkungsmanöver ihrer Freundin und sie beschließt das Thema später bei passender Gelegenheit noch einmal tiefer zu ergründen. Aber sie muss zugeben, dass Danny recht hat. Das erste frische Grün der Bäume und Sträucher, der betörende Duft der blühenden Rapsfelder, die Weser, wie sie träge dahinfließt, und natürlich der wolkenlose Himmel mit einer strahlenden Sonne; etwas, auf das die Bremer in den letzten Monaten schmerzlich verzichten mussten. Ein kleiner Tunnel führt die beiden unter der A1 hindurch in Richtung Dreye. Irgendwann verläuft der Radweg neben dem Deich, was zwar die Sicht auf die Landschaft schmälert, jedoch den Wind dämpft, der aus westlicher Richtung ein wenig aufgefrischt ist. »Da drüben machen wir ein Picknick.« Sie legen ihre Räder ins Gras und laufen ein gutes Stück über eine Wiese. An der Weser angekommen, finden sie unter knorrigen Erlen ein Stück schattigen Sandstrand. Henrike breitet eine alte Wolldecke aus und die beiden machen es sich gemütlich. Danny, die seit ihrer Kindheit an Diabetes leidet, überprüft ihren Blutzucker und spritzt sich Insulin in den Bauch, der so flach ist und sich absolut sehen lassen kann, wie Henrike mit einem leichten Anflug von Neid findet. Sie essen und trinken ihr Mitgebrachtes und Henrike genießt den Merlot, den Danny ihr immer wieder nachschenkt. Schon bald fühlt sie sich leicht beschwipst und ist tiefenentspannt. Eine Gruppe Paddler paddelt lautlos nah am Ufer vorbei. Ein Segelschiff übt geschickt ein Wendemanöver. Motorboote liegen wohl noch am Wieltsee vor Anker, sonst wäre die Stille dahin. Das leichte monotone Brummen der A1 in der Ferne lässt Henrikes Augenlider schwer werden. Die Arme hinter dem Kopf verschränkt, schließt sie die Augen und ist im Nu eingeschlafen.

Im Schlaf hört sie Danny rufen! Als sie aber die Augen öffnet, ist Danny verschwunden. In weiter Ferne hört sie ihre Stimme. Henrike springt hastig auf und läuft ihrer Freundin entgegen. »Ruf schnell den Rettungswagen! Ich hab mein Handy nicht dabei.« Henrike wählt die 112 und beschreibt den Standort, so gut es geht. Vor ihr liegt ein alter Mann. Er ist mit einem dunklen Anzug, mit schwarzer Fliege, einem weißen Hemd mit Manschettenknöpfen und Weste fein rausgeputzt, so als wollte er auf ein Fest gehen. Seine Augen sehen friedlich aus, als hätte er mit allem abgeschlossen. Henrike kniet zu ihm nieder, nimmt seinen Kopf auf ihren Schoß, löst die Fliege und knöpft den obersten Hemdsknopf auf, damit er besser Luft bekommt. Sein Atem ist flach. Im Hintergrund ist bereits laut hörbar der Rettungswagen im Anmarsch. Der alte Mann schaut die beiden Frauen an und sagt nur mit kraftloser Stimme: »Batschari.« Mehr nicht. Etwas später werden sie von den Rettungssanitätern unsanft zur Seite gedrängt.

»Wie meinst du das: ›Er war angekleidet wie zu seiner eigenen Beerdigung‹?« Jonas Göttert hört sich Dannys Geschichte an, wobei er schon zum dritten Mal auf seine protzige Uhr schaut, so als hätte er noch einen wichtigeren Termin. Henrike steht etwas abseits am Bürofenster und blickt auf das gegenüberliegende Parkhaus in der Langenstraße. Ein kleiner dicker Junge steht dort am Fenster und streckt ihr die Zunge raus und macht Fratzen. »Ich weiß nicht, er war bestimmt weit über 90. Ich hatte das Gefühl, er wäre zum Sterben genau an diese Stelle gekommen.« Henrike streckt dem Jungen jetzt auch die Zunge raus und macht ihm eine »lange Nase«. »Mmh, wer war er denn?« Danny guckt Hilfe suchend ihre Freundin an und zuckt mit den Schultern. »Keine Ahnung. Alles was ich weiß ist, dass wir an einem Weserstrandabschnitt zwischen Dreye und Ahausen waren. Aber mein Bauchgefühl sagt mir …« Jonas Göttert schnauft einmal gut hörbar durch und schiebt hektisch eine widerspenstige, mit Haargel angereicherte Haarlocke aus seinem Gesicht. »Wenn das euer Interesse geweckt hat, hätte ich bei euch mehr journalistischen Spürsinn erwartet. Wer ist er? Wo kommt er her? Warum steht er genau an dieser Stelle? Recherche ist das A und O in unserem Job. Nur durchs Bauchgefühl kriegen wir keine gute Story. Alles was zählt sind Fakten!« Henrike steht noch am Fenster. Der kleine Junge ist verschwunden und ihre anfängliche Sympathie für diesen Typen erst recht. Sie weiß nicht, was Danny an ihm findet, und fühlt sich von diesem Besserwisser in ihrer journalistischen Ehre gekränkt. Aber was für sie das Schlimmste ist: Der Blödmann hat leider irgendwie recht!

Ein paar Tage später klingelt das Telefon auf Henrikes Schreibtisch. Jonas Göttert kommt direkt zum Punkt. Ob sie wüsste, wo Danny sei. Während Henrike überlegt, hört sie, wie er ungeduldig in den Hörer schnaubt. Sie stellt sich vor, wie er nervös eine Haarlocke aus der Stirn nach hinten schiebt. Nein, sie habe sie die ganze Woche noch nicht gesehen, seien aber für den Abend im *Pinocchio*, einem kleinen, aber feinen italienischen Restaurant in Weyhe verabredet, in der Nähe ihrer Wohnung. Jonas Göttert legt einfach auf. Henrike muss grinsen. Wahrscheinlich ist das bereits der erste »Beziehungsstress«. Sie hätte den beiden sowieso keine Chance gegeben. Sie beschließt sich nicht einzumischen.

Am Abend betritt sie das *Pinocchio* und wird von Max, dem Kellner, höflich empfangen und zu einem Zweiertisch geführt. »Buona sera, mia signora«, sagt er. Max ist ein

Sprachentalent. Und obwohl er aus Kirchweyhe kommt und dazu noch rotblond gelockt ist, nehmen es ihm einige Gäste ab, dass er ein waschechter Italiener ist. »Lass den Quatsch, Max. Ist Danny schon hier?« Max schüttelt den Kopf. »Hast du sie in der Woche gesehen? Langsam mach ich mir Sorgen. Sie antwortet sonst immer auf meine Nachrichten.« Max überlegt. »Si, si, am Montag bei *EDEKA* an der Kasse. Guardo di nuovo dalla classe *(Sie sah wieder Klasse aus)*!!! Ich hab ihr zugewunken, aber sie hat mich nicht gesehen. Hat wohl einen neuen Freund. Che tragedia *(Wie tragisch)*! Sie hatte eine Tasche dabei. Sah aus wie eine Fotoausrüstung. Einen Chianti mit Bruschetta als Vorspeise wie immer, amore mio?«

Natürlich kommt Danny nicht. Und Henrikes Bauchgefühl sagt, »Alarmstufe rot«. Sie hat keine Fakten, wie Jonas sie gerne hätte. Aber auf ihren Instinkt konnte sie sich schon immer verlassen. Vielleicht ist sie deswegen vor ein paar Jahren mit dem Lokaljournalistenpreis ausgezeichnet worden.

Sie erwacht, weil etwas auf ihrem Bauch läuft. Als sie aber die Augen öffnet, bohrt ihr ein gleißender Lichtstrahl von oben schmerzhaft in die Pupillen. Panik greift nach ihr, weil dieses »Etwas« nicht weggeht und noch immer auf ihr ist und dort verharrt. Ein verräterisches Fiepen direkt neben ihrem Ohr. Und dann werden die Umrisse deutlich! Danny hat sich noch nie im Leben einer Ratte auch nur ansatzweise genähert. Scheißegal, ob schleimige Kröten, Schlangen oder verdammte eklige Kakerlaken. Sie würde eine Vogelspinne über ihre Schulter laufen lassen und dabei wäre noch nicht mal die Herzfrequenz annähernd schneller als sonst. Aber Ratten!! »Scheiße noch mal.« Das ist so wie in einem dieser verdammten Horrorstreifen, nur schlimmer! Nicht mal im Zooladen kann sie es ausstehen, von diesen Viechern hinter der Glasscheibe angestarrt zu werden. Allein der Gedanke macht ihr schon eine Gänsehaut. Und jetzt sitzt so ein Mistviech auch noch auf ihr drauf und starrt sie an. Dazu liegt sie mitten in etwas, wo es von Ratten nur so wimmelt! Sie will aufspringen, aber ein stechender Schmerz durchfährt ihren Körper und sie schreit laut auf. Das Fiepen um sie herum wird immer zahlreicher. Es scheint von überall zu kommen. Sie hofft nicht wieder das Bewusstsein zu verlieren, um nicht schutzlos hier zu liegen und bei lebendigem Leib von diesen Mistviechern als willkommenes Hors d'œuvre angeknabbert zu werden. Der Schmerz ist brutal! Sie hechelt diese stinkende Finsternis rings um sie herum in ihre brennenden Lungen, dass ihr ganz schwindelig ist. Es stinkt so wie damals bei ihrem Opa im Teufelsmoor, als er mit einer langen Kelle die Jauchengrube geleert hat. Hier scheint nur der Boden der Jauchegrube bedeckt und der Rest muss ziemlich vergoren sein, sonst hätte der Schwefelwasserstoff ihr schon längst den Garaus gemacht. »Verdammt, ich muss hier raus«, denkt sie. »Irgendwie muss ich es schaffen!« Sie kramt vorsichtig in ihrer Hosentasche, immer bedacht keine falsche Bewegung zu machen, um dem Schmerz wieder eine Chance zu geben, sich in einer peinigenden Orgie zu ergießen. Ihre Hände sind vollgeschmiert mit dem stinkenden Schleim hier. Erleichtert fühlt sie ihr Handy. Als sie es rausziehen will, beißt ihr etwas in den Fuß. Sie zuckt zusammen und es rutscht ihr aus der schleimigen Hand in die stinkende Brühe. »Geh weg du… geh weg…«, schreit sie. Tränen laufen ihr über die Wangen. »Gott, lieber Gott hilf mir, bitte!!!« Sie tastet um sich. Einmal glaubt sie einen Rattenrücken berührt zu haben. Dann einen dicken langen

Schwanz. Hektisch zieht sie jedes Mal ihre Hand zurück. Aber mutig tastet sie weiter, bis sie es findet und festhält, so fest sie nur kann. Sie klappt es auf und es funktioniert noch! Sie wischt über das verschmierte Display. Es scheint noch zu funktionieren. Aber sie hat kaum Empfang hier unten. Nur ein kleiner Teilstrich flackert hin und wieder auf... »Lieber Gott, bitte lass es funktionieren...« Sie muss kein Prophet sein, um zu wissen, dass ihre Rettung auch noch vom letzten Teilstrich auf dem Akku abhängt und sie vielleicht nur diesen einen Versuch hat. Die Zeit läuft gegen sie. Dummerweise hat sie, kurz bevor sie in die Grube gestürzt ist, ihr Insulin gespritzt. Wenn sie nicht bald was isst, geht ihr Blutzucker in den Keller und sie wird nie wieder auftauchen...

»Sie hat den Stein gefunden! Dieses neugierige Luder! Was schnüffelt sie auch hier rum! Nach all den Jahren. Tote soll man ruhen lassen. Und alte Männer auch. Hat sich nicht einzumischen. Der Gustav tut keinem was zuleide. Dat geiht ehr nix an, segg ick! Un dorüm schood ehr dat ok nix. So, nu weeßt Bescheed!« Luise Dahlke klopft sich ihre Kittelschürze ab, an der noch ein paar weiße Federn kleben vom ehemals stolzen Gockel, und tätschelt ihrer Katze den Kopf, die sie erwartungsvoll anschaut. Sie weiß nicht, wann das angefangen hat mit den Selbstgesprächen. Vielleicht als die Kinder aus dem Haus gegangen sind zum Studieren. Und dann ist ihr Mann gestorben. Das ist Jahre her. Und ihr Bruder Gustav hat noch nie viel gesprochen. Sie zieht eine Schublade auf und holt ein langes Messer heraus. Damit schneidet sie hinten in den Hahn ein, der gerupft auf der Spüle liegt. Sie legt das Messer zur Seite, greift mit der Hand in den noch warmen Körper des Geflügels und zieht eine Handvoll Gedärme heraus, die nur widerwillig unter schmatzenden Geräuschen ans Licht kommen. »Un dorvör geihst du dot. Dat segg ik di! Inne Jauchenkuhle is se dörbroken!« Sie lacht. »Dat har ick ok nich beter moken künnt!« Als sie noch mal hineinfasst, hat sie das noch warme Herz in der Hand. »Hier Minky, dat is för di. Weil du jümmer so goot tohörst un een Geheemnis för di beholen kannst.« Luise legt das blutige Fleischstück in eine braun verkrustete Porzellanschale neben der Spüle auf den Boden, wo zuvor einige grün schimmernde Brummer gesessen haben, die im Schwarm wütend auffliegen.

Sie parkt ihren Toyota in der Nähe der Wiese. Der Himmel ist wolkenverhangen und grau. Ganz anders als vor ein paar Tagen. Der Wind fegt kalte, steife Böen aus Nordwest und zerrt an ihren Haaren. Henrike trägt Gummistiefel und eine winddichte Regenjacke. Trotzdem fröstelt sie. Das Gras ist noch immer niedergetrampelt an der Stelle, wo der alte Mann gelegen hat und die Sanitäter ihn versorgt haben. Aber was hatte er hier zu suchen neben Maulwurfshügeln, stacheligen Sträuchern und Gebüsch? Was ist hier außer – nichts?

In der Ferne bellt ein Hund. Ein leichter Nieselregen setzt ein, als ihr etwas auffällt. Neben der Stelle, wo der Mann gelegen hat, ist Efeu weggerissen und Gestrüpp niedergetrampelt. Als sie näher rangeht, sieht sie einen großen Feldstein, der mit Moosen bewachsen ist und undeutlich eine verwitterte Gravur erkennen lässt.

Hier starb durch Mörderhand
am 21. Mai. 1924
unser einzig geliebtes Kind
Sophie
im 23. Lebensjahre

»Was tun Sie hier?« Henrike fährt erschrocken herum. Ein zotteliges »Etwas« so groß wie eine Dogge steht neben seinem Herrchen und macht nur zögerlich »Sitz«. »Das ist Privatbesitz und ich darf Sie auffordern, unverzüglich hier zu verschwinden!« Der Hund knurrt leise bedrohlich, als wolle er Herrchens Rhetorik damit unterstützen. »Ruhig, Harras!« Der Hund ist augenblicklich still. Aber die Augen haften an Henrike und verfolgen jede noch so kleine Bewegung. »Es tut mir leid.« Henrike entscheidet sich eine gute Miene zu machen. »Am Himmelfahrtstag haben meine Freundin und ich hier einen Mann gefunden. Wir haben den Rettungsdienst informiert und er ist in ein Krankenhaus eingeliefert worden. Dabei habe ich wohl meine Schlüssel verloren.« Henrike bemerkt, wie sich die Gesichtszüge des Mannes ein wenig entspannen. »Ach Sie waren das.« Der Mann nimmt seine Mütze vom Kopf, kratzt seinen spärlichen Haarwuchs darunter und setzt die Mütze wieder auf. »Ich heiße Heinz und bin der Nachbar von Gustav. Ich passe hier auf, weil für die beiden das alles ein bisschen viel geworden ist. Sie müssen schon entschuldigen.« Durch den veränderten Tonfall seines Herrchens entspannt sich auch Harras, legt sich ins Gras und schließt die Augen. »Die beiden…?«, fragt Henrike. »Ja, Gustav Gröhnkens wohnt mit seiner Schwester zusammen dort drüben auf dem Hof.« Und er zeigt mit seinem Gehstock in östliche Richtung. »Und die Gute ist auch schon weit über 80. Das Land ist zwar verpachtet, aber trotzdem… Gibt immer viel zu tun hier.« »Wie geht es Herrn Gröhnkens?« Heinz' Miene verfinstert sich erneut. »Er liegt auf der Intensivstation. Sein Herz … wissen Sie.« Und er zieht die Mundwinkel nach unten und schüttelt einmal vielsagend den Kopf. »Hat schon viel erlebt in seinem Leben.« Dann macht er auf dem Absatz kehrt und wie auf Kommando erhebt sich Harras und trottet neben ihm her. Als Henrike nochmals einen Blick auf den Stein wirft, dreht Heinz sich noch mal um. »Ach übrigens, haben Sie Ihre Schlüssel wiedergefunden?«

»Jonas, ich weiß, dass Danny hier war!« Henrike ist wild entschlossen etwas zu unternehmen. Soll Jonas Göttert doch über ihr Bauchgefühl Witze reißen. Ihr ist nicht zum Lachen zumute. »Jemand hat sich an dem Stein zu schaffen gemacht und die Inschrift entdeckt. Und ganz sicher war der Stein am Himmelfahrtstag noch vollständig bewachsen. Danny ist zurückgekommen, alleine. Ich bin mir sicher, dass sie was über diese Sache rauskriegen will.« Das Schnaufen in der Leitung macht Henrike jetzt rasend. Wenn er ihr nicht glaubt und helfen will, dann ermittelt sie eben auf eigene Faust.

Immer wieder drückt sie die falschen Zahlen auf dem Handy und sie muss sie wieder löschen, was unnötig Zeit und Akku kostet. Die Buchstaben und Zahlen fangen an vor ihren Augen zu tanzen. Sie muss sich konzentrieren, verdammt noch mal! Doch ihre Hände zittern wie bei einem Alkoholiker und sie kann sie kaum unter Kontrolle halten, geschweige denn, ein Handy korrekt bedienen. Sie hat schon Mühe es einfach nur festzuhalten. Und obwohl es hier unten so unbeschreiblich stinkt, dass ihr zum Kotzen zumute sein müsste, entwickelt sie langsam einen Heißhunger. Sie weiß, sie hat nicht mehr viel Zeit…

Henrike geht nicht zum Toyota zurück, als Heinz gegangen ist.

Das Haus hat dicke Risse in der Außenfassade und die Weißdornhecke hat schon lange keinen Schnitt mehr bekommen. Heinz hat nicht übertrieben. Hilfe haben die beiden sicher nötig. Sie öffnet die Tür und feuchter, modriger Geruch kommt ihr entgegen. Altes, schimmliges Stroh liegt noch in den Buchten, wo früher Kühe und Pferde vegetierten. Ein alter Schweinetrog ist von Holzwürmern durchbohrt und fast vollständig von Spinngewebe umgeben. Hier ist die Zeit stehen geblieben. Im düsteren Licht findet Henrike es hier unheimlich. »Hallo, ist hier jemand?« Als sie etwas an ihrem Bein spürt, zuckt sie erschrocken zusammen. Eine schwarz-weiße Katze reibt sich an Henrikes Bein und schnurrt dabei. »Du hast mich aber erschreckt! Wo kommst du denn her?«, Henrike kniet sich runter zum Kätzchen und streichelt ihr den Kopf.

»Minky komm her! Sofort!« Eine schrille Stimme zerfetzt die Stille. Wie mit einem Paukenschlag ist das Tier verschwunden. Als Henrike den Blickt hebt, ist die Mündung einer doppelläufigen Schrotflinte nur eine Handbreit von ihr entfernt. Es ist wie in einem schlechten Film, denkt sie. Ganz langsam hebt sie die Hände und erhebt sich wieder.

»Was wollen Sie hier? Warum lassen Sie uns nicht in Ruhe?« Eine alte Frau in Kittelschürze zielt auf Henrikes Kopf. Ihr Rücken ist so krumm, als werde sie jeden Moment das Gleichgewicht verlieren und nach vorne überfallen. Aber das tut sie nicht. »Ich bin auf der Suche nach meiner Freundin Danny? Haben Sie sie gesehen?« Die Alte funkelt mit zusammengekniffenen Augen. »Vielleicht ist sie verschwunden, weil sie ihre Nase in Dinge gesteckt hat, die sie nix angehen.«

»Wie meinen Sie das?« Henrike spürt einen leichten Stich im Herzen. Die Alte lacht. »Kommen Sie mit! Ich weiß, wo sie steckt…« Die Mündung der Flinte zeigt Henrike den Weg durch das Scheunentor an, was sie mit viel Kraft quietschend nur halb öffnen kann. Draußen ein verwilderter Garten Eden. Henrike muss jetzt Zeit gewinnen. »Der alte Mann…, Gustav, Ihr Bruder, hat er mit dem Mord an Sophie zu tun? Denn darum geht es doch, oder? Was ist damals passiert?« Brennnesseln und dornige Brombeerbüsche wachsen hier überall und machen ein Weiterkommen zum Glück nur langsam möglich. »Hat er sie ermordet?« Die Alte macht einen überraschenden Satz nach vorne und stößt Henrike den Lauf der Waffe in die Seite. Ein stechender Schmerz in der Nierengegend lässt sie nach Luft schnappen. Sie ist außer sich. »Meinem Bruder Gustav flicken Sie mir nix ans Zeug. Hat nie eine andere angeguckt. Nur an seine Sophie gedacht. Er soll in Ruhe und Würde sterben und nicht als Mörder.«

»Aber was hat er mit dem Verbrechen zu tun? Und wer war Sophie?« In diesem Moment beginnt es zu stinken und vor Henrike tut sich ein dunkles Loch auf. »Glauben Sie, ich lass Sie wieder gehen?« Die Alte kichert leise. In diesem Moment meldet sich lautstark Henrikes Handy mit der wirklich passenden Melodie *Highway to Hell*. Die Alte scheint von dem für sie fremdartigen Krach für einen Moment irritiert. Henrike nutzt das aus und mit einem Sprung landet sie hinter einem Stapel alter Dachziegel. Nur weg von der Grube. Sie hört nur noch, wie es knallt und Blätter und Zweige auf sie herniederrieseln. Als sie zurückblickt, liegt die Alte am Boden und windet sich. Der Rückschlag der Flinte hat sie einfach umgeworfen und ihr vermutlich einige Rippen geprellt. Auf allen vieren kriecht Henrike durch die stacheligen Sträucher. Brennnesseln wachsen überall und verbrennen ihr die Hände; Brombeersträucher zerkratzen die Arme. Doch das spürt sie kaum. Ein Schuss steckt noch im zweiten Lauf drin. Ihr Alarmsystem zeigt ihr an, auf der Hut zu sein. Plötzlich hört sie einen Schrei. Sie ist sich nicht sicher, aber sie glaubt, dass er aus der stinkenden Grube kommt. »Danny ...!« Sie kriecht zurück zur Grube. Die Alte ist plötzlich verschwunden. Der Gestank ätzt in ihren Augen. »Hier bin ich...«, kommt es schwach von unten. Ein Knacken hinter ihr lässt sie jäh zusammenfahren. »Ich denke, Sie haben Ihren Schlüsselbund schon gefunden?!« Heinz Augen sind starr auf sie gerichtet. Nur der Mund macht einen zweifelhaften Versuch schief zu grinsen. Diesmal hält er die Schrotflinte in der Hand. Die Alte ist nicht zu sehen. »Marsch! Gehen Sie da rein!« Und er zeigt mit dem Lauf auf das Loch in der Erde. »Mutter fühlt sich nicht gut. Wenn ihr was passiert, sind sie schuld! Sie haben sie aufgeregt!« Henrike steht vor dem Loch. Es riecht unerträglich. Wie hat Danny das so lange ausgehalten? Und wer weiß, wie lange sie schon dort unten ist. Sie will sich gerade auf den Boden legen und rückwärts hineingleiten, als hinter Heinz ein Schatten erscheint. »Jonas!«, schreit sie, »Jonas hilf uns!« Heinz fährt mit einem Ruck herum. Jonas kriegt mit der Linken den Lauf der Waffe zu fassen und reißt sie nach oben. Dann stößt er seinen Kontrahenten nach vorne. Dabei löst sich ein Schuss, der wiederum über die Wipfel der Büsche und Bäume geht. Heinz verliert die Balance und verschwindet im Erdloch.

»Es ist vorbei«, denkt Henrike. »Gott sei Dank ist es vorbei!« Wie wunderbar es doch ist, Jonas zu sehen. Er hilft ihr auf. An der alten Scheune steht eine Holzleiter. Jonas holt sie und lässt sie in die Grube gleiten. Heinz liegt dort unten regungslos mit verdrehtem Kopf auf der Seite. Vermutlich ist sein Genick gebrochen und er ist auf der Stelle tot gewesen. Danny liegt ein Stück daneben. Ihr Atem ist ganz flach, aber sie lebt. Jonas legt sie vorsichtig über seine Schultern und langsam geht er nach oben, wo

Henrike sie entgegennimmt. Danny ist eiskalt. »Danny, hörst du mich? Ich bin es, Henrike. Du bist gerettet!« Und sie muss weinen und drückt ihre Freundin an sich. Dann ein dumpfer Schlag. Jonas stöhnt auf, verdreht die Augen und bricht zusammen. Die alte Frau steht mit einer Rohrzange hinter ihm, die sie mit beiden Händen gepackt hält. Entkräftet lässt sie sie nun ins Gras fallen, so als wäre es die letzte böse Tat in ihrem Leben. Es ist zu viel für sie. Viel zu viel. Mit beiden Händen fasst sie sich an die Brust. Ihr Atem kommt stoßweise. Das schwarz-weiße Kätzchen schmiegt sich an die alte Frau, die, mit dem Rücken gegen das Scheunentor gelehnt, auf dem Boden sitzt, so als hätte es eine Ahnung, dass es sehr bald ein Abschied für immer sein könnte.

Jonas Platzwunde entlässt ihren blutigen Inhalt auf die frischen grünen Blätter der Wildkräuter. Im Hintergrund werden die Polizeisirenen immer lauter.

»Woher wusstest du eigentlich, wo wir genau sind?« Henrike zerteilt genüsslich ein Stück Bruschetta auf ihrem Teller, den Max soeben gebracht hat. »Nennen wir es Bauchgefühl«, Jonas grinst Henrike an. Aber dieses Grinsen ist irgendwie anders. Nicht so herablassend oder besserwisserisch wie sonst. Sondern einfach nur … sie kennt keinen anderen Ausdruck … nett. »Ich habe eben gute Verbindungen zur Polizei. Und die haben Dannys Handy geortet. Man kann dann den Radius schon ziemlich eingrenzen. Als sie mich angerufen hat, lief die Ortung schon auf vollen Touren. Zum Glück, denn der Akku war kurz darauf leer.« Jonas Platzwunde ist mit einem dicken Kopfverband versorgt worden. Ohne Brille und Gel sieht er richtig gut aus, denkt sie und schaut ihn vielleicht einen Moment zu lange an. Sofort schämt sie sich dafür. Ihre

Freundin liegt im Krankenhaus und sie flirtet bei der erstbesten Gelegenheit mit ihrem neuen Freund.

»Danny hat so einiges rausbekommen. Diese Sophie hat wohl damals, also in den frühen 20er Jahren, einigen Kerlen den Kopf verdreht. Und einer, ein Glockengießer aus Hemelingen, Fritz Söldner, war unsterblich in sie verliebt. Aber leider sie nicht in ihn.« Max bringt eine neue Karaffe Chianti an den Tisch. »Du siehst heute fantastisch aus, amore mio«, und grinst Henrike frech an. »Vielen Dank, du Charmeur. Arbeitest du wieder an einer Trinkgelderhöhung?« Henrike lächelt Max zu, dessen Gesichtsfarbe plötzlich einen leichten Rotstich bekommt, als er sich mit italienischem Gemurmel in die Küche verzieht. »Dann hat Gustav sie…?« Jonas schüttelt den Kopf. »Nein. Gustav hat sie geliebt. Und er liebt sie wahrscheinlich noch immer. Die Ärzte haben die Hoffnung noch nicht aufgegeben. Nachdem Sophie den Glockengießer Fritz Söldner ausgelacht und schwer gedemütigt hat, als er ihr seine Liebe gestanden hat, zieht er eine Pistole aus der Jacke und schießt ihr in die Brust. Sie muss auf der Stelle tot gewesen sein.« Jonas nimmt einen Schluck Rotwein und betrachtet nachdenklich den roten Inhalt im Glas. »Auf ihrer Beerdigung wird ein Kranz mit Rosenknospen auf ihr Grab gelegt, der größer und schöner ist als alle anderen. Aber es steht kein Name darauf.«

»Du meinst, Gustav…?« Jonas nickt. Für einen Moment sagen beide nichts. »Gustav hat den Kerl umgebracht. Doch zuvor hatte Fritz sich selber eine Kugel in den Kopf gejagt, die allerdings nicht tödlich war. Gustav hat nur ein bisschen nachgeholfen – im Krankenhaus. Sophies Vater hat kurz darauf den Stein errichten lassen. Es war sein einziges Kind.«

»Aber warum »Batschari? Das war sein letztes Wort.« Jonas kramt in seiner Umhängetasche, die er beim Nachbartisch über die Stuhllehne gehängt hat, und holt ein Schwarz-Weiß-Bild mit Rahmen hervor. Ein junges Paar sitzt auf einem Steg. Im Hintergrund unscharf die Weser. Der junge Mann steckt sich gerade eine Zigarette an und hält die Schachtel so in die Kamera, dass der Wind die Flamme nicht auslöscht. Deutlich ist der Schriftzug *Batschari* zu lesen. »An diesem Wesersteg haben sie sich immer heimlich getroffen. Für Frauen war das damals noch ungewöhnlich. Das Rauchen meine ich. Und *Batschari* war 1924 eine bekannte deutsche Zigarettenmarke. Hier, an diesem Tag, dem 21. Mai, als das Foto entstanden ist, hat Gustav ihr einen Heiratsantrag gemacht … und Sophie hat zugestimmt. Jedes Jahr an diesem Tag hat er dort gestanden und an sie gedacht.« Jonas betrachtet nachdenklich das Foto und reicht es Henrike. »Hochzeitsversprechen und Todestag sind ein und dasselbe. *Die Weser hat so ihre Geheimnisse.*«

Dann bringt Max eine Pizza Calzone mit grüner Soße für Henrike und einen Nudeltopf für Jonas. Henrike freut sich mit Jonas im *Pinocchio* zu sein. Doch viel lieber wäre es ihr, Danny könnte jetzt auch hier sein. Noch eine Woche hat der Arzt im Krankenhaus gesagt.

»Läuft da eigentlich was zwischen Danny und dir?«, stellt Henrike auf einmal die Gretchenfrage und Jonas verschluckt sich an einer Nudel, sodass er kräftig husten muss und Henrike ihm auf den Rücken klopft.

Zum Schluss

von Toby Martins

Bis auf die Leiche mit der hässlichen Schnittwunde, die den Kopf fast vollständig vom Rumpf trennte, könnte es ein wunderschöner Sommermorgen sein, dachte Immo Diekhoff.

Warum herrschte so viel Gewalt auf der Welt?, grübelte er. *Die Welt wird zusehends rabiater und wir immer gleichgültiger. Unsere täglichen Leichen in der Tagesschau, wir knipsen das Gerät aus und fühlen uns in unserer Scheinsicherheit pudelwohl. Es ist zum Kotzen! Früher dachte ich, man gewöhnt sich an all das Elend. Aber irgendwie halte ich das nicht mehr lange aus.*

»Schauen Sie mal, er hat einen Zettel in der Hand.« Mit ihren weißen Gummihandschuhen zog Kommissarin Ingrid Walters ein kleines weißes Blatt Papier aus der Hand des Toten. Nachdenklich betrachtete Hauptkommissar Diekhoff die Leiche. Der afrikanische Junge mochte fünfzehn, sechzehn oder siebzehn Jahre alt sein – so genau war das nicht zu schätzen. Und da lag er nun – halb sitzend, halb weggerutscht auf einem der hölzernen Klappstühle des Ausflugslokals *Zum Schlut* an der Weser. Es war noch sehr früh am Morgen. Ein eifriger Jogger hatte den Jungen entdeckt, obwohl der nicht besonders gut sichtbar hinter der kleinen Hecke saß, die den Biergarten des Lokals umgab.

Die Spurensicherung hatte ihre Arbeit getan, der Arzt den Toten so gut wie möglich untersucht und der Leichenwagen stand bereit. Immo gab das Zeichen für den Abtransport.

Alles wirkte so friedlich. Das Ausflugslokal *Zum Schlut* war bei Radfahrern, Ausflüglern wie auch bei Feiergesellschaften gleichermaßen beliebt. Es lag schon sehr abgeschieden. Wie Immo noch von einer seiner Touren hierher wusste, war dies mal das Haus des Schafhirten der Deich schafe gewesen. Aber das war schon lange her. Und jetzt dieser tote Junge.

»Schauen Sie mal, Chef. Was halten Sie davon?«

Immo blickte kurz auf den Zettel, den die Walters aus der Hand des Toten gefischt hatte und ihm jetzt hinhielt. Mit Müh und Not konnte man ein eilig hingekrakeltes *Stormbrouwen* entziffern.

Immo zuckte mit den Schultern. Er hatte nicht die leiseste Ahnung. *Wahrscheinlich hat das alles mit Drogen zu tun. Bestimmt stieß der Junge auf seinen Dealer und wollte ihn nicht bezahlen. So lief das oft ab. Erst hatte er den Stoff am Sielwall vertickt und jetzt wollte er nicht zahlen. Da hingen sie doch meistens rum – die Schwarzen, die Dealer. Klar, was sollten die armen Schweine auch machen – hatten wahrscheinlich Asyl beantragt und durften nicht arbeiten. Also dealten sie. Schon ein blöder Teufelskreislauf.*

»Das könnte doch ein Schiffsname sein, oder?«

Er schaute sie zuerst etwas irritiert an. Wovon sprach die Walters denn jetzt eigentlich? Er war nicht besonders glücklich gewesen, als er vor vier Monaten erfahren hatte, dass er mit ihr zusammenarbeiten müsse. Ihr war schon der Ruf vorausgeeilt, sehr eifrig zu sein. Aber, so viel musste er immerhin zugeben, sie war sehr gut in ihrem Job. Nun wedelte sie mit diesem Fetzen Papier vor seiner Nase herum. Er hob die Augenbrauen, was sie ermunterte fortzufahren.

»Na, ja – immerhin befindet sich gleich hier um die Ecke – auf der anderen Seite des Deichs – diese Marina da, am Arberger Kanal. Dort könnte doch ein Schiff liegen, das so heißt.«

Er nickte. *Meinetwegen. Aber da würden sie den Mörder des Jungen auch nicht finden. Kam doch keiner mit 'nem Boot vorbei, um Leute abzustechen. Ach, was ist das hier schön. Vor etwas über einem Jahr bin ich mit meiner Muddi hier gewesen. Sie hatte das Lokal immer sehr gemocht. Nun war sie seit einem halben Jahr tot. Sie war immerhin 83 Jahre alt geworden.* Aber vermissen tat er sie immer noch hin und wieder. Immo seufzte und folgte der jungen Kollegin. Ihr blonder Pferdeschwanz wippte unternehmungslustig.

Sie gingen den Weg am Deich entlang ein kurzes Stück hinunter in Richtung Autobahn. Der Verkehr auf der A1 war gut zu hören. Laster nach Laster bretterte gen Süden. In der Biegung des Weges, die dann unter der Autobahn hindurchführte, ging es zwischen einem Fluttor durch den Deich hindurch zur Marina. Auf dem Parkplatz davor standen jede Menge SUVs und Kombis mit Bootsanhängern. Sie mussten nicht lange suchen. Ganz am Ende lag sie: die funkelnagelneue, 16 Meter lange Yacht vom Typ Azimut Atlantis 50 der italienischen *Azimut-Benetti*-Gruppe. Am Bug prangte der Name in kleinen goldenen Lettern: *Stormbrouwen.* Auch wenn Immo nichts von Booten verstand, so war er doch beeindruckt von der eleganten, schnittigen Form des Sport-Cruisers. Die Walters hatte bereits Verstärkung angefordert und rief jetzt etwas auf Holländisch zum Schiff hinüber.

Meine Güte, woher kann sie das denn? Wenigstens hat sie den Hinweis auf einen möglichen Drogenhintergrund ernst genommen und sofort die Kollegen vom Rauschgift-Dezernat um Hilfe gebeten. Und jetzt sieh dir mal den

Typen an, der da von der Yacht runterkommt. Wenn der sein Geld mit eigener Hände Arbeit verdient hat, fress ich einen Besen. Da stecken Drogen dahinter – das ist so sicher wie das Amen in der Kirche!

Er stellte sich als Dries van de Jong vor und gab den Polizisten mit strahlendem Lächeln die Hand. Eher klein gewachsen, wirkte er drahtig und sportlich. Mit seinem Kräuselhaar und dunklem Teint konnte er seine molukkische Herkunft nicht verbergen. Ingrid Walters' Ausführungen, dass sie einen Mord untersuchten, Gefahr im Verzug sei und sie deshalb auf sein Schiff müssten, quittierte er mit einem breiten Grinsen und einer ausholenden Handbewegung, sie mögen doch bitte an Bord kommen. Immo seufzte innerlich auf. Wenn der Kerl sich stur gestellt hätte, weiß ich nicht, ob wir das hätten machen können. Immerhin fuhr die Yacht unter niederländischer Flagge und war damit doch wohl ausländisches Territorium. Aber egal was – sie durften an Bord und das war erst einmal die Hauptsache.

An Bord stellte ihnen de Jong zwei weitere Mitglieder der Besatzung vor: Wayne Bennings und Rebecca Lowensteen. Beide wirkten noch sehr jung. Während Wayne muskulös war und grimmig dreinblickte, strahlte die dunkelhaarige Rebecca heiter gelassenes Selbstbewusstsein aus. Unterdessen öffnete de Jong alle Türen und Schränke und ließ auch die Hunde überall herumschnüffeln. Von Minute zu Minute blickte Wayne grimmiger drein und schien auch nervös zu werden. Rebecca hingegen setzte sich im Heckbereich in die opulente Sitzecke und schlürfte einen Drink. *Die können so entspannt tun, wie sie wollen, hier gibt es Drogen, das weiß ich. Das sieht man dem Laden doch an, dass der mit Drogengeldern finanziert wurde. Was immer dieser Holländer da redet – die haben den Kleinen auf dem Gewissen, weil er nicht zahlen wollte. Aber wir werden die Drogen finden und dann sind die dran, das schwöre ich!*

Bei dem Rundgang durch die Yacht kam aber auch Ingrid Walters aus dem Staunen nicht mehr heraus. So etwas hatte sie noch nie gesehen. Von der Couchgarnitur aus weißem Leder über die Teakholztische war alles aus den edelsten Materialien gefertigt. Da bis auf das Holz alles in Weiß gehalten war, wirkte das Schiff geräumig und hell. Die Handläufe aus poliertem Edelstahl, die Einrichtung nicht aus Fiberglas, sondern aus furniertem Sperrholz – das Boot strahlte ungeheuren Luxus aus. Bis auf den Tisch am Heck, auf dem drei Gläser, eine Vase mit Rosen und eine Wasserkaraffe standen, war alles aufgeräumt und machte eher den Eindruck einer »Vorführware« denn eines Ortes, in dem auch gelebt wird. De Jong ließ auch die kritischsten Fragen nicht unbeantwortet und erläuterte, dass das Geld für diese Luxusyacht aus dem Verkauf der elterlichen Firma stammte, die er nicht hatte weiterführen wollen. Nun genieße er sein Leben und fahre mit Freunden die Flüsse Europas hinauf und hinunter. Wayne sei ein Student aus Utrecht, trotz seines englischen Namens Holländer und außer des Holländischen nur noch des Englischen mächtig. Rebecca hingegen kam aus New York, war Immobilienmaklerin und sprach sechs Sprachen – nur leider kein Deutsch.

Die Polizisten gaben sich redliche Mühe. Paneele wurden abgeklopft und teilweise abgenommen, die Matratzen und Sitzkissen angehoben, im Maschinenraum hinter jedes Rohr, jedes Kabel geschaut. Es blieb buchstäblich keine

Planke auf der anderen, auch wenn die Beamten sich Mühe gaben so vorsichtig wie möglich vorzugehen und nach der Untersuchung alles halbwegs wieder an seinen Platz zu bringen. Die Hunde schnüffelten in jedem Winkel und wurden nicht müde die Treppen rauf und runterzueilen. In der Kombüse wurden Herd, Schränke und Kühlschrank nebst Gefrierfach peinlichst genau unter die Lupe genommen. Aber Minute um Minute, Stunde um Stunde verrann und nichts Verdächtiges wurde gefunden.

Ab und zu warf die Walters Immo einen Blick zu, ob sie diese offensichtlich sinnlose Suche nicht abbrechen sollten, aber der Hauptkommissar beachtete sie gar nicht. *Irgendwo hier waren Drogen versteckt. Da war er sich tausendprozentig sicher! Warum rochen die Hunde das denn nicht? Und diese joviale Masche des Holländers – damit kann der doch keinen erfahrenen Polizisten täuschen. Und warum ist dieser angebliche Student mit dem blöden englischen Namen so verflucht nervös? Der springt da hin und her und macht einen ja komplett fummelig. Und diese Rebecca in dem knappen Bikini lenkt auch nur die armen Kollegen ab. Da können ja einige überhaupt nicht wegschauen. Denen fallen gleich noch die Augen aus dem Kopf. Die Ablenkungsversuche waren ja klar – aber wo war der Stoff, verflucht nochmal? Sie mussten ihn einfach finden!!*

Mit einem Mal hechtete jener Wayne Bennings zur Kombüse, griff nach dem Paneel über dem Herd, riss es heraus, fasste etwas darunter und stürzte damit von Bord, ehe noch ein Polizist reagieren konnte. Sofort eilten drei Beamte hinter ihm her. Die Walters gab über ihr Handy den Kollegen an Land Bescheid und im Nu hatten sie den Holländer geschnappt. Als sie ihn zurück aufs Schiff brachten, hielt einer eine Plastiktüte hoch, in der sich ein Messer befand. Der Beamte meinte, es sei wohl abgewischt worden, aber nur oberflächlich. Man könne noch Blutspuren erkennen. Wayne wurde abgeführt. De Jong gab sich bestürzt. Er habe ja keine Ahnung gehabt. Und er wisse auch nichts über das Messer. An sich seien Waffen an Bord verboten – da achte er schon streng drauf. Was Wayne mit dem Messer gemacht habe, davon wisse er nichts. Er war die Unschuld in Person. Da sonst nichts auf dem Schiff gefunden worden war, gab Ingrid Walters das Zeichen zum Aufbruch. Immerhin hatten sie jetzt die wahrscheinliche Tatwaffe und den möglichen Täter. Sie bedeutete de Jong, dass es ratsam sei Bremen vorerst nicht zu verlassen, und machte dann Anstalten von Bord zu gehen. Aber Immo stand immer noch wie angewurzelt im hinteren Cockpit und wirkte wie auf den Bootsplanken angewachsen.

Wo haben diese Halunken den Stoff nur versteckt? Und warum haben die Hunde ihn nicht gefunden? Die riechen doch sonst alles. Nein, er würde sich nicht geschlagen geben. So leicht kamen die ihm nicht davon. Irgendwo hier an Bord gab es Drogen. Sie waren nur so raffiniert versteckt, dass die Hunde nicht angeschlagen hatten. Die Walters berührte seinen Arm. »Kommen Sie, Chef. Es hat doch keinen Zweck!«, flüsterte sie ihm zu. »Ich bin auch sicher, dass die Dreck am Stecken haben, aber unser Gefühl nützt uns nichts. Ohne Beweise können wir gar nichts machen. Wir haben immerhin die Tatwaffe. Und den möglichen Täter. Das ist doch schon was!« Er nickte. Es hatte keinen Zweck, er musste sich geschlagen geben. Immo nickte dem Holländer und der jungen Schönheit zu und stapfte hinter Ingrid Walters zum Ausgang. Vielleicht wollte er noch mal freundlicher winken, vielleicht etwas sagen, auf alle Fälle drehte er sich noch einmal zu de Jong um. Dieser stand vor der Amerikanerin und sah sie mit einem Lächeln an, das Immo durch Mark und Bein ging. Ein siegessicheres, ein triumphierendes Lächeln war das. Immo hielt mitten im Schritt an. Das war zu viel. Nein – er würde nicht so einfach kapitulieren, nicht von Bord gehen. Auch die Walters blieb erschrocken stehen, als sie sah, wie ihr Chef mit grimmigem Gesicht kehrtmachte und zum oberen Heckbereich ging.

Jetzt galt es zu improvisieren. Er stellte de Jong ein paar allgemeine Fragen, wo genau er diesen Wayne Bennings getroffen und wie dieser sich so auf der Fahrt verhalten habe. So sehr er sich auch beherrschte, sah man dem Holländer doch an, dass er langsam etwas nervös wurde. Er versuchte Contenance zu bewahren, fuhr sich aber immer wieder mit der Hand durch das krause Haar. Seinen Antworten hörte Immo gar nicht recht zu. Er versuchte sich zu konzentrieren, was anders war, was der Grund dafür sein könnte, dass die Hunde nicht angeschlagen hatten. Er stierte an de Jong vorbei auf den Tisch, an dem diese Rebecca saß. Allerdings schien es auch mit ihrer Gelassenheit vorbei zu sein, denn sie saß recht steif vor ihrem Drink. Da war etwas. Immo spürte es. Hier lag die Antwort. Sie lag vor ihm. Aber was war es. Er kam sich vor wie vernagelt. De Jong fasste ihn am Arm und fragte mit gespielter Sorge, ob ihm nicht wohl sei? Die Hitze hier auf dem Deck konnte einem schon zu schaffen machen.

Das war es – Immo fiel es wie Schuppen von den Augen. Natürlich – die Drinks – die Hitze – in den Gläsern befand sich kein Eis! Klar – inzwischen wäre es geschmolzen, aber nein –, das war ihm von Anfang an aufgefallen: Es hatte sich nie Eis in den Drinks befunden. Das hatte er gleich komisch gefunden, aber zuerst keine Rückschlüsse daraus gezogen. Und was hatte seine Mutter – Gott-hab-sie-selig – immer gesagt: Der beste Jagdhund kann nichts riechen, was gut in Eis verpackt ist. Eis hält Gerüche ab. Deswegen roch es auch nie in einer Gefriertruhe. Das war des Pudels Kern. Aber Immo hatte an Bord keine Kühltasche gesehen. Und im Gefrierfach des Kühlschranks hatte sich auch nichts weiter befunden – außer ein paar Eiswürfeln. Damit hing es zusammen: Warum war das wenige Eis im Gefrierfach und nicht in den Gläsern? Er gab Ingrid Walters ein Zeichen und eilte zurück in die Kombüse. Sie war deutlich verwirrt. Was hatte der Chef jetzt vor? Er öffnete den Kühlschrank und zog den Beutel Eiswürfel aus dem Gefrierfach. Doch dahinter befand sich gar nichts. Da lagen keine Drogen. Was hatte er übersehen? Er blickte versonnen in den Kühlschrank. Hier lag des Rätsels Lösung – da war er felsenfest überzeugt. Aber was hatte er bislang nicht beachtet? Es konnte sich nicht um ein kleines Drogentütchen handeln. Wegen einer geringen Menge musste keiner sterben, wurde keinem Jungen die Kehle durchgeschnitten. Es musste ein Paket mit Heroin, Kokain, Crystal Meth oder Vergleichbarem sein. Denn nur wegen ein paar Gramm Haschisch wurde nicht so ein Aufwand betrieben. Aber ein Paket war groß – zu groß für das kleine Gefrierfach, dachte er bei genauerem Hinsehen. NEIN – das war's – das hatte er übersehen. Das Gefrierfach war zu klein für die Tiefe des Kühlschranks.

In knappen Worten erklärte er Ingrid Walters eine Theorie. Diese zögerte zwar zuerst für den Bruchteil einer Sekunde, rief dann aber die Kollegen von der Spurensicherung noch mal hoch an Bord. Gott sei Dank waren sie noch nicht abgefahren, dachte Immo. Es hatte etwas gedauert, bis sie all ihre Gerätschaften in den Wagen verstaut hatten. Und Eile hatten sie auch nicht. In aller Ruhe machten sie sich an Bord des Schiffes wieder an die Arbeit. Es dauerte eine Weile, bis sie die hintere Trennwand des Gefrierfaches herausgelöst hatten. Dann zogen sie ein längliches Paket heraus. Immo fiel eine Last von der Seele. Hatte sein Instinkt ihn doch nicht getrogen. Nun hielten sie den Beweis in Händen. Er wandte sich zu de Jong um. Dieser stand, zur Salzsäule erstarrt, immer noch am Hecktisch. Das Gesicht der schönen Rebecca hatte einen ängstlichen Kleinmädchenausdruck angenommen. Ob ihr das vor Gericht viel nützen würde, das bezweifelte Immo. Er winkte seinen Kollegen, die beiden mitzunehmen. Nachdem das Paket von allen Seiten untersucht worden war, öffnete Ingrid Walters es vorsichtig. Immo interessierte das alles auch nicht mehr. Seine Arbeit war getan. Und er konnte wieder mal stolz auf seinen Riecher sein. Er achtete nicht mehr weiter auf das, was seine Kollegin da aus dem Paket zog und staunend betrachtete. Wie auf Wolke sieben schwebend, ging Immo von Bord. Er blickte zurück auf die Yacht und schüttelte den Kopf. *Das hatte man doch gleich sehen können, dass die nicht mit harter Arbeit verdient worden war. Nein, er war nicht neidisch oder missgünstig. Natürlich gab es auch Reiche, die für ihren Wohlstand geschuftet hatten. Klar – doch mit Aufkommen der sogenannten Erben-Generation wuchs die Zahl derer, denen das alles in den Schoß fiel und die kein Verantwortungsgefühl besaßen, das Wort Solidarität nicht kannten und sich einen Dreck um die Anliegen anderer Menschen kümmerten. Dass das hier auch der Fall war, hatte er diesem jungen Holländer gleich angesehen. Das war eben Berufserfahrung*, dachte er stolz.

Ingrid Walters lief auf ihn zu und hielt ihm etwas hin. »Glückwunsch, Chef, Sie hatten wieder einmal den richtigen Riecher. Jetzt müssen Sie mir nur noch verraten, wie Sie auf das falsche Eisfach gekommen sind. Wahrscheinlich wollte der Junge das hier abholen und konnte nicht zahlen. Da wurde er umgebracht.«

Gedankenverloren nahm er ihr ab, was sie ihm da entgegenstreckte: einen Pass der Bundesrepublik Deutschland – ausgestellt auf Thomas Müller. Aber das Bild – das war das des jungen Schwarzen, den sie mit durchgeschnittener Kehle gefunden hatten. Die Walters nickte ernst: »Vorhin kam die Identifizierung durch: Abtidoon Xasan, ein 15-jähriger Flüchtling aus Somalia. Er war allein gekommen. Seine Familie sei umgebracht worden, hatte er angegeben. Jetzt wollte er hier Asyl. Aber anscheinend hat ihm das zu lange gedauert. Alle die gefälschten Papiere, die wir in dem Paket gefunden haben, waren auf irgendwelche afrikanischen Flüchtlinge ausgestellt. Das scheint ein lohnendes Geschäft zu sein.«

Immo stand da wie vom Donner gerührt. Und er hatte an Drogen gedacht. Dabei war das ein Flüchtling gewesen, der sich illegal eine legale Existenz zu kaufen versucht hatte. Er war den Wellen der Ozeane entkommen und hatte bestimmt geglaubt, hier in Sicherheit zu sein. Die Walters nickte. »Er war vor Bürgerkrieg und Terrormilizen dahin geflohen, wo er sich Frieden und Freiheit versprochen hatte. Er wollte doch nur leben. Aber bekommen hat er den Tod.«

Schaumgeboren

von Walter Baitis

Von fern war das Mitternachtsläuten einer Kirchturmglocke zu hören. Eine einzelne, stroboskopartig flackernde Lampe tauchte den verlassenen Parkplatz abwechselnd in gleißend hellen Lichtschein und schwarze Düsternis. Maria Matzen orientierte sich an dem rostigen Straßenschild »Jakobsberg« und trat zögerlich auf den sachte abwärtsführenden Schotterweg. Die Parkplatzlampe streckte ihre bleichen Arme in das Unterholz, tastete den Weg entlang und verlor sich an der finsteren Wand aus Baumkronen, die den Weg überdeckte. Nebelschleier krochen kniehoch den Hang hinunter.

Matzen überkam ein mulmiges Gefühl, als es im Gebüsch neben ihr raschelte. Sie beschleunigte ihre Schritte und stieß einen spitzen Schrei aus, als sie plötzlich aus dem Augenwinkel eine schnelle Bewegung wahrnahm. Sie streckte ihre Arme abwehrend vor sich aus.

»Miau!«, wurde ihr zart erwidert. Die gestreifte Katze schien sich mehr zu fürchten als die Kommissarin.

»Es war eine wirklich doofe Idee gewesen, den gut gemeinten Rat ihrer Freundin in den Wind zu schlagen«, dachte sie jetzt. »Ich hätte nicht gleich mit diesem Typen mitgehen sollen.« Sie ärgerte sich über ihre eigene Naivität. Sie war mit ihrer Zufallsbekanntschaft Pawel, den sie auf Franziskas Geburtstagsparty kennengelernt hatte, noch weitergezogen. Und Pawel schien Kenntnis von einem schier unendlichen Reservoir von Kneipen, Spelunken und miesesten Löchern mit Alkoholausschank zu haben.

Sie bezweifelte jetzt allerdings, dass Pawel überhaupt sein richtiger Name war. Zumindest von seinen Augen war sie an diesem Abend angetan gewesen. Die hatten sie so süß angelächelt. Schließlich aber war der Kerl, der sich ihr als Pawel aus Krakau vorgestellt hatte und über einen weichen Schwung in den Hüften verfügte, nach ungezählten Martinis, Tequilas und Cuba Libres aufdringlich geworden. Er hatte ihr Kinn mit einem kräftigen Griff gepackt und zu einem Kuss angesetzt. Kopflos war sie aus seiner Wohnung gestürzt und gelaufen. Panisch gelaufen. Nur noch gelaufen. Bis hierher. Da war sie nun. Nachts im Nebel, allein in einem fremden Stadtteil.

»Das darf ich Valentin nicht erzählen. Als Kommissarin der Mordkommission bin ich auf die älteste Anmache hereingefallen. Immerhin ziert Pawel jetzt eine blutige Nase. Alte Polizeischule.«

Das Blattwerk der Bäume lichtete sich zusehends und ein mit Gras bewachsener Hügel führte hinunter zur Weser. Von dort vernahm sie ein dumpfes Grollen. »Das muss das Wehr sein«, dachte sie. »Dann bin ich wohl schon in Hastedt.«

Der Vollmond war hinter einer Wolke hervorgekommen und beschien das Weserwehr mit mattem Schein. Tausende Kubikmeter Wasser in jeder Sekunde, die der Fluss aus Solling, Süntel und Reinhardswald herangetragen hatte, stürzten hier bei Ebbe sieben Meter tief über das Wehr und setzten dann ihren Weg zur Nordsee fort. Durch die dabei entstehenden Verwirbelungen und den Sauberkeitswahn der Menschen bildete sich so viel Schaum auf der Wasseroberfläche, dass es den Anschein hatte, es handele sich um eine riesige Waschmaschine. Ein leichter Wind schöpfte ein wenig Schaum von der Krone ab und verteilte ihn über das Wehr bis dorthin, wo der Rasen am Fuße des Hügels begann.

Wie erstarrt blieb Maria Matzen stehen, als sie einen Schatten erblickte. An einem Mauervorsprung kauerte eine

Gestalt in einem gestreiften Anzug und schien zu schlafen. Zumindest hatte sie tatenlos zugelassen, dass der Schaum des Weserwassers ihr Gesicht und ihre Schultern bedeckte. War dies der letzte Gast irgendeiner Party, der es wie Matzen nicht rechtzeitig nach Hause geschafft hatte?

»Hallo, Sie da. Alles in Ordnung?«, rief die Kommissarin und trat auf die zusammengesunkene Person zu.

»Hallo?« Sie beugte sich zu ihr herunter und umfasste die rechte Schulter, um den Schläfer sachte wach zu rütteln. Das war nicht mehr möglich. Die Gestalt, deren Gliedmaßen steif waren, kippte leblos auf die Seite.

Am nächsten Vormittag saß Matzen mit hämmernden Kopfschmerzen in den Bericht der Rechtsmedizin vertieft an ihrem Schreibtisch im Bremer Polizeikommissariat. »Die männliche Leiche war zum Zeitpunkt ihres Todes im rentenfähigen Alter«, zitierte sie aus der Akte und blickte zu dem Schreibtisch gegenüber.

»Was hast du eigentlich um Mitternacht am Weserwehr gesucht?«, fragte der junge Mann, der dort saß.

»Den Weg nach Hause.« Matzen wirkte schmallippig.

»Aber warum bist du denn überhaupt um diese Zeit alleine in dieser einsamen Gegend unterwegs gewesen?« Er ließ nicht locker.

»Der Verstorbene litt in den Jahren vor seinem Tod an einer Mangelernährung. Das ist deutlich an der geringen Knochendichte und einer verfetteten Leber zu erkennen.« Sie ignorierte die moralisierenden Vorhaltungen ihres 25-jährigen Kollegen.

»Das hätte auch ins Auge gehen können!«

»Ist es ja auch. Multifunktionales Organversagen. Hat nichts als Wasser und Brot bekommen. Das hat seinen Organismus geschwächt. Er ist langsam verhungert.

Sein Sterben hat laut Rechtsmedizin ein bis zwei Jahre gedauert.«

»Maria, Bondage mit Zufallsbekanntschaften kann auch mal tödlich enden«, spielte er auf eine andere Geschichte aus der jüngeren Vergangenheit an.

»Ja, ja, Mutti.« Matzen verdrehte die Augen. »Aber in diesem Fall ist es wirklich so gewesen.« Sie blätterte auf die nächste Seite. »Es befinden sich Wundmale an den Hand- und Fußgelenken, die stammen von der Fixierung mit Eisenketten.«

»Maria, ich mache mir ernsthaft Sorgen um dich.«

»Dadurch kommt deine Schwester auch nicht mehr lebend aus der Disco nach Hause zurück.« Sie klang verärgert. »Verdammte Scheiße, Valentin. Wir haben einen Fall«, schrie sie ihn an. Ihr Kopf verschwand wieder hinter der Akte. »Da haben wir keine Zeit für Rumgeheule.«

Valentin Brandt blickte dennoch resigniert aus dem Fenster und blinzelte zwei einsame Tränen aus den Augen.

»Die Leiche trug KZ-Kleidung, schwarz-weiß gestreift, interessanterweise eine Damengröße. Original *Hayungs*.« Ihre Stimme klang wieder sachlich und ruhig.

»Original was?«, wollte er wissen.

»Na, *Hayungs* steht auf den Wäscheschildern. *Hayungs* war bis 1944 eine Großwäscherei in Hastedt. Die haben damals für die Nazis gearbeitet. Also konkret für die Reichsmarine und wohl auch für Konzentrationslager.«

»Haben wir etwa 70 Jahre nach Kriegsende noch ein weiteres Opfer dieser Blutegel und Bodenverseucher gefunden?« Brandt schien nun endlich Feuer zu fangen.

»Sieht so aus. Sieh mal, was für ein Tattoo er auf seinem Unterarm hat.« Sie reichte ihm eine Fotografie. »Wie im Konzentrationslager Auschwitz. Den Insassen brannte man so die Häftlingsnummer in die untere Hautschicht auf dem linken Arm. Genau wie in unserem Fall.«

»Moment mal«, ihr Kollege stutzte beim Betrachten des Fotos. »Bist du sicher, dass das Foto den Unterarm unserer Leiche zeigt?«

»Ja, Irrtum ausgeschlossen. Warum?«

Er nahm einen Schluck Kaffee. »Auf dem Foto ist aber der rechte Unterarm zu sehen.«

Matzen zog die Stirn kraus. »Zeig mal her.« Sie betrachtete das Foto erneut. »Stimmt. Hast recht.«

»Außerdem geht die Tätowierung bis über die Armbeuge. Entweder hatte der Tätowierer keinen Sinn für Ästhetik oder das war Absicht. Und hier.« Er deutete mit dem Zeigefinger auf die Stelle auf dem Foto. »Die letzte Ziffer ist nur halb so groß und etwa 10 Zentimeter abgesetzt.«

»Eine Null«, staunte Matzen. »Ich habe vorhin bereits Kontakt zu einem Hastedter Heimatforscher hergestellt.« Matzen schaute auf ihr Smartphone. »Der kann uns vielleicht weiterhelfen. Denn da ist noch was.«

Brandt suchte ihren Blick.

»Der Todeszeitpunkt war laut dem Bericht der Rechtsmedizin nicht 1945, sondern erst Mitte der 60er.«

»Das bedeutet, ein Typ in weiblicher KZ-Bekleidung mit einer gefakten Häftlingsnummer, die es eigentlich nur in Auschwitz gab und die am falschen Arm ist, ist 20 Jahre nach Kriegsende verhungert und hat sich dann 50 Jahre später zu einem Nickerchen ans Weserwehr gesetzt«, fasste Brandt den Zwischenstand der Ermittlungen zusammen.

»Wenn du mich fragst«, entgegnete Matzen, »klingt das nach einer Mischung aus *Bremer Stadtmusikanten* und Bleikeller.«

»Hä? Wieso das denn?«

»Der Leichnam wurde auf natürliche Weise mumifiziert. Er muss also 50 Jahre an einem trockenen, gut gelüfteten Ort ohne Insektenbefall gewesen sein«, antwortete sie. »So wie bei den Mumien, die im Bleikeller im St. Petri Dom für die Touristen ausgestellt werden.«

»Darum ist der Leichnam auch nicht skelettiert, sondern innerlich vertrocknet. Wie bei Mumien aus den südamerikanischen Anden«, folgerte Brandt.

Matzen erhob sich vom Schreibtisch. »Komm, wir müssen zu unserem Termin.«

»Fred Bruchstein«, stellte sich Fred Bruchstein vor, dessen Alter schwer zu schätzen war. Sie standen im Büro der evangelischen Auferstehungsgemeinde, dem Arbeitsplatz von Bruchstein.

»Interessant.« Matzen deutete auf die zahlreichen großformatigen Fotografien an den Wänden des Büros.

»Die Fotos zeigen Stationen aus der Geschichte unserer Kirchengemeinde. Der Kirchenbau wurde 1959 in der Drakenburger Straße errichtet und war damals hypermodern. Im Volksmund wurde er ›Sessel des lieben Gottes‹ genannt.« Der Heimatforscher zeigte auf eine Abbildung, die mit »Richtfest 1958« untertitelt war. Die parallel angeordneten Betonstreben weckten in der Tat Assoziationen an einen überdimensionalen Sessel.

»Dieses Foto zeigt Ruinen. Gab es einen Vorgängerbau?«, fragte Matzen.

»Ja, allerdings keine Kirche.« Der Heimatforscher machte eine ernste Miene. »Dort stand bis zum 12. Oktober 1944 die Hastedter Großwäscherei *Hayungs*.«

Matzen und Brandt tauschten Blicke aus.

»Was ist denn am 12. Oktober 1944 passiert?«, wollte Brandt wissen.

»An diesem Tag bombardierten britische und US-amerikanische Kampfverbände zum 138. Mal Bremen. Die Hastedter Industrieanlagen östlich von hier hat es besonders stark erwischt. Auch die Großwäscherei *Hayungs*.«

»Aus die Maus«, sagte Brandt flapsig.

Matzen warf ihm einen verärgerten Blick zu.

»Genau an der Stelle, wo jetzt die Kirche steht, befand sich damals ein Erdbunker, in dem polnische Zwangsarbeiterinnen der Wäscherei Schutz gesucht hatten. Der Bunker erlitt einen Volltreffer. 22 Polinnen fanden in ihm den Tod. Die meisten Leichen hat man einfach in den Trümmern liegen lassen. Die Ruinen blieben in den Folgejahren sich selbst überlassen. Sie überwucherten und gerieten in Vergessenheit. Bis die Auferstehungskirche dort errichtet wurde.« Bruchstein blickte stumm auf das Foto mit der Ruine des Erdbunkers.

»Da hat sich der liebe Gott ja auf Leichen gesetzt und nicht auf einen Stuhl«, entfuhr es Brandt, »gar nicht so lieb.«

»Auf diesem Foto ist eine Gedenktafel mit Namen und Geburtsdaten zu sehen. Sind das die Opfer?« Matzen betrachtete ein weiteres Foto.

»Richtig. Die wurde 1987 eingeweiht. Die Auferstehungsgemeinde setzt sich mit ihrem Erbe nämlich intensiv auseinander.« Bruchstein blickte stolz in die Runde.

»Schau mal«, wandte sich Matzen an Brandt. »Ein Opfer war erst eineinhalb Jahre alt. Wie geht das denn? Die Polinnen hatten doch sicherlich nicht ihre Männer bei sich, oder?«

»Das ist richtig«, pflichtete Bruchstein ihr bei. »Der Kontakt mit Männern war ihnen strengstens untersagt. Die Wäscherei hatte allerdings einen Vorarbeiter, Lüder Friedrichs, genannt ›Meister Friedrichs‹.« Er räusperte sich. »Der führte ein herrisches Regiment.«

»Hat er die Frauen vergewaltigt?« Matzen war entsetzt.

»Sagen wir es mal so. Er war ein ziemlicher Choleriker. Hatte Spaß daran, seine Macht auszuspielen. Und war flink mit dem Rohrstock. Dafür erhielt er nach Kriegsende auch zwei Jahre Zuchthaus. Einer Vergewaltigung wurde er aber meines Wissens niemals bezichtigt.« Bruchstein schaute jetzt nachdenklich.

»Vielen Dank, Herr Bruchstein. Sie haben uns sehr geholfen«, sagte Matzen förmlich. Sie warf Brandt einen Blick zu, den dieser zu Recht als Signal zum Aufbruch deutete.

»Irgendwie klingt das alles schräg, finde ich.« Sie saßen wieder im Wagen.

»Genau«, stimmte Brandt zu, »lass uns doch mal checken, was aus diesem ›Meister Friedrichs‹ geworden ist.«

Einige Telefonate später. »Bingo! Volltreffer!«, freute sich Matzen.

»Schon der zweite heute«, lachte Brandt laut.

»Geschmacklos, Valentin!« Er schaffte es immer wieder.

»Also Lüder Friedrichs, Jahrgang 1901, hatte ein Haus in Schwachhausen. Von dort ist er 1965 spurlos verschwunden.«

»Hatte er Angehörige?«, wollte Brandt wissen.

»Keine, die mit ihm zusammenlebten. Er war nie verheiratet. In den Ermittlungsakten von damals steht, er sei ein mürrischer Alter gewesen. Ohne Familie. Ohne Freunde und unbeliebt bei den Nachbarn.«

»Ich glaube«, Brandt hob die Brauen, »unsere Leiche vom Wehr ist der verschwundene ›Meister Friedrichs‹.«

»O.K.« Matzen dachte nach. »Wir müssen irgendeinen Verwandten ausfindig machen, dann lassen wir die DNA abgleichen. Severin soll sich dranhängen.«

»Ich kümmer mich drum.« Brandt war schon unterwegs zu Severin Bach, ihrem Kriminalassistenten.

Kurze Zeit später stoppte Matzen den Dienstwagen vor dem Haus Nr. 231 in der Scharnhorststraße. Das weißgetünchte Gründerzeithaus wirkte sehr gepflegt. Sie betrat das Grundstück durch die offene Gartenpforte. Ein Mann in Arbeitskleidung war gerade damit beschäftigt, ein neues Klingelschild zu montieren. Das neue Schild am Briefkasten hing bereits.

»Moin, gab es einen Mieterwechsel?«

»Ja, den ersten seit ich für dieses Objekt zuständig bin.«

»Matzen, Kripo Bremen.« Sie zeigte ihm ihre Dienstmarke. »Können Sie das genauer erklären?«

»Maria, erkennst du mich gar nicht?« Der Mann fasste sich unwillkürlich an seine Nase und verzog dabei das Gesicht.

»Pawel. Was machst du denn hier?«

»Paul. Ich heiße Paul.« Er senkte verlegen den Blick.

»Von mir aus auch Paul.« Matzen wirkte gelassen. Ich bin Profi bei der Verbrechensbekämpfung und nicht sein Opfer, dachte sie stolz. »Wer ist denn hier ausgezogen?«

»Wanda Kaczmarek hieß die alte Frau. Sie ist vor zwei Wochen verstorben. Zu Hause. So, wie sie es sich gewünscht hatte.« Paul war dankbar, dass Maria ihre Begegnung in der letzten Nacht nicht ansprach.

»Wie alt war Frau Kaczmarek denn?«

Paul zog einige zerknitterte Blätter aus der Hosentasche. Er faltete sie auseinander. »Im Mietvertrag steht das Geburtsjahr 1928.«

»Weißt du, ob Frau Kaczmarek Angehörige hatte?«

»Ich glaube nicht. Aber da kam ab und zu ein Mann zu Besuch. Vielleicht ein Neffe. Hab oft gesehen, wie er sie im Rollstuhl draußen rumgeschoben hat.«

»Das klingt ja sehr fürsorglich. Kann ich mir die Wohnung mal anschauen?«

»Klar, die steht leer. Die neuen Mieter ziehen erst nächsten Monat ein.« Die beiden verschwanden im Haus.

Zur gleichen Zeit klingelte Brandts Mobiltelefon. »Severin hier. Hallo Valentin. Friedrichs hatte eine Schwester, deren Enkel lebt in der Nähe von Hamburg. Hab schon mit ihm telefoniert. Bin für eine DNA-Probe gerade auf dem Weg nach Buxtehude.«

Zwei Wochen später saßen Maria Matzen und Valentin Brandt im Vernehmungszimmer des Polizeipräsidiums. Ihnen gegenüber hatte ein Mann Platz genommen. »Herr Bruchstein, Sie stehen unter dringendem Verdacht der Beihilfe zum Mord an Lüder Friedrichs.« Matzen sprach mit ruhiger Stimme.

Der Verdächtige machte einen unbeteiligten Eindruck.

»Sie haben Friedrichs am 23. Dezember 1965 überwältig und ihn seitdem im Keller seines eigenen Hauses als Geisel gehalten. Sie zwangen ihn, die KZ-Kleidung von Wanda Kaczmarek zu tragen.«

»Lassen Sie Wanda da raus!« Bruchstein war plötzlich ganz bei der Sache.

»Bei einer Begehung in der Scharnhorststraße haben wir einen Eisenring an der Wand entdeckt, an dem vermutlich seine Hand- und Fußketten befestigt waren.«

Die Adern an Bruchsteins Hals traten nun deutlich hervor. »Das Schwein hatte es verdient. Er gehörte einer SS-Totenkopfeinheit an. Haben Sie seine Tätowierung gesehen?«, er schäumte jetzt.

»Meinen Sie die verrutschte Häftlingsnummer, die vermutlich Sie ihm eintätowiert haben, oder das Blutgruppen-Tattoo der SS?« Brandt blickte ihm direkt in die Augen.

»Das war kein Mensch. Der hat geprügelt, gepeitscht, vergewaltigt, damals bei *Hayungs*. Er war Herr über Leben und Tod!« Nun war Bruchstein nicht mehr zu halten. »Wanda hat ihre Tochter beim Bombenangriff 1944 verloren. Damals starb auch meine Mutter. Ich kam dann in ein Internierungslager. Ich hab vermutlich nur überlebt, weil sieben Monate später der Nazi-Spuk vorbei war!« Bruchstein schrie es heraus. Schaum hatte sich an seinen Mundwinkeln gebildet.

»Auch wenn er mein Erzeuger war. Er hat bekommen, was ihm zustand. Auge um Auge. Sein Vermögen haben wir uns genommen. Wanda hat dann in seinem Haus gewohnt.«

»Was haben Sie denn mit der Leiche gemacht, als er Anfang 1968 verhungert war?«, unterbrach Matzen seinen Redeschwall.

»Wir haben ihn einfach im Keller gelassen. Ich habe Fenster und Türen zugemauert. Dann war Ruhe.« Er zögerte. »Bis ich nach Wandas Tod ihren Hausstand aufgelöst habe. Da habe ich ihn an den Ort seiner Verbrechen zurückgebracht.«

Zwei weitere Wochen später, an einem sonnigen Nachmittag am Weserwehr. »Schau mal, Valentin.« Maria Matzen zeigte auf die Stelle am Weserwehr, an der sie den Leichnam von Lüder Friedrichs gefunden hatte. »Hier hängt ein Schild.«

Valentin Brandt las laut vor: »Tod ist Leben, Sterben Pforte. Alles ist nur Übergang.«

Die Liebeslaube

von Mirjam Phillips

Spinnen können warten. Ich auch. Zuerst musste ich nur das Netz weben, in dem er kleben bleiben sollte. Dann würde ich ihm noch eine Weile beim Zappeln zusehen, bevor ich endgültig den Schlussstrich zog.

Seit ein paar Tagen war er wieder da: der Geruch nach einer anderen Frau! Und mit ihm die üblichen Symptome: der eilig zugeklappte Laptop, die gedämpften Handygespräche und jede Menge Überstunden. Am unerträglichsten fand ich seinen selbstgefälligen Gesichtsausdruck und die übertriebene Freundlichkeit. Für wie blöd hielt Thorsten mich eigentlich?

Aus der Dusche roch es nach dem neuen Duschgel, das laut Reklame das Tier im Mann zur Geltung brachte. Und ich durfte immerhin die Unterhosen waschen, in denen er andere Frauen besprang wie ein streunender Straßenköter. Tina, Lydia oder wie sie alle hießen, standen für Neues und Abenteuer. Ich dagegen war die fleischgewordene Beständigkeit, die alte, langweilige Vertraute. Das wusste Thorsten ganz klar zu trennen. Ordnung musste sein.

Angeblich hatte er sich auch noch für den Kurs »Vom Motiv zum Bild« eingeschrieben und war inzwischen schon bei den Fortsetzern gelandet. Er bräuchte dringend mehr Freiraum, um sich als Künstler entfalten zu können, meinte Thorsten. Das konnte er seiner Großmutter erzählen!

»Du kannst doch gar nicht malen«, zog ich ihn auf.

»Stimmt«, lachte er nur. Ich hatte noch kein einziges Bild von ihm gesehen. Offensichtlich diente ihm der Kurs nur als Vorwand, um unbehelligt sein Liebesleben erweitern zu können. Ab jetzt würde ich Augen und Ohren offen halten.

»Ich fahr noch mal kurz zu Andy. Der muss mir mit dem Computer helfen.« Thorsten stand plötzlich hinter mir und duftete nach seinem Macho-Duschgel. Er ging also auf die Jagd.

»Schade!« Ich sah ihm tief in die Augen. »Wir wollten uns doch einen romantischen Abend machen.«

»Der Abend ist doch noch nicht vorbei…« Da war wieder das schelmische Grinsen, auf das ich vor zwölf Jahren hereingefallen war. Thorsten küsste mich auf die Stirn.

Dann lächelte er sich selbst kurz im Spiegel an und schien um einige Zentimeter gewachsen zu sein, als er die Wohnung verließ. Ich wusste genau, wo er hinwollte. Er war noch nie besonders einfallsreich gewesen.

Wenn ein Mann, der Flora und Fauna für Mädchennamen hielt und sich vor Spinnen ekelte, plötzlich dem Verein *Gartenfreunde Weserlust* beitrat und sich eine Parzelle am Osterdeich zulegte, wäre jede Frau stutzig geworden. Höchstwahrscheinlich stand er nur auf junges Gemüse.

Thorsten hatte offensichtlich vergessen, wer ihm jahrelang den Rücken freigehalten hatte. Ich war es, die aus dem Rehpinscher einen Rottweiler gemacht hatte, einen Mann mit Biss, den andere heimlich bewunderten. Seinetwegen hatte ich immer verzichtet und sollte jetzt geduldig darauf warten, dass er mich abservierte? Auf keinen Fall! Wenn wir uns trennten, dann nur zu meinen Bedingungen. Aber zuerst wollte ich herausfinden, was Thorsten wirklich trieb.

Ich gab ihm reichlich Vorsprung. Dann schwang ich mich auf mein Fahrrad und fuhr in Richtung Erdbeerbrücke. Zügig radelte ich über den Werdersee und die Weser, während die Autofahrer wie so oft im Stau feststeckten. Der Berufsverkehr verstopfte wieder einmal die Brücke. Dabei konnte man von unten am Holzdamm ganz genau sehen, dass sie einmal doppelt so breit geplant war. Denen da oben war damals wohl das Geld ausgegangen und jetzt mussten alle darunter leiden. Hier half nur joggen oder Rad fahren.

Kurz vorm Osterdeich ging es rechts ins Kleingartengebiet hinunter. Die letzten Meter lief ich zu Fuß und pirschte mich wie eine Indianerin an unser Gartenhäuschen heran. Es dämmerte bereits und ein kalter Wind sorgte dafür, dass sich hier niemand mehr draußen aufhielt. Je weniger Leute mich sahen desto besser. Das Licht war an! Thorsten war tatsächlich direkt zu seiner Liebeslaube gefahren. Ich kannte ihn zu gut.

Nur noch wenige Schritte. Mein Herz klopfte. Sollte ich einfach hineinplatzen und Thorsten bloßstellen? Nein, ich würde dieses kleine Techtelmechtel nicht so plump zerstören. Das hätte keinen Stil. Alles hatte seine Zeit.

Albernes Kichern drang nach draußen. Ich stellte mich lautlos neben das Fenster. Sie war Thorstens Typ: lange blonde Haare, eine üppige Oberweite und höchstens Mitte zwanzig. Lina oder Lena? Ich hatte sie erst neulich auf der Homepage der Firma gesehen. Thorsten stolzierte um sie herum und versuchte offensichtlich, seinen unwiderstehlichen Charme zu versprühen wie ein Hund seine Duftmarke. Auf dem Tisch standen zwei Gläser und eine Flasche Wein. Im Hintergrund lief ein Schmuselied von einem angeblichen Superstar.

Wie erniedrigend! Dabei hatte ich doch geahnt, dass Thorsten mich betrog, aber so in Echtzeit in seiner eigenen Reality Show mitzuspielen war eine ganze Nummer härter. Dieses Flittchen hätte seine Tochter sein können, wenn er denn jemals Kinder gewollt hätte. »Ist doch alles gut so, wie's ist«, hatte er mir immer eingeredet.

»Nein, ist es nicht!«, hätte ich Thorsten am liebsten angebrüllt. Wie aufmerksam er sein konnte! Er zog alle Register, um sie ins Bett zu kriegen, und ich sah ihm dabei zu. Aber nicht lange.

Ich zog mein Handy aus der Jackentasche und rief ihn kurzerhand an. Thorsten sah gereizt auf das Display. »Was gibt's denn? Ich brauche hier noch eine Weile«, jammerte Thorsten mir vor, ohne zu ahnen, dass ich ihn aus nächster Nähe beobachtete.

»Du, ich bin noch mal einkaufen gefahren und könnte jetzt einen kleinen Umweg zu Andy machen.« Ich konnte die Panik in Thorstens Augen sehen. »Was hältst du davon, wenn wir gemeinsam nach Hause ...«

»Auf keinen Fall!« fiel Thorsten mir laut ins Wort. »Eh ..., also ... ich finde, du solltest uns auf keinen Fall ... unterbrechen. Sonst zieht sich alles nur unnötig in die Länge.« Er drückte mich einfach weg, redete aber weiter mit dem Telefon. »Ich setze mich noch heute Abend an das Projekt... Ja klar... Keine Sorge, das kriegen wir hin... Tschüss.«

Solche schauspielerischen Fähigkeiten hatte ich ihm gar nicht zugetraut. Er stellte die Musik aus. »Lena, es tut mir leid, aber du hast ja selber gehört... Ich bin nun mal der Mann für alle Fälle. Wir holen das nach, ja?«

Ich hatte ihn beim Wildern aufgescheucht und jetzt würde er so schnell wie möglich nach Hause fahren.

Eine Minute später stürmte Thorsten tatsächlich allein aus dem Gartenhäuschen. Lena goss sich in Seelenruhe ein Glas Wein ein und öffnete den Kühlschrank. Sie war offensichtlich nicht zum ersten Mal hier. Ich beschloss zu handeln, zählte langsam bis zehn und riss die Tür auf.

Sie hatte mich nicht kommen hören und erschrak. »Hey!«, sagte ich besonders freundlich mit ausgestrecktem Arm. »Du bist doch Lena, oder?« Lena nickte verwirrt und schüttelte meine Hand. »Thorsten hat dir bestimmt schon von mir erzählt«, plauderte ich munter weiter und legte meinen Mantel ab.

»Nee, hat er nicht. Thorsten ist ... Was wollen Sie eigentlich hier?« Lena hatte ihre Sprache wiedergefunden.

Ich tat so, als wäre sie begriffsstutzig. »Also, das Siezen ist doch wohl ein bisschen affig, oder? Jetzt, wo wir uns näherkommen.« Ich knöpfte mir die Bluse auf und rückte mir die Brüste zurecht, damit sie in meinem knallroten BH so richtig zur Geltung kamen.

»Wieso näherkommen?«, fragte Lena irritiert.

»Na, Thorsten und ich, wir fanden dich beide ganz süß...«, lachte ich und zog mir den Rock aus. Dann musterte ich sie kurz und stürzte mit gespielter Begeisterung auf sie zu. »Wir zwei können ja schon mal miteinander warm werden.«

»Ihr seid doch wohl nicht ganz dicht! Was soll der Scheiß?« Lena sprang auf, griff nach ihrer Jacke und wollte fliehen. Ich verstellte ihr den Weg. »Fass mich nicht an!«, fauchte sie.

»Thorsten hat gesagt: Wer nicht mitspielt, gibt den Schlüssel ab.« Ich hielt die Hand auf.

Lena zog den Schlüssel aus ihrer Hosentasche und pfefferte ihn auf den Boden. »Ihr seid so was von krank!«, schrie sie noch, bevor sie die Tür hinter sich zuknallte.

Innerlich feierte ich meinen Auftritt. Die würde sich garantiert nicht wieder hierher trauen.

Ich fand, es war an der Zeit eine Kamera in Thorstens Liebeslaube zu installieren, um auf dem Laufenden zu bleiben. So könnte ich ihn bei unserer Scheidung mit den nackten Tatsachen konfrontieren und besser unter Druck setzen. Loswerden musste ich ihn sowieso. Die Frage war jetzt nur noch, wann und zu welchen Bedingungen.

Eine gute Woche später nutzte ich eine von Thorstens Fortbildungen dazu, wieder einen Abstecher ins Parzellengebiet zu machen. Ich schaltete die Mini-Kamera ein und versteckte sie hinter dem Guckloch meines Aktenordners für Gartenrechnungen. Dann stellte ich den Ordner zurück ins Regal, wo er zwei dicken, lachenden Gartenzwergen Gesellschaft leistete, die als Buchstützen dienten. Es klopfte. Eine unserer Nachbarinnen hatte ein paar Koniferen zu verschenken. Ich sollte mir welche aussuchen. »Das ist aber nett von Ihnen«, sah ich mich gezwungen zu sagen und dackelte missmutig hinter ihr her, obwohl mich Pflanzen nicht die Bohne interessierten.

Bei meiner Rückkehr staunte ich nicht schlecht über die hagere, rothaarige Frau, die auf meinen Ehemann zu warten schien. Seine Fortbildungen waren offensichtlich erotischer Natur. Klein und zierlich. Er hatte sein Beuteschema also erweitert. Ich riss mich zusammen.

»Na, wartest du auch auf Thorsten?«, begrüßte ich sie und begann mit meinen Dehnübungen. »Für diese Erotikfilme muss man sich ganz schön fit halten, was?«

Sie starrte mich wütend an. »Was wollen Sie hier?«, keifte sie.

»Gut aussehen, natürlich. Wenn ich schon im Internet zu sehen bin, dann knackig!« Ich griff ihr ans Kinn, schaute mir ihr Gesicht genauer an und sagte: »Nimm's mir nicht übel, aber du solltest wirklich etwas gegen deinen Damenbart ...«

»Halt die Fresse und hau ab! Das ist mein Freund, verstanden?«, zischte sie. Sie war aufgesprungen und mir bedrohlich nahe gekommen.

»Mann, reg dich ab! Ich bin nur wegen der Aufnahmen hier«, sagte ich ruhig und zeigte ihr die Kamera im Aktenordner.

»Was für Aufnahmen?« Sie sah blass aus.

»Na, die fürs Internet. *Wilde Weiber von der Weser* ist jetzt schon über fünftausendmal angeklickt worden. Wir werden noch berühmt«, zwinkerte ich ihr zu.

Aber sie hatte keinen Sinn für Humor. »Ich zeig euch an! Die Kamera! Gib mir sofort die Kamera!«, brüllte sie und prügelte mit Thorstens Stockschirm auf mich ein. Was bildete die sich eigentlich ein? Sie holte wieder aus und stürzte sich auf mich wie eine Verrückte. Ich sprang zur Seite und brachte sie aus dem Gleichgewicht, aber sie fing sich schnell und begann wild um sich zu schlagen. Holte sich Thorsten seine Schlampen aus der Klapse? Der Teller auf dem Tisch zerschepperte. Dann die Vase. Grüne Scherben flogen wie Geschosse durch die Luft. Jetzt stand sie direkt vor mir und spuckte mir ins Gesicht. Angewidert stieß ich sie mit aller Gewalt von mir weg. Sie taumelte und fiel gegen das Regal. Mein Gott, die Heckenschere! Thorsten hatte die Schere hier liegen lassen. Blitzschnell bückte sich die Rothaarige danach, aber ich war schneller, riss sie kreischend an den Haaren zurück und warf sie zu Boden. Dann schnappte ich mir die Heckenschere und stieß sie ihr mit ganzer Kraft in den Rücken. Niemand würde mich je wieder demütigen.

Sie regte sich nicht mehr. Verdammte Scheiße! Was bekam man für Totschlag? Ach, Quatsch! Handeln! Ich musste handeln!

Wahrscheinlich würde Thorsten gleich durch die Tür kommen und sofort die Polizei rufen. So leicht könnte er mich schließlich nie wieder loswerden. Irgendwie musste ich ihm zuvorkommen. Draußen war es jetzt stockdunkel.

Wohin mit der Rothaarigen? Ich hatte noch nie eine Leiche verschwinden lassen. In die Weser? Zum Fluss war es nicht weit, aber dazwischen lagen der Zaun, ein Weg und viel Gebüsch.

Nein, jetzt nicht! Man könnte mich dabei beobachten.

Das Kleingartengebiet *Im Suhrfelde* war beliebt. Irgendein Hobby-Gärtner geisterte bestimmt noch hier herum. Ich konnte keinen klaren Gedanken fassen. Verdammt noch mal!

Thorsten würde jeden Moment hier sein.

Ich rollte sie in den Teppich ein, auf dem sie lag.

Dann schleifte ich ihn mitsamt der Toten nach draußen hinter das Gartenhaus. Ein Glück, dass sie so dünn war! Heute Nacht würde ich sie irgendwo loswerden. Da fiel mir bestimmt noch etwas ein. Alles der Reihe nach! Ich stopfte ihre Jacke und ihre Handtasche in eine Plastiktüte und radelte zurück. Auf der Erdbeerbrücke hielt ich kurz an und warf alles in die Weser. Hilfe! Die Kamera hatte ich völlig vergessen. Wie blöd konnte man sein? Die stand noch zwischen den dicken Gartenzwergen im Regal. Ich musste sofort zur Parzelle zurück!

Thorsten war noch nicht da. Schwein gehabt! Schnell riss ich die Kamera aus dem Aktenordner, steckte sie in meinen Rucksack und fing an zu putzen. Das war besser, als ihm jetzt über den Weg zu laufen. Plötzlich stand Thorsten in der Tür und starrte mich an.

»Hey, was machst du denn hier?«, fragte er übertrieben fröhlich.

»Sauber«, antwortete ich und wischte ungerührt weiter.

»Super!« Er blickte nervös auf seine Armbanduhr. Ich drückte ihm ein Staubtuch in die Hand und ließ ihn eine Menge Fingerabdrücke entfernen. Der Teppich hatte zum Glück das Blut aufgesogen. Thorsten schielte wieder auf die Uhr.

»Musst du noch irgendwo hin?«, erkundigte ich mich schadenfroh. Er schüttelte nervös den Kopf.

Ich wollte mit ihm nach Hause fahren, aber Thorsten faselte irgendetwas von Hausaufgaben für seinen Kunstkurs und dass er gleich nachkäme. Ich biss mir auf die Zunge. Malutensilien hatte ich hier keine gefunden, nur seine hysterischen Aktmodelle.

Zu Hause fragte ich mich, wie lange Thorsten wohl für seine »Hausaufgaben« brauchen würde. Anderthalb Stunden später hörte ich Bewegung im Treppenhaus. Thorsten schloss die Tür auf, aber er kam nicht allein. Zwei Polizeibeamte hatten ihn eingerahmt. War er verhaftet worden?

»Was ist passiert?«, fragte ich verwirrt. »Hast du getrunken?« Thorsten starrte mich wortlos an. Ich konnte sein Gesicht nicht lesen.

»Frau Harms«, sprach mich einer der Beamten an. »Sie stehen unter dem dringenden Verdacht, eine Straftat begangen zu haben.«

»Ich?«, rief ich entsetzt aus. »Wie kommen Sie darauf?«

»Wir konnten Sie eindeutig auf dem Film identifizieren«, antwortete der andere sachlich. Ich begriff nichts. Den hatte ich doch gerade erst versteckt.

»Was für'n Film?«, wollte ich wissen.

»Wie wärs mit dem hier?« Der Polizist hielt mir einen dicken Gartenzwerg unter die Nase. In seinem Inneren befand sich eine kleine Kamera.

»Vom Motiv zum Film«, sagte Thorsten trocken. Der Gartenzwerg lachte mir dreist ins Gesicht.

Stille Wasser

von Corinna Gerhardts

Das Mädchen
Die Fische umringen mich erstaunt und können ihre starren Augen nicht von mir lassen. Sie öffnen ihre Münder und kleine Blasen steigen auf, als machten sie »ohhh« und »ahhh«. Trotz des trüben Wassers kann man ziemlich weit sehen. Schlingpflanzen wiegen sich langsam, von den Wellen bewegt, die Steine am Grund sind bemoost und flauschig und sehen aus, als ob sie gekrault werden wollten. Eine Plastiktüte treibt langsam vorbei, rostige Konservendosen hängen zwischen alten Ästen, ein Stück weiter schwimmt ein altes Fahrrad, auf dem Rücken liegend wie ein toter Fisch. Den veralgten Stiefel mit abgelöster Sohle empfinde ich als beleidigendes Klischee. Wenn ich auf meine Hände schaue, wirken sie weiß, fast bläulich. Schlaff hängen sie im Wasser und bewegen sich im gleichen Rhythmus wie die Pflanzen.

Der Kommissar
»Wie jetzt, Sie haben zwei Passagiere verloren? Die Überfahrt dauert nicht mal 10 Minuten, da verschwinden doch nicht einfach Menschen, ohne dass jemand etwas mitbekommt!«

Der Fährmann rang seine Hände. »Nun ja, deswegen haben wir ja Sie gerufen, um genau das herauszufinden. Glauben Sie mir! So was ist mir in zwanzig Jahren noch nicht passiert!«

Kommissar Schultz sah auf die kleinen Bugwellen, die die Fähre auch im Stillstand umspielten. Er kannte sie gut.

Schon als kleines Kind war er damit bei sommerlichen Ausflügen zum *Café Sand* gefahren, zum Werdersee oder zum *Kuhhirten*, der damals den schönsten Abenteuer-Spielplatz der ganzen Stadt hatte. Er erinnerte sich gut, wie der alte Fährmeister, vermutlich der Vater des verwirrten Kapitäns, der jetzt vor ihm stand, sich immer einen Spaß daraus gemacht hatte, das ganze Schiff in der Mitte der Weser um sich selber kreisen zu lassen, zur Bespaßung der Kinder an Bord. Laut hatten sie Runde um Runde mitgezählt, bis es einem nach dem anderen von ihnen schlecht und das Zählen immer leiser wurde. Und dann die Rückfahrt, wenn man sonnenverbrannt, mit verkrusteten Haaren, einen leichten Salzgeschmack im Mund, auf dem Weg nach Hause war, meistens so erledigt, dass das gleichmäßige Schaukeln der Überfahrt einen bereits in sanftes Dösen versetzte. Es waren gute Erinnerungen, feststehende Bilder seiner Kindheit, die er mit dieser Fähre verband. Jetzt musste er diesen zwei verschwundene Menschen hinzufügen und das passte ihm gar nicht.

Er betrachtete die Taucher und die Einsatzboote, die die Weser bevölkerten, bisher leider ohne Erfolg. Am Ufer sammelten sich die Schaulustigen, die je nach Temperament versuchten jede noch so kleine Aktion mit ihren Handys zu filmen oder so zu tun, als ob sie nur an der langsam untergehenden Sonne interessiert wären und sich rein zufällig in Sichtweite aufhielten.

Hätte es sich an diesem Tag nicht um einen ausgesprochen kühlen Tag gehandelt, hätten ganze Menschenmassen die beiden Uferseiten bevölkert, aber so behaupteten die wenigen Befragten, ihnen wäre nichts Ungewöhnliches aufgefallen.

Bei diesen Überlegungen fiel sein Blick vor allem immer wieder auf den leeren und einsam herumstehenden Rollstuhl, der mit leisem Klappern rhythmisch an die Reling stieß. Nach Aussage des Kapitäns hatte das junge Mädchen darin einen sehr schwachen und abwesenden Eindruck gemacht, als es von seiner Mutter auf das Boot geschoben wurde. Obwohl sie die einzigen Fahrgäste an Bord waren und er die Kleine schon auf etwa 16 Jahre schätzte, hatte er in der Mitte des Flusses sein Kinderprogramm der vielen Umdrehungen durchgezogen, in der Hoffnung, der jungen Frau damit eine Freude zu machen. (Irgendwie beruhigte es Schultz, dass auch nach so vielen Jahren an dieser Tradition festgehalten wurde.)

Als er auf der anderen Seite angekommen war, stieg niemand aus. Nur der Rollstuhl stand verlassen da.

Die Kollegen überreichten ihm die Damenhandtasche, die an der Rückenlehne hing. Im Portemonnaie befanden sich wohlsortiert alle Ausweise und Papiere der beiden. Immerhin hatten sie jetzt einen Anhaltspunkt über die Identität der Vermissten.

Er konnte hier nichts mehr ausrichten und überließ den Einsatzkräften das Terrain und die ungeduldig wartenden Zuschauer.

Das Haus, in dem die beiden Frauen mit der Großmutter gelebt hatten, war ein typisches Arbeiterhaus der 50er Jahre, von denen es in Bremen so viele gab. Gutbürgerlich, nicht die ärmste, nicht die reichste Gegend, hätte er jemals den Wunsch nach Familie verspürt, hätte er auch hier wohnen wollen.

Die Großmutter öffnete erwartungsvoll die Tür. Als sie ihn sah, sackte sie in sich zusammen. Dann griff sie nach seinen Händen. »Ich sehe, dass Sie keine guten Nachrichten bringen, aber bitte sagen Sie mir, dass es auch keine schrecklichen sind!«

Schultz wusste nicht, was er dazu sagen sollte, und wiegte den Kopf hin und her. »Wir haben leider noch nichts gefunden, was uns irgendwie weiterbringt. Aber ich muss Ihnen ehrlich sagen ... also angesichts der Umstände ...«

Sie unterbrach ihn lächelnd. »Die Hoffnung stirbt zuletzt, nicht wahr? Kommen Sie doch herein! Kann ich Ihnen etwas anbieten? Einen frischen Kräutertee vielleicht?«

Im Wohnzimmer der drei Frauen hing ein Geruch von Dachboden. Die alten gedrechselten Eichenmöbel zusammen mit den tannengrünen Polstern und Vorhängen hatten den Charme einer gediegenen Eckkneipe. Er konnte sich nur schwer vorstellen, dass hier eine 16-Jährige leben sollte.

»Erzählen Sie mir ein bisschen über ihre Tochter und Ihre Enkelin. Martha und Lena, richtig? Wie war Ihr Verhältnis? Und warum saß Ihre Enkelin im Rollstuhl?«

»Könnten wir uns darauf einigen, von den beiden nicht in der Vergangenheitsform zu reden?«, bat die alte Dame und er nickte stumm.

»Glauben Sie mir, ich kenne kaum ein Mutter-Tochter-Paar, das sich dermaßen nahesteht wie diese beiden. Als Lena als kleines Mädchen so krank wurde, gab Martha ihren Beruf auf, um sich rund um die Uhr um sie zu kümmern. Sogar ihre Wohnung haben sie verloren.

Deswegen zogen sie auch wieder bei mir ein. Aber es wurde immer schlimmer. Die Ärzte wussten nicht mehr weiter, immer wenn sie ein Organ im Griff hatten, versagte das nächste, schließlich verlor sie auch noch ihre Fähigkeit zu gehen. Aber Martha war immer an ihrer Seite. Glauben Sie mir, ich wüsste nicht, ob ich die Kraft gehabt hätte.«

»Was ist mit dem Vater?«

»Martin ist ein guter Mann. Aber die beiden waren wirklich nicht füreinander gemacht. Was mir Martha manchmal so erzählt hat... Nachdem Lena so krank geworden ist, hat er sich kaum noch gemeldet. In letzter Zeit hatten die beiden aber ab und zu wieder Kontakt. Manchmal kommt er zum Kaffeetrinken vorbei. Aber er wäre gar nicht in der Lage, Lena über das Wochenende zu nehmen oder so. Sie können sich nicht vorstellen, wie pflegeaufwendig so ein krankes kleines Mädchen sein kann.«

»Was ist mit aktuellen Männern im Leben Ihrer Tochter?«

Sie wurde tatsächlich ein wenig rot, wie Schultz leicht belustigt feststellte.

»Nun, sehen Sie, das geht mich wirklich nichts an. Auch wenn sie hier wohnt, führt sie ja ihr eigenes Leben.«

»Also gab es jemand?«

»Mit Tim hat Martha großes Glück gehabt. Für meinen Geschmack ist er ein bisschen zu jung, aber wie gesagt, es ist ihr Leben! Und warum soll man sich nicht ab und zu etwas gönnen.« Sie kicherte in sich hinein und Schultz wusste nicht genau, wo er hinsehen sollte.

»Ich habe ihm schon Bescheid gesagt. Er müsste jeden Moment da sein.«

»Sie haben seine Nummer?«

»Aber warum denn nicht?«

»Mhm.«

Bei aller Freundlichkeit war Schultz etwas an dieser Frau unheimlich. Er überlegte, wie er sich ihrer unmittelbaren Nähe entziehen konnte.

»Dürfte ich mir die Zimmer Ihrer Tochter und Ihrer Enkelin mal genauer ansehen?«

Er war überrascht, wie karg und praktisch das Jugendzimmer eingerichtet war. Keine Bilder an den Wänden, keine Plüschtiere auf dem Bett und nur ein großes Regal voller Bücher, die ordentlich Spalier standen.

»Was hat Lena denn den ganzen Tag gemacht, außer zu lesen? Ist sie zur Schule gegangen?«

Schultz drehte sich um und fuhr erschreckt zusammen. Er hatte die Großmutter hinter sich erwartet, aber bestimmt nicht so kurz vor seiner Nasenspitze.

Sie zuckte mit den Schultern. »Außer Lesen KANN sie nicht so viel machen.« Schultz bemerkte die Betonung des Präsenz und beschloss, besser darauf zu achten. »Seit sie acht Jahre alt ist, unterrichtet ihre Mutter sie zu Hause. Sie ist einfach zu oft krank und hat durch die Aufenthalte in der Klinik viel verpasst. Martha ist eine tolle Pädagogin. Lena hat bestimmt mehr bei ihr gelernt, als sie es in einer Schule jemals getan hätte.«

»Und wie GEHT es ihr damit?«

»Ach, die Lena ist so ein geduldiges, freundliches Wesen, das können Sie sich gar nicht vorstellen. Hat sich nie beschwert, nie mit ihrem Schicksal gehadert.«

Es klingelte an der Tür und die Großmutter ging hinunter, um zu öffnen. Schultz hörte eine Männerstimme von unten heraufsteigen.

Alleine im Zimmer, begann er Schubladen zu öffnen und in Schränke zu sehen. Unter dem Kopfkissen fand er, was er gesucht hatte. Lenas Tagebuch. Nach einem vorsichtigen Blick in den Flur, begann er darin zu blättern.

Das Mädchen

Ich bin eine Gefangene meines eigenen Körpers. Und damit eine Gefangene meiner Mutter, meiner Großmutter und dieses schrecklichen Hauses. Was würde ich dafür geben, mit anderen Jugendlichen zu tanzen und auf Partys zu gehen. Quatsch. Was würde ich schon darum geben, mit ihnen auf eine ganz normale Schule gehen zu können! Ich hasse meinen Rollstuhl und ich hasse meine Beine, die nicht gehen wollen. Ich hasse dieses Leben. Manchmal wünsche ich, der nächste Schub soll mich endlich mitnehmen. Ich weiß nicht, ob ich an einen Himmel glaube. Ich würde es so gerne tun. Aber ich habe das Gefühl, wenn ich an einen Himmel glaube, muss ich zwangsläufig auch an eine Hölle glauben und wahrscheinlich würde ich da landen. Oder unser Leben ist die eigentliche Hölle und der Tod die Erlösung in die höheren Sphären.

Der Kommissar
Schultz hörte Schritte und Stimmen die Treppe nach oben kommen. Er sah sich schnell um und ließ dann das kleine Buch in seiner Jackentasche verschwinden. Ob der Wunsch nach Erlösung übermächtig geworden war? Aber es ging alles nicht auf. Wie hätte sie von ihrem Rollstuhl ohne Hilfe über die Reling kommen sollen? Und was sollte mit der Mutter passiert sein? Irgendwas übersah Schultz, da war er sich ganz sicher. Tim war wirklich ausgesprochen jung. Vielleicht Anfang, Mitte 20. Ein hübscher Kerl, mit offenen blauen Augen, die ehrlich erschreckt dreinschauten.

»Wissen Sie schon etwas Genaueres?«

Schultz schüttelte den Kopf. In dem Moment klingelte sein Handy. Er lauschte kurz, nickte ein paarmal, obwohl sein Gesprächspartner das offensichtlich nicht sehen konnte, und legte dann mit ernster Miene wieder auf.

»Es tut mir sehr leid. Die Taucher haben Marthas Leiche gefunden.«

Die Großmutter lehnte sich mit einem trockenen Schluchzen an den Türrahmen. Tim ließ sich entsetzt auf das Bett sinken.

Schultz räusperte sich. »Ich muss Sie leider fragen, wo Sie beide heute Nachmittag zwischen vier und fünf waren.«

Die alte Dame rang nach Luft. »Ich war bei meinem Bridgeabend, bis der Anruf der Polizei mich erreichte.«

»Ich war bis eben auf der Arbeit. Spätschicht.« Die Stimme des jungen Mannes zitterte. Er war kurz davor zu heulen. Schultz betete, dass er sich zurückhielt, bis er seine Arbeit hier beendet hatte. Mit Toten konnte er umgehen. Weinende Menschen hingegen verwirrten ihn immer zutiefst.

»Wüssten Sie irgendjemand, der ein Problem mit ihr hatte? Gab es Auseinandersetzungen, Drohungen, irgendwas?«

Tim schüttelte entgeistert den Kopf. »Sie war die herzlichste Person, die ich je kennengelernt habe. Alle haben sie geliebt.« Aber dann sah er auf. »Martin.«

Sie schüttelte entsetzt den Kopf. »Wie kommst du denn da drauf!«

»Hat sie es dir denn nicht erzählt? Er hat sie in den letzten Monaten immer wieder bedrängt ihm das Sorgerecht zu überlassen. War der Meinung, sie wäre überfordert und der psychischen Belastung nicht gewachsen. Und das ausgerechnet von ihm! Wo er sich vorher so gut wie nie um Lena gekümmert hat! Hat ihr sogar einen Anwalt auf den Hals gehetzt!«

Sie schüttelte entgeistert den Kopf. »Davon habe ich nichts gewusst.«

»Könnten Sie mir seine Kontaktdaten geben?«

»Natürlich. Ich habe sie nicht im Kopf, aber ich suche Sie Ihnen gerne raus.«

»Danke. Dürfte ich mich hier in der Zwischenzeit noch ein wenig umsehen?«

»Aber sicher doch.«

Sie ging mit langsamen, schweren Schritten die Treppe wieder hinunter. Der junge Mann folgte ihr mit hängenden Schultern.

Marthas Schlafzimmer war genauso spartanisch wie Lenas. Auf dem Schreibtisch stapelten sich Unterlagen aus verschiedenen Krankenhäusern, Blut- und Röntgenbilder. Auch im Bücherregal fiel die große Anzahl medizinischer Literatur auf. Offensichtlich hatte die besorgte Mutter keinen Weg außer Acht gelassen ihrer Tochter zu helfen.

Den Badezimmerschrank füllten Unmengen von Tablettenpackungen. Die Namen darauf sagten ihm alle nichts. Damit sollte sich die Spurensuche später auseinandersetzen.

Er ging noch einmal zurück in Lenas Zimmer. Ihn plagte das Gefühl, dort etwas übersehen zu haben. Er setzte sich auf das Bett und sah sich um. Sein Blick glitt über die Buchrücken. Mädchenbücher, Popliteratur, ein bisschen Klassik. Dann stutzte er. In der ordentlich ausgerichteten Reihe stand ein Buch ein wenig nach vorne. Als wäre es herausgeholt und nachlässig wieder zurückgestellt worden. Oder als befände sich etwas hinter dem Buch, was es daran hinderte, wie seine Geschwister in Reih und Glied zu stehen. Er zog es heraus und lachte triumphierend auf, als er dahinter ein kleines Döschen fand. Wenn man es schüttelte, klapperte es wie eine Rassel.

Beim Öffnen fielen einige der darin enthaltenen Tabletten auf den weichen Teppichboden. Schnell sammelte er sie wieder ein. Insgesamt befanden sich an die 50 Tabletten verschiedener Größe und Formen darin.

Er ließ auch diese Dose in seiner Jackentasche verschwinden. Obwohl sie ihn dem Rätsel kein Stück näher brachte. Warum sollte Lena ihre Medizin verweigern? War doch Selbstmord im Spiel?

Er verabschiedete sich höflich von den beiden Trauernden im Wohnzimmer, die, sich gegenseitig Halt gebend, einander bestätigten, was für eine großartige Frau ihre Martha gewesen ist.

Sobald er im Auto saß, programmierte er sein Navi auf die Adresse, die ihm die Großmutter im Rausgehen überreicht hatte. Es führte ihn in die Villengegend, auf ein Grundstück, das wohlsituiert und elegant wirkte.

Fast war er ein bisschen überrascht, dass nicht ein Butler die Tür öffnete, sondern der Hausherr selbst.

Martin Seeger war ihm auf Anhieb sympathisch. Er sprach mit freundlicher, tiefer Stimme und strahlte eine ungeheure Ruhe aus, selbst nachdem Schultz seine Erklärungen beendet hatte.

»Ja, das stimmt. Ich habe versucht das Sorgerecht für Lena zu bekommen.«

»Warum das? Hatten Sie nicht das Gefühl, dass Lena bei Ihrer Exfrau gut aufgehoben war? Bisher habe ich von allen nur gehört, was für eine liebevolle und aufopfernde Mutter sie gewesen ist.«

»Sicher. Das war auch die Rolle, in der sie sich selber am liebsten gesehen hat.«

»Aber?«

»Aber ich hatte schon länger das Gefühl, dass etwas nicht stimmt. Diese plötzlichen, unerklärlichen Krankheitssymptome, die uns nie ein Arzt wirklich erklären konnte.«

»Glauben Sie, Lena hat allen etwas vorgespielt?«

»Oh, nein. Lena nicht.«

»Sondern?«

Es war ihm sichtlich unangenehm darüber zu sprechen. Er wand sich auf seiner weißen Ledercouch hin und her und räusperte sich ein ums andere Mal.

»Es kam mir seltsam vor, dass Martha sich mit Händen und Füßen dagegen gewehrt hat, Lenas Pflege auch nur für einen Tag an jemand anderen abzugeben. Egal wo Lena war, sie war immer an ihrer Seite. Im Krankenhaus, in der Reha, zu Hause. Glauben Sie mir, ich hätte ihr gerne mehr unter die Arme gegriffen, aber sie hat mich regelrecht von sich weggestoßen. Vielleicht hätte ich um Lenas willen durchsetzungsfähiger sein sollen, aber wahrscheinlich hatte ich Angst davor, dass sich meine schlimmsten Befürchtungen bestätigten.«

»Und die wären?«

»Haben Sie schon mal von dem Münchhausen-Stellvertreter-Syndrom gehört?«

Das Mädchen

Ich habe endlich einen Beweis. Ich bin nicht verrückt. Ich bilde es mir nicht ein und ich leide nicht an Verfolgungswahn. Und das Wichtigste von allem – ich bin gar nicht wirklich gelähmt.

Ich habe sie mit ihren eigenen Waffen geschlagen. Es waren ihre Medizinbücher, die mir die Bestätigung gegeben haben. Ich hätte sie gar nicht ganz lesen müssen. Die unterstrichenen Passagen haben alles verraten. Ich verstehe nicht, wie sie so leichtsinnig sein konnte, diese Bücher hier offen herumstehen zu lassen. Oder für wie dumm sie mich gehalten haben muss.

Die Kombination einiger der Tabletten, die sie mir gegeben hat, führen zu temporären Nervenlähmungen. Die Erschöpfung, die Nierenprobleme, die Herzrhythmusstörungen – alles Produkte ihrer »Medikation«. Am meisten entsetzt mich, wie wenig mich diese neuen Erkenntnisse verwundern. Als hätte ich es schon lange geahnt. Dass meine eigene Mutter dabei ist, mich umzubringen.

Seit zwei Wochen habe ich ihre Tabletten nicht geschluckt. Sie kontrolliert es nicht. Ich bin ja die brave, folgsame Tochter, nicht wahr? Mein Kopf ist viel klarer, die Bauchschmerzen haben endlich aufgehört und jeden Abend, wenn sie im Bett ist, trainiere ich meine Beine. Ich kann schon mehrfach im Zimmer auf und ab gehen. Aber ich muss es sehr leise machen. Sie darf es auf keinen Fall bemerken.

Der Kommissar

Schultz legte schwer atmend das Tagebuch zur Seite. Er konnte nur ahnen, wie Lena sich gefühlt haben musste. Nach dem langen und aufschlussreichen Gespräch mit ihrem Vater hatte er nicht widerstehen können, auf seinem Handy diese seltsame psychische Krankheit, von der er zuvor nur vage gehört hatte, zu googeln. Er konnte es kaum fassen, dass es Eltern gibt, die ihre Kinder absichtlich krank machten, nur um selber mehr Aufmerksamkeit zu bekommen.

Als sein Handy plötzlich klingelte, fuhr er so aus seinen Gedanken hoch, dass er sich den Kopf kräftig an der niedrigen Fahrraumdecke stieß.

Ein Kollege teilte ihm mit, dass man an Marthas Leiche deutliche Strangulations-Spuren gefunden hatte. Es überraschte ihn nicht wirklich.

Langsam fuhr er zur Fähre zurück. So langsam, dass ihn immer wieder Autos wild hupend überholten, aber er bemerkte es kaum.

Als er auf Höhe des Weserwehrs angekommen war, hielt er plötzlich an, stieg aus dem Auto und lief die Stege entlang, die er immer sehr gruselig fand, weil man durch die dünnen Metallstreben meterweit in die Tiefe schauen konnte und er Böden, durch die man hindurchsehen konnte, grundsätzlich nicht traute. Auf der Mitte blieb er stehen und starrte in die schäumende Gischt, die unter ihm mit großer Kraft entlangrollte.

Mit einem weiten Schwung warf er das Tagebuch und die Dose mit den Tabletten hinein. Es dauerte nur Sekunden, bis sie in die Tiefe gezogen wurden.

Als er wieder an der Unglücksstelle ankam, begrüßten ihn die Kollegen gleich mit der Tatsache, dass der Körper des Mädchens verschwunden blieb.

»Dann müssen wir wohl weitersuchen«, sagte er nur.

Das Mädchen
Ich hätte nie gedacht, dass es sich so gut anfühlt, meiner eigenen Mutter in die aufgerissenen Augen zu sehen, die zum ersten Mal die gleiche Todesangst zeigten, wie ich sie seit Jahren Tag für Tag gespürt hatte. Es war fast zu einfach gewesen, sie plötzlich mit mir über die Reling zu ziehen und unter Wasser zu drücken. Als ich ihren spießigen bunten Blumen-Schal immer fester um ihren Hals gezogen habe, während sie verzweifelt versucht hat, an die Oberfläche zu schwimmen und ihre Bewegungen immer kraftloser wurden, hätte ich gerne noch etwas Spitzfindiges gesagt, so wie die Helden in den Filmen, bevor sie jemand erschießen. Aber das ging leider nicht unter Wasser.

Unter Wasser ist es still. Die Fische haben das Interesse an mir verloren. Ich sehe die Uferböschung verschwommen vor mir. Ich tauche zuerst nur mit einem Teil des Kopfes auf, wie ein Krokodil, das nur seine Augen über die Wasserfläche gleiten lässt.

Kein Mensch ist zu sehen.

Also erhebe ich mich aus dem Fluss, als hätte Johannes der Täufer persönlich mich gerade untergetaucht. Ich hinterlasse Wasserspuren wie eine Nixe, die gerade das erste Mal ihre neuen Füße ausprobiert, während ich den Weg hinunter laufe. Wäre ich ein richtiger Held, würde ich jetzt in den Sonnenuntergang gehen.

Aber wen kümmert das schon.

Punkendeich – Der Fall eines echten Mannes

von Truxi Knierim

Ein Sommersonntag im Jahr 1572. Der Glöckner von Ansgarii schlägt elf Uhr. Wubke und Gebeke verlassen das Gotteshaus und streifen die Schleier vom Gesicht. Jetzt darf man sie sehen, in der Kirche wäre es nicht so statthaft gewesen.

Vor ihnen wackelt eine bucklige Frau. Ach ja, die Hinketante. Sie wohnt ebenfalls außerhalb der Stadtmauer, am Sieldeich.

Ein junger Mann geht mit großen Schritten an ihnen vorbei. »Sieh da, Fiete Voß«, meint Gebeke und sieht ihm versonnen nach. »Is'n schmucker Kerl.« Er trägt Kniehose und Wams. Den Kopf bedeckt ein flaches Barett, die Krempe gepufft und bestickt sowie mit einer Perlenschnur geschmückt. »Der Hut ist von seinem Vadder.«

Wubke nickt. »Jau, aber der sitzt ja nun im Ostertorzwinger.«

»Mhm. Eigentlich schade. Ich mochte ihn ganz gern.«

Hufgeklapper. Es wird langsamer. Neben ihnen kommt ein schwarzes Pferd zum Stehen. Meister Jacob beugt sich herab und frotzelt: »Na, Deerns, auch was fürs Seelenheil getan?«

»Jau, Meester.«

»Na, denn bis gleich.« Er gibt dem Pferd die Sporen.

Die jungen Frauen sehen sich stirnrunzelnd an. Bis gleich? »Wir haben noch viel Zeit!«, sagt Wubke bestimmt. Sie schlendern zum Ostertor und verlassen die Stadt. »Komm, lass uns ein bisschen an die Weser gehen.«

Der Sieldeich. Sie steigen den Abhang hinab und setzen sich unten an das Wasser.

Sonnenlicht funkelt auf kleinen grauen Kräuselwellen. Möwen kreischen, Enten tauchen in den Fluten, ein Kahn segelt weseraufwärts.

»Aaah!« Gebeke legt ihren Kopf zurück, schließt die Augen und spürt die Sonnenwärme auf der Haut. Ach, ist das schön. Juli in Bremen. Und einfach an der Weser sitzen. So gut ist es ihr früher in Duddenhausen nicht gegangen.

Seit einem halben Jahr leben und arbeiten die jungen Frauen am Sieldeich. »Punkendeich«, so frotzeln die Bremer. Hurendeich. Davor befand sich das Etablissement in der Ölmühlenstraße, doch dann beschloss die Witticheit, der Rat zu Bremen, dass sämtliche Huren und losen Weiber aus der Stadt verschwinden müssten. Nun ja, jetzt befindet sich das gemeine Frauenhaus bei Meister Jacob, dem Scharfrichter. Ist nicht schlecht. Der Meister ist in Ordnung und Wächter Hans ebenso. Der achtet darauf, dass es zu keinen ungehörigen Ausschweifungen kommt. Und hier am Deich, da können die Punken auch mal ein bisschen »außer Haus« arbeiten, also heimlich mit einem Soldaten ins Gebüsch gehen. Oder einen Mann in sein Haus begleiten, wenn das echte Weib nicht da ist. Klar ist das verboten. Aber es bringt Geld.

Die Freundinnen fühlen sich hier wohl.

»Ach ja, der Voß«, sinniert Wubke. »Wann der wohl wieder rauskommt aus'm Karzer?«

Gebeke zuckt mit den Schultern und fragt: »Wusstest du, dass er verheiratet ist?«

»Klar. Aber als Hans das herauskriegte, musste er es melden.«

Ja, so ist das. Männern, die eine echte Ehefrau haben, ist der Besuch des gemeinen Frauenhauses verboten. Darauf haben die Wächter zu achten. Und wenn sie jemanden erwischen, so wird der gemeldet und gefänglich eingezogen.

»Miauuu.« Eine graue Katze schiebt sich zwischen die jungen Frauen und reckt ihren Hals.

»Ach, Minchen!«, sagt Gebeke und streichelt sie. Minchen schnurrt und drängt sich immer enger an sie.

Von Ansgarii schlägt es zwölf. Wubke erhebt sich. »Na, dann müssen wir wohl wieder. Aber heute Abend haben wir frei.« An Festtagsabenden ist Prostitution verboten.

Montagmittag. Gebeke und Wubke sitzen mit Wächter Hans in der Diele und warten auf Kundschaft. Die anderen Deerns arbeiten bereits.

Kaufmann Ehlert Kaiserhoff betritt den Raum. Hans steht auf und geht mit Kaiserhoff vor die Tür. Verwundert sehen sich die jungen Frauen an. Der Kaufmann kommt häufig zu Gebeke. Ein netter Mann. Sie mag ihn. Vor allem, weil er ihr jedes Mal ein paar Grote zusätzlich ins Mieder steckt, die sie nicht abzugeben braucht.

Es dauert eine Weile, dann kehren die Männer zurück. Gebeke erhebt sich fragend. Hans nickt. Dann geht sie mit Kaiserhoff ins Gemach. Sie beginnt ihr Ritual. Ein bisschen mit dem Busen wackeln, ein bisschen den Ausschnitt des Kleides öffnen, ein bisschen lasziv lächeln. Das Übliche eben.

Kaiserhoff lässt sich auf ein Taburett fallen und stützt den Kopf auf die Hände. Er sieht sie nicht an. Regungslos starrt er vor sich hin. Gebeke ist beunruhigt. »Werter Herr, werter Herr«, fragt sie leise, »was ist Euch?«

Er schweigt.

Soll sie ihn berühren? Ihn entkleiden? Langsam geht sie auf ihn zu und streicht über seinen Rücken. Er reagiert nicht. Sie setzt sich zu ihm. Er reagiert nicht. Sie gibt ihm einen Kuss auf die Wange, was sie sonst nie macht. Er reagiert nicht.

»Werter Herr, seid Ihr erkrankt?«

Schließlich hebt er den Kopf und sieht sie resigniert an. »Es geht heute nicht«, murmelt er. »Lass mich einfach hier sitzen. Es geht nicht.«

Gebeke legt ihren Arm auf seine Schulter und streichelt ihn sanft. Wie man einen kleinen Jungen tröstet. Ja, manchmal geht es nicht. Das kommt vor.

Als er sie eine Stunde später verlässt, steckt er ihr ein paar Grote ins Mieder, obwohl nichts gegangen ist.

Aber so ist er, der nette Herr Kaiserhoff. Manchmal spricht er auch ein bisschen von sich und seinen Geschäften. Getreidehandel im Ostseeraum. Seine Handelsschiffe segeln nach Riga, Windau und Königsberg. Er ist im *Haus Seefahrt* aktiv, einer Stiftung für arme und alte Schiffer. Kümmert sich um diese Männer, erzählt gelegentlich von ihnen und spendet Geld. Kaiserhoff ist nie anmaßend oder fordernd oder arrogant. Da kennt Gebeke ganz andere Kerle. Nun ja, jeder hat mal einen schlechten Tag. Auch eine honorige Persönlichkeit wie der Kaufmann.

Es wird August, es wird September. Sonntagmorgen. Wubke und Gebeke verlassen die Ansgarii-Kirche und gehen zurück zum Sieldeich. Muddeliges Wetter. Es nieselt, es windet, bloß schnell ins Haus. Nix mit mal'n büschen am Wasser sitzen.

Gebeke öffnet die Tür zur Diele und da … Nein! Was ist mit Hans los? Wie liegt der da? Ist er besoffen? Sie beugt sich zu ihm herab und sieht – Blut!

Ein Stuhl ist umgestoßen, Kissen liegen auf dem Boden, Papier, Feder und Tintenfass. Als habe es einen Kampf gegeben. Nein!!!

Gebeke schreit, sie stößt Wubke zurück. Wo ist Meister Jacob? Sie stürzen aus der Tür und schreien und schreien! Hilfe, zu Hilfe!

Wenig später kommt der Meister die Treppe herunter und beugt sich wortlos über den Wächter. Fährt mit der Hand über das zerrissene, blutdurchtränkte Hemd, holt tief Luft. »Erstochen. Hans is dot bleben«, sagt er. Er schließt seine Augen und faltet die Hände zu einem kurzen Gebet. Tja… Meister Jacob kennt den Tod, das ist sein Geschäft. Und doch!

»Ich hol den Büttel«, sagt er. »Rührt nichts an. Geht in eure Kammern. Heute is nix mit Arbeit.«

Inzwischen ist auch Trude, die Frau des Meisters, dazugekommen. Und Anneke und Timke und Liane und die Hausmagd. Sie stehen und schauen. Dann nimmt Trude die jungen Frauen mit nach nebenan in die Küche. Sie öffnet die Flasche Köhm. Nein, hier wird nicht ein Glas Schnaps auf den Tod von Hans getrunken, hier wird das Entsetzen aufgelöst und weggespült.

»Wer kann das gemacht haben?«, fragen sie sich. Hatte er Feinde?

Schulterzucken. Sie wissen wenig über ihn. Ja, er arbeitete hier als Wächter, lebte aber nicht im Haus am Sieldeich, sondern irgendwo in der Kreuzstraße. Hatte Familie. Sprach von der Frau und den Kindern. Ach, die arme Frau!

Schon eine Stunde später hat sich der Büttel den Ort des Geschehens angesehen. Dann lässt er Hans' Leichnam abtransportieren. Meister Jacob und Frau Trude und die Hausmagd räumen auf und wischen den Boden.

Der Mord hat in Bremen Aufsehen erregt. Natürlich. Manche Männer meiden zunächst das gemeine Frauenhaus, auch

Kaufmann Kaiserhoff. Schlecht für den Verdienst der Mädels. Doch allmählich kehren Ruhe und Ordnung zurück und damit auch die Männer. Ein neuer Wächter wird eingestellt.

Ein dunkler Abend im Oktober. Heute ist kaum etwas los. Gebeke sitzt allein in der Diele und stickt an einem Halstuch. Die Kerze flackert. Nebenan in der Küche schwatzen Meister Jacob und Frau Trude. Morgen muss er wieder richten und Catharina Stadtlander den Kopf abschlagen. Ist 'ne Hexe. Hat sie zwar zunächst geleugnet, aber später dann doch unter der Tortur bekannt. Köpfe abschlagen, das ist nun mal seine Arbeit. Nee, das könnte Gebeke nicht. Da arbeitet sie lieber mit Männern.

»Was soll ich bloß machen?«, hört sie den Meister fragen. Er klingt leicht verzweifelt. »Ich muss ihn melden. Er ist verheiratet und kommt hierher. Ist zwar 'ne Straftat, aber das kann ich übersehen. Doch Mord?!« Gebeke zuckt zusammen, horcht auf. Mord.

Sie hört Trude fragen: »Jacob, bist du sicher, dass Kaiserhoff …«

»Ja, ich bin sicher. Der Hans hat Kaiserhoff unter Druck gesetzt. Habe ich gestern herausgefunden. Und zwar hat er nicht wenig Geld von ihm erpresst. Stell dir vor, es wäre herausgekommen, dass Kaiserhoff bei uns verkehrt! Der Herr Kaufmann im Karzer! Der wäre zeitlebens ruiniert gewesen. Und da hat er Hans umgebracht. Wahrscheinlich im Wutrausch, aber Mord ist Mord. Ich muss es dem Stadtvogt melden.«

»Jacob, ich glaube das nicht. Kaiserhoff ist doch so ein freundlicher und honoriger Mann. Nee, der könnte so was gar nicht.«

»Trude, was meinst du, was ein honoriger Mann alles kann!«

Gebeke schluckt. Ihre Hand zittert. Kaiserhoff der Mörder von Hans? Nein!!!

Sie legt das Stickzeug beiseite und schleicht zur Haustür. Öffnet sie leise. Es ist schon dunkel. Stockfinster. Ohne Kerzenlicht schleicht sie zum Deich und tastet sich vorsichtig zum Wasser. Stille. Keine Möwen kreischen, keine Wellen platschen. Die Sichel des zunehmenden Mondes steht am Himmel. Sichel. Henkersbeil.

Was soll sie tun? Soll sie Kaiserhoff warnen? Aber wenn er nun doch der Mörder ist? Nein! Nicht Kaiserhoff! Doch er hätte einen Grund gehabt. Sie hat nichts von der Erpressung gewusst, aber jetzt fällt ihr wieder ein, wie verstört Kaiserhoff vor ein paar Wochen gewesen ist, nachdem Hans mit ihm kurz draußen war. Andererseits – kann Kaiserhoff wirklich so kaltblütig sein, dass er Hans umbringt, und dann sucht er wieder das Frauenhaus auf wie eh und je?! Nein! Doch? Nein!

Gebeke schließt die Augen. Was soll ich tun? Kaiserhoff warnen? Mistkram verdammter, was soll ich bloß tun??? »Miauuu.« Minchen schleicht heran und kriecht unter Gebekes Rock, umschnurrt ihre Beine, reibt den Kopf an ihrem Knie. »Ach, Minchen, was soll ich bloß tun? Gib mir einen Rat!«

Sie hat kaum geschlafen. Am nächsten Morgen verlässt sie früh das Haus und geht in die Stadt. Der Torwächter nickt ihr freundlich zu. Auch ein Kunde. Trotz des Schleiers hat er sie erkannt. Sie geht in die Langenstraße, die Straße der Oberschicht. Hier leben und arbeiten die Bremer Kaufleute und Senatoren in edlen Steinkammern. Sie stellt sich an den Eingang zur Ansgarii-Tränkpforte und schaut auf das Giebelhaus von Kaiserhoff. Wartet. Er muss doch mal rauskommen. Oder soll sie ins Kontor gehen und nach ihm fragen? Oder soll sie umkehren? Wenn er nun doch …

Nein, nun steht sie hier und nun bleibt sie hier!

Die Glocken der Ansgarii-Kirche läuten. Eine Magd geht vorbei, auf dem Kopf ein dickes Bündel Wäsche, das sie gleich in der Weser waschen wird. Hölzerne und eiserne Kräne quietschen. Es riecht nach Tran, Teer und Fisch.

Ein Pferdewagen hält. Der Kutscher und sein Knecht hieven schwere Fässer herunter und rollen sie durch das große Tor auf den Innenhof.

Und da tritt Kaiserhoff aus dem Haus. Gebeke huscht zu ihm. »Herr, werter Herr!«, sagt sie leise. Verwundert bleibt er stehen, er erkennt sie und runzelt die Stirn. »Was willst du?«

»Herr, ich will Euch warnen. Meister Jacob vermutet, dass Ihr ... dass Ihr ... Hans ...«

»Ich? Hans?« Erschrocken weicht er zurück. »Nein, nie und nimmer! Warum sollte ich?«

»Er hat euch erpresst!«

Kaiserhoff starrt sie an. Dann schließt er die Augen und nickt.

»Ja«, flüstert er, »das hat er getan.« Er öffnet die Augen und schaut sie ernst an.

»Danke!«, sagt er. An seinem Gürtel hängt ein schwerer Beutel. Er greift hinein, holt einen Gulden heraus und gibt ihn Gebeke. Einen ganzen Gulden! Unglaublich. Sie starrt auf die Münze in ihrer Hand. Da geht er schon mit großen Schritten davon, der honorige Kaufmann Kaiserhoff.

Sie hat mit niemandem darüber gesprochen, nicht einmal mit Wubke. Was dein Feind nicht wissen soll, das sage deinem Freunde nicht.

Schon bald ist es das Gesprächsthema Nummer eins in Bremen und allenthalben ist man entsetzt. Der nette und hilfsbereite Kaufmann Kaiserhoff ist ein Mörder. Und hat sich seiner Festnahme entzogen, der Schlingel. Für Meister Jacob ist es der Beweis, dass er mit seiner Annahme recht hat.

Kaiserhoff ist angeblich auf Geschäftsreise nach Riga. Na, davon wird er mit Sicherheit nicht zurückkommen. Muss er ja auch nicht. Hat ja genügend Gulden in seinem Beutel. Aber seine Frau, die arme Frau. Ob sie ihm folgen wird? Und was wird mit dem Kontor?

Das fragt sich Gebeke zwar nicht, aber sie fragt sich, ob sie recht gehandelt hat. Nachts erscheint ihr Hans im Traum und klagt sie an. Im gemeinen Frauenhaus ahnt niemand etwas davon und das ist auch gut so.

Sie sitzen in der Diele und warten auf Männer. Gebeke, Timke, Liane und Wubke. Noch ist keiner da heute Nachmittag. Gebeke stickt an einem neuen Halstuch. »Au!« Sie hat sich in den Finger gestochen und flucht. Ein Tropfen Blut breitet sich auf dem feinen Stoff aus. Blut. Blut. Hans ... sein Blut ... Sie schüttelt sich vor Entsetzen.

Nachdenklich sieht Wubke die Freundin an. Schließlich sagt sie: »Gebeke, was ist dir? Du bist in letzter Zeit so still, so ernst, so ... ich weiß nicht... so – anders. Was bedrückt dich?«

»Mich? Öh ... öh ... nix bedrückt mich.«

»Bist du schwanger?«, fragt Liane. Bloß nicht! Eine schwangere Punk.

Das kommt vor, aber das kann Meister Jacob beseitigen. Der Scharfrichter ist auch Wundarzt.

Die Tür öffnet sich und der Knecht des Stadtvogts tritt herein. »Moin, Mädels«, sagt er. »Ist der Meister da? Ich hab hier 'nen Barett, das gehörte dem armen Hans. Haben wir wohl aus Versehen mitgenommen, als wir ihn abholten. Lag unter ihm. Na, ich soll es euch zurückbringen.«

Und damit legt er es auf den Tisch. Ein flaches Barett, die Krempe gepufft und bestickt und mit einer Perlenschnur geschmückt. Gebeke erstarrt. »Wu...Wubke«, stammelt sie, »da...das ist das Barett von Fiete Voß!«

Noch am selben Tag kann der Büttel es bestätigen: Ja, es ist das Barett von Fiete Voß. Fiete hat gestanden. Er sei so in Wut auf Wächter Hans gewesen, der einerseits Fietes Vater in den Karzer gebracht hat und sich andererseits von Kaufmann Kaiserhoff bestechen ließ. Als er das hörte, da wollte er ihn zur Rechenschaft ziehen, da ... ja, er hat sein Messer dabeigehabt, das hat er immer dabei.

Schon bald wird Gericht über ihn gesprochen. Der Stadtvogt hält ihm zugute, dass der unbändige Zorn Fiete zum Mörder gemacht hat, und so wird er begnadigt: Hinrichtung mit dem Schwert ohne vorherige Tortur.

Sonntagnachmittag im Dezember. Gebeke und Wubke haben sich in ihre warmen Umhänge gehüllt und stehen an der Weser. Die ersten Eisschollen fließen vorbei. Na, ob sie wohl zufriert? Keine Enten, keine Kähne, kein Minchen. Krahkrahkrah... ein Schwarm Krähen fliegt vorüber.

»Und du hast Kaiserhoff gewarnt?«, fragt Wubke. Gebeke nickt. Sie hat es ihrer Freundin schließlich doch erzählt. »Und? Wird er zurückkommen?«

Gebeke zuckt mit den Schultern. »Weiß nicht. Dann müsste er ja eigentlich in den Karzer, weil er ’ne echte Frau hat und trotzdem zu mir gekommen ist.«

»Müsste, müsste!«, grinst Wubke. »So’n reicher Kaufmann, der *müsste* zwar, aber der *muss* nicht.«

SOS – Save our Souls

von Sonja Höstermann

»Was zur Hölle ist an diesem Schiff derart interessant gewesen?« Normalerweise hätte Eric Bruno sich nicht solcher Kraftausdrücke bedient, aber jetzt war nicht normalerweise. Er zog die graue Decke, die ihm ein Sanitäter gegeben hatte, enger um seine Schultern.

»Arschloch!«, rief Juliane Wanger, hechelte aufgeregt, warf den Kopf zurück und verzog das Gesicht in einem Krampf. »Du blödes, verkacktes Arschloch!«

Bruno wartete ihren Tourette-Anfall ruhig ab, hielt seine Freundin am Ellenbogen fest und achtete darauf, dass sie nicht das Gleichgewicht verlor.

Niemand beachtete die schreiende Kommissarin, die Ärzte waren mit den anderen Geiseln beschäftigt. Fast alle hatten offenbar einen Schock erlitten. Ebenfalls in eine graue Decke gehüllt, saß Heino Gruben zusammengesunken auf einer Treppenstufe draußen vor dem Backsteingebäude. Er war Chef der Leitstelle der *Deutschen Gesellschaft zur Rettung Schiffbrüchiger, DGzRS*. Ihm hatten die Geiselnehmer besonders übel mitgespielt.

»Aaaaooooh!«, heulte Wanger plötzlich neben ihm. Ihr Wolfsruf war zwar laut, aber Bruno war sich dennoch sicher, dass der Anfall gleich vorbei wäre. Und so war es auch. Mit normaler Stimme antwortete sie ihm schließlich.

»Ich habe keine Ahnung, mein Lieber.« Sie lächelte spitzbübisch. »Wir werden das herausfinden, nicht wahr.«

»Ja sicher, meine Liebe«, bestätigte Bruno mit ironischem Unterton, »ein Tourist aus der Schweiz und eine tourettegeschüttelte Dozentin für Kriminalistik.«

»Auch wenn Capitaine glamouröser klingt, bist du immerhin Hauptmann der Kriminalpolizei in Zürich«, wischte sie seinen Einwand weg. »Und wenn es darauf ankommt, ist auf mich immer Verlass, das weißt du genau.«

Bruno nickte und erinnerte sich an ihren ersten gemeinsamen Fall, der ihre Freundschaft besiegelt hatte. Im vorigen Jahr hatte er mit Wanger einen vergessenen Mordfall, einen »Cold Case«, um eine Quarto-Ausgabe von Shakespeares *Sommernachtstraum* gelöst. Nur mit Glück war er damals nicht erschossen worden. Genau wie heute, stellte er fest und stöhnte leise. Die Bilder der vergangenen Stunden drängten auf einmal mit Macht an die Oberfläche seines Bewusstseins und trübten seine Sinne, ihm wurde schwindelig.

»Seid ihr schon vernehmungsfähig?« Hauptkommissar Horst Erler tippte zur Begrüßung mit zwei Fingern an die Stirn. Sein roter Schnauzbart schien voller Mitgefühl an den Mundwinkeln herunterzuhängen und in seiner Stimme lag ehrliche Erschütterung. »Was war denn das für eine Scheiße?«

»Die zwei Männer sind einfach hereingestürmt«, platzte es aus Bruno heraus. »Sie haben Heino Gruben eine Maschinenpistole an den Kopf gehalten und damit die SOS-Zentrale lahmgelegt. Kein Notsignal durfte beantwortet werden, sonst hätten sie ihn erschossen.«

»Während der ganzen Zeit hörten wir den Notruf der *Green Morning* irgendwo in der Nordsee. Piraten haben sie angegriffen«, ergänzte Wanger.

Die Verzweiflung in der Stimme des Funkers, der vergeblich um Hilfe gefleht hatte, erinnerte sich Bruno, war mit jeder Minute gewachsen. Ein anderes Schiff hatte zwar geantwortet, war aber zu weit entfernt gewesen.

»Das Ganze dauerte vielleicht zwanzig Minuten, bis Schüsse fielen und der Funkkontakt komplett abbrach.

Daraufhin ließen unsere Geiselnehmer von uns ab und sind genauso schnell verschwunden wie sie gekommen waren.«

Die folgende Stille und das Gefühl der Hilflosigkeit würde Bruno sein Leben lang nicht vergessen. »SOS – Save our Souls« bekam plötzlich eine ganz neue Bedeutung für ihn. Mechanisch wollte er an seiner Fliege zupfen, merkte aber, dass sie nur noch an einem Bändel lose um den Hals hing. Eigentlich legte er Wert auf Akkuratesse. Wanger bezeichnete ihn deshalb scherzhaft als den ›Mann aus den Bergen mit dem Butler-Syndrom‹. Bruno räusperte sich.

»Ich bin mir übrigens sicher, dass sie eine professionelle militärische Ausbildung genossen haben.«

»Das waren Profis?« Ungläubig hob Erler die Augenbrauen.

»Oder solche, die sich dafür halten, weil sie es einmal waren«, antwortete Wanger spitz.

»Guten Tag!« Eine Frau in Jackett und grauer Hose mit Bügelfalte begrüßte sie. »Erika Deuter, Bundeskriminalamt.« Sie sah Bruno und Wanger streng an. »Sie beide sind wichtige Zeugen. Ich muss Sie bitten, Stillschweigen über das Geschehene zu bewahren, bis wir entscheiden, was Sie wem wann sagen dürfen.«

»Wie bitte?!« Erlers Bart zuckte empört und der Kommissar reckte sich zu seiner erheblichen Körpergröße und Breite. »Ich glaub, Ihre Hütte brennt! Das sind meine Kollegen und Freunde, die reden mit mir so viel sie wollen.«

»Das verbiete ich Ihnen.« Mit keinem Blick würdigte sie Erler, sondern fixierte weiterhin Wanger und Bruno.

Das Bundeskriminalamt war für schwere und organisierte Kriminalität zuständig und hatte wahrscheinlich in diesem Fall Weisungsbefugnis, mutmaßte Bruno. Vielleicht wusste das BKA schon etwas. Jedenfalls mehr als er selbst. Und neugierig war er ja doch, das musste er zugeben. Vor allem – und das war das Schlimmste –, was war mit der

Besatzung der *Green Morning* geschehen? Möglicherweise wäre es gut, diese resolute Dame nicht zu verprellen. Er begegnete Wangers Blick und wusste, dass sie dasselbe dachte.

»Lass gut sein, Horst. Der Maulkorb wird schon seine Richtigkeit haben«, sagte Wanger und Bruno bemerkte erleichtert, dass Erler sich entspannte. Sie wandte sich an die Beamtin. »Sie werden verstehen, dass wir uns Sorgen machen. Wissen Sie schon etwas von der Besatzung? Sind sie verletzt?«

»Darüber kann ich Ihnen keine Auskunft erteilen«, antwortete Deuter knapp.

»Vorsicht, Kollegin!« Wanger knurrte warnend und ein Grollen legte sich über die Gruppe, so als ob sich ein Gewitter ankündigte. Bruno hätte schwören können, dass ihre Augen in wölfischem Gelb aufblitzten. »Übertreiben Sie es nicht mit Ihrer Geheimnistuerei.«

Deuter sah verunsichert von einem zum anderen. »Die Marine ist offenbar inzwischen am Objekt angekommen. Hören Sie, mehr weiß ich wirklich noch nicht.« Aus ihrem Funkgerät brabbelte es unverständlich. »Und jetzt kommen Sie endlich.«

Die Frauen gingen voraus und Bruno zog Erler beiseite. »Es ist nur so ein Gefühl«, sagte er. Erler nickte aufmerksam. »Kannst du bitte diese Erika Deuter überprüfen. Ich glaube, sie gehört zu einem anderen eurer Vereine.«

»Bundesnachrichtendienst?«

»Zum Beispiel.«

»Okay, mach ich. Und dann?«

»Dann sehen wir weiter. Es wäre jedenfalls ein Indiz dafür, dass eine größere Sache dahintersteckt.«

»Alles klar.« Erlers Schnauzer lächelte breit.

Bruno sah durch das Fenster hinaus auf die Weser. Sie schwiegen, weil ein Hubschrauber über ihre Köpfe knatterte, und es schien, als wolle er ganz in der Nähe landen. Während nebenan die Kriminaltechnik nach Spuren suchte, saßen sie in einem zum Verhörraum umfunktionierten Büro der Seenotleitung. Das *Maritime Rescue Coordination Centre* lag direkt am Flussufer auf der Halbinsel Stadtwerder gegenüber vom Olbers-Planetarium. Wenn die Bremer ausdrücken wollen, dass etwas noch sehr lange dauern wird, sagen sie: »Bis dahin fließt noch viel Wasser die Weser hinunter.« Bruno schätzte, dass etwa 550.000 Kubikmeter geflossen waren, seit sie hier saßen und den Ablauf ihrer Geiselnahme immer und immer wieder geschildert hatten. Diese Wiederholungen grenzten für Brunos Geschmack inzwischen an Nötigung.

»Wie läuft eigentlich die Fahndung nach den Geiselnehmern?« Brunos Frage klang freundlich und entspannt, obwohl es ihm in den Fingern kribbelte.

»Wir sind dran«, antwortete Deuter unverbindlich. »Warum sind Sie eigentlich vor Ort gewesen?«

»Ich bin mit dem Sohn des Einsatzleiters Gruben befreundet.« Wanger war die Erschöpfung inzwischen anzusehen; dicke Ringe hingen unter ihren Augen. »Arne Gruben und ich haben uns in einer Selbsthilfegruppe für Tourette kennengelernt. Er hat mich eingeladen, den Arbeitsplatz seines Vaters zu besichtigen. Führungen sind im Hauptsitz der *DGzRS* nichts Ungewöhnliches. Im Gegenteil. Sie sind auf Spenden angewiesen und haben eine sehr gut aufgestellte Öffentlichkeitsarbeit. Nur dass wir auch die Einsatzleitung besichtigen durften, war etwas Besonderes. Es war also Zufall, dass wir vor Ort waren.«

»Wo ist dieser Arne?«

»In der Schule.« Wangers Blick wurde hart. »Haben Sie ihn etwa unter Verdacht?«

»Wir ermitteln in alle Richtungen.« Deuter sah sie scharf an. »Das muss ich Ihnen ja wohl nicht erzählen.«

»Da der Junge nichts mit der *Green Morning* zu tun haben kann, halte ich Ihre Theorie für Zeitverschwendung«, mischte sich Bruno mit nach wie vor freundlichem Tonfall ein.

»Was meinen Sie damit?«

»Ganz einfach. Meiner Meinung nach gehören die beiden Überfälle zusammen. Präzise zeitgleich koordinierte Aktionen. Fragen Sie sich, warum die Piraten auf keinen Fall gestört werden wollten. Die Seenotleitung ist rund um die Uhr mit erfahrenen Nautikern und Funkern besetzt und befehligt nicht nur 60 motorstarke Rettungsboote, sondern ist von der Bundesregierung beauftragt, alle Maßnahmen des maritimen Such- und Rettungsdienstes in den deutschen Gewässern von Nord- und Ostsee zu koordinieren. Warum also brauchten die Piraten diese Ungestörtheit und was hatten sie vor? Gab es etwas Wertvolles zu stehlen?«

»Eigentlich genügt diese relativ kurze Zeitspanne nur, um etwas zu zerstören«, ergänzte Wanger. Sie riss den Kopf in den Nacken und gurgelte kurz.

Deuter leckte sich nervös die Lippen und Bruno sah ihr an, dass sie sich ertappt fühlte. Seltsam, dachte er.

In diesem Moment wurde es unruhig auf dem Flur. Rufe waren zu hören und Deuter legte verärgert die Stirn in Falten. Die Tür wurde aufgerissen. Herein kam Hauptkommissar Erler in Begleitung eines Mannes im teuren anthrazitfarbenen Anzug. Maßgeschneidert, stellte Bruno mit Kennerblick fest. Ihm kam das kantige Gesicht irgendwie bekannt vor. Höflich stand er auf und schob seinen Stuhl zur Seite, um den Männern Platz zu machen.

»Du hattest recht«, sagte Erler und wies auf Agentin Deuter. »Zwar ist sie vom BKA, aber dennoch steckt etwas richtig Großes dahinter.«

»Grüazi mitanand«, sagte der erlesen gekleidete Mann auf Schweizerdeutsch, »Rupert Teggi, Eidgenössische Finanzmarktaufsicht.«

Jetzt wusste Bruno, woher er ihn kannte. Teggi war in letzter Zeit oft im Schweizer Fernsehen zu sehen gewesen, um die illegalen Gepflogenheiten einiger internationaler Banken mit Sitz in der Schweiz kleinzureden.

»Wo sind die Unterlagen?«, fragte Teggi in einem Ton, der keinen Widerspruch duldete. »Die Schweiz erhebt Ansprüche auf die Akten und wir verlangen, dass sie uns unverzüglich ausgehändigt werden.«

»Das Bundesfinanzministerium sieht das anders.« Deuter stand auf, verschränkte die Arme vor der Brust und blickte Teggi kühl an. »Wir ermitteln für die Düsseldorfer Staatsanwaltschaft wegen Steuerbetrug, Geldwäsche aus Drogen- sowie Waffenschmuggel und Terrorfinanzierung.«

»Wahnsinn!« Wanger pfiff durch die Zähne. »Um welche Akten geht es?«

»Zwei Container mit mehr als 1000 Kartons voller Papiere der Privatbank *Coutts*, einer Tochter der *Royal Bank of Scotland*. Ihre Schweizer Filiale ist dabei, ihre Tätigkeiten in der Offshore-Niederlassung abzuwickeln und die Cayman-Inseln zu verlassen. Die Geschäftsunterlagen sollten in ein Archiv nach Genf gebracht werden.«

»Und diese beiden Container mit Kontodaten der Drogenkönige, Terrororganisationen und menschenverachtenden Despoten dieser Welt befinden sich auf der *Green Morning*«, konstatierte Bruno scharfsinnig.

»Jepp!« Erler nickte und grinste, als ob er einen Teddybären an einer Losbude auf dem Bremer Freimarkt gewonnen hätte.

»Wir hatten geplant«, erläuterte Deuter, »die Container bei ihrer Ankunft im Hamburger Hafen zu konfiszieren. Niemand sollte vorerst von diesem spektakulären Aktenfund erfahren.« Deuter blitzte Teggi wütend an. »Trotz höchster Geheimhaltungsstufe muss etwas durchgesickert sein.«

»Diese Akten gehören einer Firma mit Sitz in der Schweiz«, sagte Teggi drohend und stellte mit Nachdruck seinen Aktenkoffer auf den Tisch. »Eine Beschlagnahme widerspricht internationalem Recht.«

Bruno wusste, dass die USA wegen Geldwäsche in Zusammenhang mit Drogenhandel sowie Geldgebern des Terrorismus 2012 die größte Bank Europas, die *HBSC*, zu einer Strafzahlung in Höhe von knapp zwei Milliarden Dollar verknackt hatte. Er war sich sicher, dass eine Horrorstrafe in ähnlicher Höhe nun der *Coutts*-Bank blühen würde. Zwei Milliarden gute Gründe, um die Leitstelle der Seenotrettung lahmzulegen und ein Schiff auf hoher See zu entern. Erneut flammte seine Sorge um den Verbleib und das Leben der Besatzung auf. Gedungene Söldner würden auch dann ihren Auftrag, Beweise in zwei Containern zu zerstören, als erfüllt ansehen, wenn das gesamte Schiff mit Mann und Maus auf den Grund des Meeres versenkt wäre.

Nochmals lenkte ein Tumult die Aufmerksamkeit hinaus auf den Flur. Zwei Männer, einer im Pilotenoverall und einer in Kapitänsuniform, betraten den Raum, in dem es langsam eng wurde. Der Kapitän trug Handschellen.

»Auftrag erfolgreich ausgeführt!«, sagte der Pilot und nahm Haltung an. Er hatte offenbar den Kapitän der *Green Morning* von seinem Schiff per Hubschrauber direkt hierher geflogen. Aber warum, fragte sich Bruno verwirrt, stand der arme Mann, der so viel durchgemacht hatte, unter Arrest?

»Sie?!« Der Kapitän sah den Schweizer Finanzbeamten überrascht an. »Sie hätte ich hier nicht erwartet. Umso besser. Sorgen Sie gefälligst dafür, dass mir diese Dinger abgenommen werden!« Er hob seine zusammengebundenen Arme.

»Halten Sie den Mund!« Teggi schüttelte wütend den Kopf.

»Sie beide kennen sich?« Deuter stemmte zum Zeichen ihrer Entrüstung die Hände in die Hüften.

Plötzlich zog Teggi aus seinem Aktenkoffer eine Waffe und schnappte sich Wanger, die ihm an nächsten war, zerrte sie vom Stuhl hoch und hielt sie wie einen Schild vor sich.

»Aus dem Weg!«, schrie er und fuchtelte mit der Pistole vor Wangers Gesicht herum.

Das kleine Büro bot nicht genügend Platz, um auszuweichen, und Erler trat Bruno versehentlich auf den linken Fuß. Bruno stöhnte vor Schmerz und zog automatisch seinen Fuß hoch, mit seinem Knie kickte er den Piloten in die Hüfte. Der verlor das Gleichgewicht und schubste Wanger.

»Aaaaooooh!«

Der Tourette-Wolf der Kommissarin brüllte laut auf. Teggi erschrak über das wilde Tier in seinen Armen und ließ Wanger los. Sofort wollte sie so viel Abstand wie möglich zu ihm gewinnen, ließ sich seitlich Richtung Fenster fallen und streifte dabei den Kapitän. Der musste einen Ausfallschritt machen und stellte Teggi damit versehentlich ein Bein. Als der Schweizer stolperte, hechtete Bruno über das Menschenknäuel hinweg nach vorn und gleichzeitig mit Erler warf er sich auf den Flüchtenden. Als die beiden Kommissare auf ihm landeten, verlor Teggi die Waffe und entließ mit einem lauten Schnaufen die Luft aus seinen Lungen.

»Pröschtli!« Bruno stieß mit Wanger und einem Glas Rotwein an. Er hatte zwar seinen Urlaub noch um ein paar Tage verlängert, aber auch die waren nun zu Ende. Sie saßen an seinem letzten Abend vor einem Weingeschäft im Viertel. Heute Morgen hatten sie dem Schweizer Botschafter die Hand geschüttelt, der sich persönlich dafür bedankte, dass die Beteiligten versprochen hatten, Stillschweigen zu bewahren. Dass die Opfer der Geiselnahme in der *DGzRS* ihre Füße stillhielten, war naheliegend. Schließlich sollten mögliche Nachahmer gar nicht erst auf dumme Ideen gebracht werden. Die Presse sollte nichts erfahren, weder von einem Piratenüberfall auf der Nordsee noch von einem korrupten Schweizer Finanzbeamten. Der Inhalt der beiden Container war zwar von den vermeintlichen Piraten in Brand gesteckt worden und kokelte noch, als sie das Schiff fanden, aber es war genügend Material übrig geblieben, das eine Auswertung lohnte. Um die Schweiz aus der Affäre herauszuhalten, beschlagnahmte der Zoll die Akten offiziell im Hamburger Hafen und übergab sie den Steuerfahndern in Wiesbaden. Auch davon sollte die Öffentlichkeit erst einen Monat später erfahren. Teggi seinerseits schwieg eisern. Agentin Deuter war der Meinung, dass er um sein Leben fürchten müsse, wenn er seine Kontakte in die Dunkelwelt preisgeben würde. Von den Söldnern fehlte daher jede Spur. Die Bank leugnete jeden Zusammenhang und ließ verlautbaren, mit den Behörden konstruktiv zusammenarbeiten zu wollen.

»Wir Schweizer haben übrigens ein ganz eigenes Notrufsignal«, sagte Bruno und grinste, »S-O-M!«

»SOM? Noch nie gehört.« Wanger sah ihn fragend an.

»Save our Money.«

Der Gewinn

von Carmen Schmidt

An einem nebligen Dienstagmorgen im November klingelt das Telefon bei Hermann Oppermann. Er ist der Hausmeister der Spielbank an der Schlachte. Oppermanns kleine Dienstwohnung liegt unter dem Dach. Von hier aus hat er einen wunderschönen Blick auf die Weserpromenade und den gegenüberliegenden Teerhof.

Eine nette Frauenstimme gratuliert ihm zum Gewinn von 40.000 Euro. »Worum geht es eigentlich?«, fragt Oppermann erstaunt. »Ich stelle Sie am besten mal zu unserem Notar durch, der kann Ihnen alles erklären«, flötet die Frauenstimme herzlich.

Auf dem Display ist eine Hamburger Vorwahl zu erkennen. »Herr Oppermann – Glückwunsch! Ich arbeite für die Kanzlei *Stellmacher & Partner*«, sagt der Notar, »bevor ich das Geld auf Ihr Konto überweisen kann, müssten Sie 200 Euro zahlen, zur Identifikation Ihrer Person und der Kontodaten.«

Oppermann lebt alleine. Sein Leben lang hat er als Hausmeister gearbeitet. Seine Frau starb vor 12 Jahren. Jetzt ist er 63, fühlt sich fit, sein graues Haar ist noch voll. Seit einigen Monaten trifft er sich regelmäßig mit einer jüngeren Frau. Er fühlt sich wohl an der Schlachte mit ihrem Mix aus alteingesessenen Firmen und bunter Gastronomie. Zum Schutz und zur Gesellschaft hat er sich vor zwei Jahren Hector angeschafft, einen ehemaligen Polizeispürhund. Hector gehorcht aufs Wort. Um seinen Bauchansatz zu bekämpfen, joggt Oppermann täglich mit Hector die Unterweserpromenade entlang. Nur wenn das

Wasser zu hoch stand und die Promenade überflutete, ging das nicht.

In seinem Bekanntenkreis gilt der Hausmeister als vernünftig und besonnen. Er weiß, dass es viele Betrüger gibt, die vorzugsweise ältere Menschen übers Ohr hauen. Darum legt er einfach auf. Die Sache ist für ihn erledigt.

Wenig später klingelt das Telefon wieder.

Diesmal ist ein Staatsanwalt dran, der sich als Dr. Schneider vorstellt. Er klingt seriös und ein wenig streng. Er sei von Interpol, erklärt er. Aus gegebenem Anlass höre Interpol die Gespräche der Kanzlei *Stellmacher & Partner* ab. Er warnt ihn davor, die 200 Euro zu überweisen. »Hier geht es um kriminelle Machenschaften. Bitte helfen Sie uns bei der Verfolgung der Täter. Es sind Mitglieder der Russenmafia. Wir stehen kurz vor der Verhaftung. Selbstverständlich stehen Sie ab heute unter unserem Schutz. Wir erwägen sogar, Sie in ein Zeugenschutzprogramm aufzunehmen, wenn die Täter hinter Schloss und Riegel sitzen.«

Das Pflichtgefühl ist der weiche Punkt von Hermann Oppermann. Wenn eine staatliche Stelle um Hilfe bittet, darf man nicht ablehnen. Er fühlt sich sogar geehrt. Zeugenschutzprogramm, wie das klingt! So, als wäre er eine wichtige Person für den Staat.

Dr. Schneider schlägt vor, an einen der Verdächtigen eine Scheinüberweisung zu tätigen. »1500 Euro, möglichst noch vor 16 Uhr, damit wir schneller zugreifen können. Die Überweisung sollte am besten per *Western Union* erfolgen, dadurch ist die Rückzahlung auf Ihr Konto einfacher. Das Stichwort lautet »Shell14« und muss auf jeden Fall geheim gehalten werden. Für Ihre Mithilfe können Sie mit einer Belohnung rechnen. Unsere Beamten von Interpol werden die Empfänger bei der Abholung festnehmen. Dann geht der Betrag sofort zurück auf Ihr Konto.«

Oppermann versteht nicht. »Warum soll ich bezahlen, um die Staatsanwaltschaft zu unterstützen?«, fragt er.

»Wir sind Interpol«, antwortet Dr. Schneider barsch. »Wir müssen mit anderen Methoden arbeiten.«

Also geht Oppermann noch am selben Tag zur Bank und bringt die Transaktion auf den Weg. Für die Überweisung werden saftige Gebühren fällig. Am Abend meldet sich Schneider wieder. »Da ist bei Ihnen etwas schiefgelaufen«, erklärt er. »Sie haben bei der Überweisung den Vor- und Nachnamen des Empfängers verwechselt. Damit ist die Transaktion blockiert.«

Oppermann wertet dieses Feedback als Zeichen von seriöser Arbeit. Weil es sein Fehler war, geht er am nächsten Tag erneut zur Bank und überweist abermals 1500 Euro nach Russland.

Auf dem Heimweg macht er einen ausgiebigen Bummel entlang der Uferpromenade. Die Schlachte, ursprünglich der Hafenplatz Bremens, hat sich zur Gastronomie- und Biergartenmeile gewandelt. Im Sommer herrscht hier viel Trubel. Die Promenade ist ein beliebter Platz bei Einheimischen und Touristen. Jetzt, Ende November, ist es ruhig geworden. Er setzt sich auf eine Bank und kann zum ersten Mal seit Tagen ausgiebig über die ganze Sache nachdenken. Ihn beschleicht ein ungutes Gefühl.

Dieses Gefühl verschwindet sofort, als Dr. Schneider ihm einen großen Erfolg verkündet. »Die Betrüger sind von Interpol-Beamten verfolgt und acht Personen festgenommen worden. Die Beamten haben 2,5 Millionen Euro sichergestellt. Bei einer derartigen Summe steht Ihnen für die Mithilfe ein Anteil von 250.000 Euro zu.«

Oppermann hält die Luft an. Als er den Hörer auflegt, zittern seine Hände. Das muss er erst mal sacken lassen! Er, Hermann Oppermann, hat dem Staat geholfen. Er ist sehr stolz auf sich. Und 250.000 Euro sind kein Pappenstiel. Damit könnte er für seine Freundin eine Wohnung kaufen, für sich selbst ein neues Auto.

Am nächsten Tag kommt wieder ein Anruf. Ein Mann mit Namen Huber erklärt, dass er technische Details mit ihm abklären will. »Das Geld ist jetzt auf einem staatlichen Konto in Moskau. Natürlich entstehen beim Transfer Ihrer Belohnung hohe Bankkosten. Ihren Anteil in Russland müssen Sie versteuern. Sie erhalten in den nächsten Tagen eine Kopie der Überweisung mit allen Daten. Ihre Steuern und die Gebühren überweisen Sie dann bitte auf das angegebene Konto.«

Drei Tage später erhält der Hausmeister tatsächlich die avisierte Kopie, abgestempelt bei einer Bank in Moskau. Einen Tag später überweist er 24.000 Euro Steuern an den russischen Staat. Das jedenfalls glaubt er immer noch.

Dann wartet er auf seinen Anteil. Manchmal kommen Anrufe von Dr. Stein oder Huber, die ihn vertrösten und um Geduld bitten. Aus dem unguten Gefühl wird Magendrücken, dann heftige Magenschmerzen. Er mag mit niemandem darüber sprechen, denn plötzlich wird ihm klar, wie naiv er sich verhalten hat.

Nach zehn Tagen Warten geht er zur Polizei und erstattet Anzeige. Er schämt sich zutiefst, während er erzählt. »Ich war wie eine Marionette«, erklärt er den Polizisten, die ihn ungläubig anstarren. »Ich hing an Fäden und habe mechanisch getan, was man mir auftrug. Ich kam da nicht mehr raus, hatte keine Kraft mehr zum Neinsagen.«

Die Polizisten sind nett, trösten ihn. Über seinen Provider finden sie heraus, dass kein einziger Anruf von einer Staatsanwaltschaft bei ihm eingegangen ist. »Staatliche Anschlüsse können im Gegensatz zu privaten Nummern nicht unterdrückt werden. Sie sind des Öfteren von einer

Hamburger Nummer angerufen worden. Wir haben das überprüft. Es ist der Anschluss einer Künstleragentur. Im Übrigen sind Sie nicht der Erste, der auf solche Gauner reinfällt«, meint ein Kommissar Tielitz. »Kriminelle, die auf Telefonbetrug spezialisiert sind, finden schnell den wunden Punkt bei ihren Ansprechpartnern. Beim einen ist es die Gier, bei anderen die Angst. Bei Ihnen war es wohl das Obrigkeitsdenken, das Ihnen diesen teuren Streich spielte. Begleiten Sie mich doch in die nächste *3 nach 9*-Sendung, da berichte ich über sogenannte Enkeltricks. Sie können mit Ihrer Geschichte anderen Menschen helfen, nicht auf solche Gauner hereinzufallen. Und Sie bekommen ein Honorar. Das können Sie sicher gut gebrauchen. Vielleicht werden Sie auch in andere Talkshows eingeladen und können so einen gewissen Nutzen aus dieser üblen Sache ziehen.«

Oppermann stimmt zu. Zwar ist ihm die Geschichte peinlich, aber er benötigt dringend Geld.

Beschämt geht er vom Polizeirevier nach Hause. Selbst der beginnende Aufbau des historischen Weihnachtsmarktes kann ihn nicht trösten. Während dieser Geschichte hat er alles andere vernachlässigt. Besonders Hector, dessen Verhalten ihm zunehmend Sorgen bereitet. Er wird immer aggressiver, sogar sein Bellen klingt heiserer, wilder. Neulich hat er sich eine Keilerei mit einem Straßenhund geleistet. Hector wurde vorsichtshalber eine Blutprobe entnommen. Der Biss war nicht sehr tief, heilte schnell. Er wird sich in Zukunft mehr um ihn kümmern müssen. Hectors jährlicher Impftermin ist längst überfällig. Gleich morgen wird er mit ihm zum Tierarzt gehen zur Untersuchung und Nachimpfung.

Heute ist er froh, dass in der Spielbank viel Arbeit auf ihn wartet. Er zieht seinen Blaumann an und geht in die

Herrentoilette, wo eine Leuchtröhre ausgewechselt werden muss. Oppermann schraubt gerade an der Fassung, als er erschrocken zusammenzuckt. Unter Tausenden würde er diese Stimmen wiedererkennen, die sich da von Kabine zu Kabine unterhalten. »Ich glaube, mein Glück hat mich verlassen«, sagt die Stimme von Dr. Schneider. Aus der anderen Kabine erwidert Huber: »Ja, hör endlich auf. Unsere Einnahmen sind fast verspielt. Du wirst bald kräftig Werbung machen müssen, damit wieder Geld in die Kasse kommt. Lass uns gehen!« Zwei Spülungen rauschen, die Türen öffnen sich. Oppermann dreht sich zur Seite. »Zu dumm, dass ausgerechnet jetzt die Leuchtröhre kaputt ist«, ärgert er sich still. Aus den Augenwinkeln sieht er schemenhaft zwei dunkel gekleidete Männer. Die beiden beachten ihn nicht weiter.

Der Hausmeister lässt die Leiter stehen und rennt in seine Wohnung. »Hector, komm«, keucht er und leint den Hund an. Als er die oberste Stufe der Eingangstreppe erreicht hat, sieht er gerade noch die beiden Gestalten aus der Tür eilen. Mit Hector nimmt er die Verfolgung auf, was im Trubel des Aufbaus nicht einfach ist. Immer wieder kommt ihm jemand in die Quere. Er verliert die Kriminellen aus den Augen. Da sieht er plötzlich im Gegenlicht ihre Silhouetten auf der Teerhofbrücke. Die beiden sind schneller geworden, als ahnten sie, dass sie verfolgt werden. Oppermann rennt und rennt, doch der Abstand wird größer. Als er den Fuß der Teerhofbrücke erreicht, sind die Männer schon in der Mitte. Für ihn nicht mehr einzuholen.

»Hector, fass«, keucht er, deutet auf die Flüchtenden und lässt den Hund von der Leine. Wie ein Pfeil schießt Hector los. Er erwischt den Langsameren am Bein, schlägt seine Zähne in das Fleisch und knurrt. Der Mann schreit auf, zieht eine Pistole aus der Manteltasche und schießt zweimal auf den Hund. Sofort bricht Hector zusammen. Unter seinem Körper bildet sich schnell eine große Blutlache. Als Oppermann ihn erreicht, ist sein Hund tot und blickt ihn aus leeren Augen an. Von den Flüchtigen fehlt jede Spur. Er nimmt sein Handy aus der Tasche und ruft die Polizei.

Kommissar Tielitz muss ihn wieder trösten. »Wenn die Gangster hier in der Gegend sind, werden wir sie finden. So ein Besuch im Spielcasino hinterlässt Spuren. Vielleicht finden wir ihre Fingerabdrücke an einem Glas. Wir müssen Ihren Hund mitnehmen und die Kugeln untersuchen. Vergessen Sie unseren Auftritt in der Talkshow Ende nächster Woche nicht. Und keine Alleingänge mehr, ist das klar?« Oppermann nickt stumm.

Zu Hause klingelt das Telefon. Es ist der Tierarzt: »Die Blutuntersuchung hat leider ergeben, dass Ihr Hund Tollwut hat. Er muss sofort behandelt werden, denn Tollwut ist sehr ansteckend. Ein Biss von ihm kann tödlich enden, bei Mensch und Tier.« »Hector ist schon tot«, sagt Oppermann tonlos und legt auf.

Am nächsten Freitagabend trifft er sich mit dem Kommissar vor dem Studio von *Radio Bremen*. »Schön, dass Sie gekommen sind«, freut sich der Polizist. »Ich habe Neuigkeiten: Mehrere Casinomitarbeiter haben ausgesagt, dass die Betrüger oft die Spielbank aufsuchten. Einer von ihnen spielt immer um größere Summen. Vielleicht ist er spielsüchtig und braucht deshalb so viel Geld. Das wäre schon mal ein Anhaltspunkt.«

Bei *3 nach 9* herrscht eine nette Atmosphäre. Der Kommissar sitzt in einer Runde mit bekannten Schauspielern, Autoren und Musikern. Oppermann wird ein Platz in der ersten Reihe des Zuschauerraums zugewiesen. Aufmerksam hört er zu, wie die Stars auf der Bühne Werbung für ihren neuesten Film oder ihr aktuelles Buch machen. Plötzlich traut er seinen Ohren nicht. Da ist die Stimme wieder! Sie gehört dem Autor Alex Sotschi, der gerade sein Buch über die russische Mafia vorstellt. Er wirkt blass und tupft sich des Öfteren nervös die Schweißperlen von der Stirn. »Bei meinen Recherchen in Russland habe ich viele interessante Menschen kennengelernt«, berichtet er. »Einige sind Freunde geworden. Man könnte sagen, ich hab noch einen Koffer in Moskau.« Er lacht heiser und hustet in ein Taschentuch.

Oppermann wird übel. Während sich Gottfried Böttger zur Pausenmusik an das Piano setzt, stürzt er vor die Tür.

Tielitz eilt ihm nach. »Das ist er wieder, hundertprozentig«, versichert Oppermann ihm mit bleichem Gesicht. Der Kommissar nickt und gibt per Handy Anweisungen. »Wir brauchen Verstärkung bei *3 nach 9*. Der Telefonkriminelle sitzt in der Talkrunde. Er ist groß, schlank, dunkle Haare. Trägt eine schwarze Lederjacke und eine dunkle Hornbrille. Besetzt sofort alle Ausgänge.«

Er wendet sich an Oppermann: »Glückwunsch! Das ist ein seltener Volltreffer! Wir müssen da jetzt wieder rein, sonst fällt es auf. Zum Glück sind wir als Letzte dran. Bis dahin sind unsere Leute hier.« Oppermann holt tief Luft, strafft die Brust. Dann geht er langsam zurück ins Studio, wo Gottfried noch immer spielt. Als er sich setzen will, traut er seinen Augen nicht. Ein Stuhl auf der Bühne ist leer. Sotschi ist verschwunden!

Oppermann ist fassungslos. In dieser Geschichte scheint er der ewige Verlierer zu sein. Hier kann er nicht einfach dem Täter hinterherlaufen. Damit würde er die Sendung platzen lassen. Tielitz, der immer noch neben ihm steht, ballt die Fäuste. »Halten Sie durch. Wir wissen jetzt seinen Namen. Er hat wohl Lunte gerochen. Wenn Sie hier ordentlich auspacken, ist der Kerl schnell gefasst«, flüstert er Oppermann zu.

Fragend blicken beide auf den Moderator. Der erklärt leise: »Unser Autor musste die Sendung verlassen. Er kam hier schon angeschlagen an und baute eben total ab. Unsere Sanitäter kümmern sich um ihn. Er hat eine große Wunde im Bein, die merkwürdigerweise nur notdürftig behandelt wurde. Sie hat sich entzündet und bereitet ihm starke Schmerzen. Jetzt ist er bewusstlos. Wir haben den Notarzt gerufen, der ihn ins Krankenhaus bringt.«

Nachdem der Pianist zu Ende gespielt hat, blickt der Moderator wieder in die Kamera: »Kommen wir nun zu unseren letzten Gästen. Bevor Kommissar Tielitz uns von sogenannten Enkeltricks berichtet, stelle ich Ihnen seine Begleitung vor. Herr Oppermann, darf ich Sie hier heraufbitten? Erzählen Sie uns bitte, was Sie erlebt haben.«

Oppermann schluckt. Er denkt an Hector und beginnt mit fester Stimme seine Erzählung. Von der Tollwuterkrankung seines Hundes sagt er nichts.

Treue

von René Paul Niemann

Den Tag unserer ersten Begegnung habe ich nie vergessen. Ich besuchte das Gymnasium am Waller Ring und in den Pausen stachelten wir Jungen uns gegenseitig an, im Hafen nach den Preisen zu fragen. Dass damit nicht die Preise für sauren Hering gemeint waren, versteht sich.

»Du traust dich wohl nicht!«, höhnte Rainer und stieß mir den Ellenbogen in die Rippen.

Er hatte recht. Ich traute mich nicht. Aber die anderen trauten sich ebenso wenig. Es ging nur ums Reden und Aufschneiden.

Damals war die Welt noch ein Stück schlichter. Es gab nur drei Fernsehprogramme, in denen biedere Kommissare die Bösewichte jagten. Meine Eltern schauten *Dalli Dalli* und *Spiel ohne Grenzen* und ich war ein bisschen verliebt in das Mädchen aus *Love Story*. Die wilden Siebziger hatten gerade erst begonnen und die weltlichen Erfahrungen eines durchschnittlichen Fünfzehnjährigen reichten nicht weit. Die *BRAVO* bekam ich nur leihweise in die Hände. Meine Mutter fand es ohnehin schon schlimm genug, dass ich ausgerechnet hier zur Schule gehen musste, wo sich in unmittelbarer Nähe all diese Etablissements befanden, die man getrost auch als Puffs bezeichnen konnte.

Nach der Blüte der Häfen in den Wirtschaftswunderjahren standen überall an der Nordstraße und am Waller Ring auffällig gekleidete Damen, die den immer wieder im Kreis fahrenden Autofahrern hypnotische Blicke zuwarfen. Erst 1971 wurden sie behördlicherseits ins Hafengebiet verbannt, ans Fabrikenufer und in die Cuxhavener Straße.

Manchmal machten wir nach der Schule zu zweit oder dritt einen kleinen Ausflug. »Zum Hafen«, verkündete das große Schild über dem Fußgängertunnel, »To the Docks«. Der Tunnel stank immer nach Urin. Am Holzhafen warfen wir verstohlene Blicke in die fragliche Richtung und erzählten uns gegenseitig, was wir gesehen zu haben glaubten.

Mein sechzehnter Geburtstag sollte die Sache ändern. Meine Freunde hatten zur Feier des Tages Zigaretten besorgt, die wir in der Freistunde heimlich rauchten.

»Jetzt bist du alt genug, Kleiner«, sagte Günther. »Wenn du dich heute nicht traust, wirst du zum Gespött der Leute.«

Ich lachte mit, obwohl ich ein mulmiges Gefühl bekam. Günther war fast achtzehn. Er war zweimal backen geblieben, aber seine Eltern bestanden darauf, dass er Abitur machte. Sein Vater war Anwalt oder Steuerberater, ich weiß es nicht mehr.

»Und was ist mit dir?«, konterte ich. »Ich kann mich nicht erinnern, dass du dich schon mal getraut hättest.«

»Da hat er recht!«, riefen meine Freunde. »Zeig, dass du Mumm hast!«

Das ließ Günther nicht auf sich sitzen. Er markierte den Macker und schob sich eine neue Zigarette zwischen die Lippen.

»Alles klar«, sagte er.

Zu fünft schlüpften wir durchs Tor des Schulhofs, was damals noch ein strafwürdiges Vergehen war, für das man ins Büro des Direktors zitiert werden konnte. Aber ohne Zeugenschaft würden wir Günther kein Wort glauben.

Vormittags war es an der berüchtigten Cuxhavener Straße ziemlich leer. Wir schlenderten ein Stück, dann blieben vier von uns stehen und betrachteten die Architektur der Hafenschuppen, während Günther mit den Händen in den Hosentaschen und schaukelndem Gang dorthin ging, wo ein paar Gestalten im Nieselregen auf und ab gingen.

Mir war kalt und ich wünschte wieder im Klassenzimmer zu sein.

»Er geht tatsächlich hin«, sagte Rainer.

Aus den Augenwinkeln sah ich, wie Günther erst mit einer älteren Rothaarigen sprach und dann ein paar Worte mit einer Schwarzhaarigen wechselte, die einen Lackmantel trug. Ich hatte gehofft, dass er sich nicht trauen würde, denn nun war klar, dass ich gleichziehen musste.

Etwas schnelleren Schrittes kam Günther zurück und verkündete sein Wissen: »Die mit dem Mantel will 30 Mark für Blasen, 25 Mark für mit der Hand und 50 Mark für eine richtige Nummer.«

»Und die Alte?«

»Das gleiche Programm, aber alles etwas billiger. Sonst kriegt die wohl keinen mehr ab.«

Wir lachten laut und zotig, dann liefen wir zurück zum Schulhof, um keinen Ärger zu bekommen.

»Nachher bist du dran!«, sagte Günther auf der Treppe. »Sonst wissen alle, was für eine Flasche du bist.«

In den nächsten drei Stunden konnte ich mich kaum auf den Unterricht konzentrieren. Nach dem Gong packte ich langsam meine Bücher zusammen. Die anderen warteten schon am Ausgang. Fadenscheinige Ausreden waren sinnlos. Zu dem Regen hatte sich ein kalter Wind gesellt. Rainer gab mir einen Stoß in den Rücken und ich trabte los, ein harmloses Bürschchen, das die Flucht ergriff, wenn die Klassenkameradinnen lächelten oder Kulleraugen machten.

Die Damen des Gewerbes, nun schon zahlreicher, stolzierten auf hohen Absätzen am Straßenrand entlang. Ich wagte kaum sie anzusehen. Ich starrte nur auf ihre Schuhe und dann war ich auch schon an ihnen vorbei. In der Ferne standen Rainer und Günther und die anderen und glotzten unverhohlen. Es war unmöglich umzukehren, ohne mit einer der Frauen gesprochen zu haben.

Und dann sah ich sie. Sie stand mit dem Rücken an eine Wand gelehnt und bewegte sich nicht, fast wie ein Schatten, den jemand verloren hatte.

»Guten Tag«, sagte ich und merkte, dass ich rot anlief.

Aber sie lachte mich nicht aus. Sie lächelte nicht einmal, sondern schaute mir mit großen Augen ins Gesicht.

»Ich wollte nur etwas wissen.« Ich kam mir wie ein Idiot vor, weil mir die Frage nach dem Preis nicht über die Lippen wollte.

»Wie heißen Sie, bitte?«, fragte ich schließlich und konnte meine Augen nicht von den ihren abwenden.

»Erika«, sagte sie.

Und das war alles. Ich trat ein paar Schritte zurück, dann drehte ich mich um und lief zu meinen Freunden, die unter einem Vordach warteten.

»Und?«, fragte Rainer.

»50 Mark für Blasen, 30 für mit der Hand und 80 für eine richtige Nummer«, sagte ich.

»Saftige Preise«, bemerkte Günther fachmännisch. »Was bildet die sich ein?«

»Sie ist wirklich hübsch«, sagte ich. »Sie heißt Erika.«

»Sie heißt Erika!« Die anderen lachten höhnisch. »Mann, als ob es darauf ankommt!«

Ich schämte mich und war froh, als wir uns an der Nordstraße trennten.

Nachts lag ich wach und dachte an diese Augen.

»Erika«, murmelte ich und war auf einmal von dem aufrichtigen Gefühl beseelt, sie retten zu müssen.

Ich wusste nichts von Zuhältern und davon, was passieren konnte, wenn man ihnen in die Quere kam oder den

Helden spielte. Ich dachte nur an Erika. Ganz deutlich sah ich sie vor mir, die schmalen Schultern, die zierliche Gestalt. Und die Augen natürlich, vor allem die Augen. Sie sah noch gar nicht aus wie eine Frau. Sie war etwas größer als ich und natürlich älter, aber nur ein paar Jahre. Sie mochte zwanzig sein, zweiundzwanzig vielleicht. Sie hatte gefroren und ich malte mir aus, wie ich ihr einen Pelzmantel schenkte und sie in ein schönes Restaurant führte, wo sie im Warmen sitzen und sich satt essen konnte. Erika hatte viel für mich getan. Mit dem Blick aus ihren Augen hatte sie mich zu einem Helden werden lassen.

In den nächsten Tagen hielt ich mich von meinen Freunden fern. Ich wollte noch einmal alleine in den Hafen gehen. Das Kopfsteinpflaster war rutschig. Über dem Wasser hing weißer Dunst, es roch nach Schlick und Unrat. Erika stand an der gleichen Stelle.

»Hallo«, sagte ich im Vorbeigehen und sie nickte.

Mehr passierte nicht. Am nächsten und übernächsten Tag ging ich wieder hin. Immer stand sie an diese Wand gelehnt und ich dachte jede Nacht nur daran, sie wiederzusehen.

In der folgenden Woche kam ein Tag, an dem ich sie nicht fand. Ich drehte ein paar Runden. Als ich sie aus einem Auto steigen sah, machte ich auf dem Absatz kehrt, weil ich es nicht fertiggebracht hätte, ihr in die Augen zu sehen.

An diesem Tag ging ich gar nicht erst nach Hause, sondern direkt zu einer Tankstelle und fragte, ob ich Autos waschen könnte. Damals gab es diese modernen Waschanlagen noch nicht überall und viele Jungen besserten sich mit Autowaschen das Taschengeld auf. Ich fragte auch, ob ich Zeitungen austragen könnte. Ich sparte jeden Pfennig und Anfang Dezember hatte ich sechzig Mark zusammen.

Ich zog mein bestes Hemd unter der Jacke an und putzte meine Schuhe, bevor ich zur Schule ging. Das Geld hatte ich in der Hosentasche. Nach Schulschluss wartete ich, bis Günther und die anderen sich verzogen hatten, dann rannte ich dorthin, wo Erika stand.

»Ich möchte dich einladen«, sagte ich und streckte mich, um nicht kleiner zu sein als sie.

»Ich kann hier nicht weg. Ich muss arbeiten.«

»Wie lange kannst du mitkommen für fünfzig Mark?«

»Woher hast du so viel Geld?«, fragte sie.

»Ich habe Zeitungen ausgetragen und Autos gewaschen«, antwortete ich wahrheitsgemäß.

»Höchstens eine Stunde«, sagte sie. »Sonst bekomme ich Ärger.«

Mir ging auf, dass ich sie für zehn Mark in kein besonders gutes Restaurant führen konnte, außerdem war eine Stunde zu kurz, um in die Stadt zu fahren. Also setzten wir uns in eine kleine Gaststätte an der Langen Reihe, wo ganz normale Leute ein und aus gingen. Erika trank heiße Schokolade, wobei sie ihre kalten Hände um die Tasse legte. Die Bedienung blickte mit herabgezogenen Mundwinkeln auf die Laufmasche in ihren Nylonstrümpfen, sagte aber nichts. Niemand sagte etwas und wir selbst redeten auch nicht viel. Ich schaute Erika zu, wie sie die Schokolade trank, und zündete mir eine Zigarette an.

»Wie alt bist du?«, fragte sie.

»Achtzehn«, sagte ich mit tiefer Stimme.

Sie schaute einfach nur. Man konnte sie nicht belügen.

»Sechzehn«, sagte ich und schaute verlegen zu Boden.

Dann war die Stunde fast um und Erika musste zurück. Ich wollte ihr die fünfzig Mark geben. Sie wollte sie nicht nehmen und ich verlor mein Herz für immer. Beim Krokodil verabschiedeten wir uns.

»Komm nicht wieder her«, sagte sie.

»Doch, ich werde kommen«, antwortete ich und schaute ihr nach, wie sie in Richtung Hafen davonflog.

Von da an verbrachten wir jede Woche eine Stunde zusammen, immer an den Donnerstagen, und immer gingen wir in das kleine Lokal. Wir haben nie viel gesprochen. Wir tranken Kakao und ich steckte ein paar Münzen in die Music-Box. Die fünfzig Mark hatte ich immer dabei für den Fall, dass Horst, ihr Verlobter, wie sie ihren Zuhälter bezeichnete, uns überraschte und Ärger zu machen drohte.

»Er bezahlt dafür«, würde sie dann sagen.

Und ich würde den braunen Geldschein zücken.

»Ich gehe von der Schule ab und suche mir Arbeit«, sagte ich im nächsten Frühjahr. »Dann können wir uns eine Wohnung nehmen und du brauchst nicht mehr an der Straße stehen.«

»Denk nicht mal daran, die Schule zu verlassen. Du wirst dein Abitur machen und ich mache meine Arbeit.«

Ich hätte heulen können. Sie nahm meine Hand und tröstete mich.

Im nächsten Jahr begann der Ausbau der Nordstraße. All die kleinen Rotlichtbars und Lokale am Waller Stieg und auf der zum Hafen gelegenen Seite der Nordstraße verschwanden. Bremen räumte auf. Außerhalb des Hafens ließen sich die Schwalben nur noch selten blicken. Als ich mit neunzehn die Abiturprüfung hinter mir hatte, kaufte ich einen großen Blumenstrauß und lief zu Erika, die immer noch an der gleichen Stelle stand.

»Fertig mit der Schule«, sagte ich. »Nun suche ich mir Arbeit und dann eine Wohnung.«

Wieder schüttelte sie den Kopf. »Du musst doch jetzt zur Bundeswehr. Niemand gibt dir eine gute Stelle, wenn du den Bund nicht hinter dir hast.«

»Aber dann können wir uns kaum noch sehen. Wirst du auf mich warten?«

»Ich werde immer auf dich warten«, versprach sie.

»Dann gehe ich morgen los und melde mich. Und wenn ich fertig bin, heiraten wir!«

Sie lächelte und gab mir einen Kuss.

Über die Zeit beim Bund will ich keine Worte verlieren. Am Tag meiner Entlassung kaufte ich einen schmalen goldenen Ring mit einem glitzernden Splitter, in den ich das Datum eingravieren ließ. Dann eilte ich zum Hafen.

Es war einige Zeit her, dass ich Erika gesehen hatte, und ich erkannte sie kaum wieder. Mit hängendem Kopf stand sie an der üblichen Wand. Als ich ihr Kinn anhob, sah ich, dass sie ein blau geschlagenes Auge hatte.

»Horst?«, fragte ich.

Sie schüttelte den Kopf. »Nein. Er hat mich verkauft. Ich gehöre jetzt einem anderen und der wird schnell mal ungeduldig.«

Ich glaube, in meiner Wut habe ich lauter dummes Zeug geredet: Dass ich den Typen umbringen würde, weil er ein solches Schwein war, und Horst gleich dazu. Dass ich ihnen die Schädel einschlagen und die Seelen aus den Leibern prügeln würde.

»Nichts von alldem wirst du tun«, sagte Erika leise. »Mit denen darf man sich nicht anlegen. Denen macht es nichts aus, jemanden zu beseitigen.«

Ich ballte die Fäuste. »Ich beschaffe uns ein Auto. Dann fahren wir weit weg und beginnen unser eigenes Leben.«

»Du weißt nicht, was du sagst. Sie finden mich überall.«

»Dann kaufe ich dich eben!«, rief ich verzweifelt.

In all den Jahren hatte ich kein anderes Mädchen angesehen und ich würde nie eines ansehen. Ich steckte Erika den Ring an den Finger. Ihre Augen glänzten. Dann nahm sie den Ring wieder ab und steckte ihn in ihre Jackentasche.

»Damit ich keinen Ärger bekomme.«

In einiger Entfernung hielt eine rote Corvette. Der Mann am Steuer beobachtete uns.

»Das ist er«, sagte Erika. »Du kannst nicht länger hier stehen bleiben.«

Ich drehte mich um und ging und fühlte ihre Augen zwischen meinen Schultern brennen.

Bei der Bundeswehr hatte ich Lastwagen repariert und ordentliche Muskeln bekommen. Ich fürchtete mich nicht mehr so schnell. Es dauerte einige Tage, bis ich herausfand, wo der Besitzer der Corvette wohnte. Ich nahm ein Blatt Papier mit, auf dem man einen Vertrag aufsetzen konnte, und klingelte an seiner Tür. Als er begriff, worum es ging, lachte er sich kaputt.

»Du dummer Junge, was arbeitest du denn? Bist du ein Millionär oder ein Graf? So viel Geld verdienst du in deinem ganzen Leben nicht, um die Erika zu kaufen. Die wird mir noch viel einbringen und manchmal kann sie mir auch andere Gefälligkeiten tun.«

Er lachte dreckig und ich hätte ihn erschlagen können.

Als ich Erika das nächste Mal besuchte, hatte sie blutunterlaufene Flecken am Arm.

»Lege dich nicht mit ihm an. Um meinetwillen«, flehte sie. »Wir dürfen uns nicht mehr sehen. Er kennt dich nun und wenn er uns zusammen sieht, werde ich dafür bezahlen müssen.«

»Ich werde das Geld auftreiben!«, rief ich. »Es wird eine Weile dauern, aber ich schaffe es. Und bis dahin werde ich eben zahlen, um dich zu sehen. Dann wird er dir nichts tun.«

Meine Eltern hatten sich immer gewünscht, dass ich studierte.

»Später«, sagte ich nun.

Ich arbeitete, wo immer es sich anbot. Ich konnte Autos reparieren und ordentlich zupacken. Ich arbeitete in Werkstätten und im Hafen, als Mechaniker, Stauer, Packer und Verlader. Ich reinigte ölige Kessel und die Laderäume der Asbestschiffe, hantierte mit Chemikalien und Dämpfen, die mich die ganze Nacht husten ließen. Damals dachte man sich nichts dabei und ich fragte nicht viel. Nur das Geld zählte. Erika hatte immer öfter blaue Flecken, als würde ihr Zuhälter mich auf diese Weise noch anspornen wollen.

Einmal in der Woche tranken wir Kakao in dem kleinen Lokal. Der Typ ließ uns nicht aus den Augen und ich sorgte dafür, dass er jedes Mal sah, dass ich Erika Geld gab. An den Sonntagvormittagen, wenn wir beide frei hatten und sie nicht zu müde war, gingen wir in den Bürgerpark und fuhren Ruderboot. Wir gönnten uns nicht viel und das kleine Päckchen in meinem Wäscheschrank wurde langsam dicker.

Es war kurz nach meinem fünfundzwanzigsten Geburtstag, ein ungemütlicher, windiger Tag. Im Wasser des Hafenbeckens spiegelte sich Blaulicht. Ich rannte. Das Herz schlug mir bis zum Halse. Erika lag in einer roten Lache, ihr Kopf war zerschmettert, als hätte jemand mit dem Hammer auf sie eingeschlagen.

»Vielleicht ist sie gestolpert und mit dem Kopf auf einen Stein gefallen«, sagte eine der anderen Frauen, die sehr blass war.

Weit und breit war kein großer Stein zu sehen.

»Was ist mit ihrem Zuhälter?«, fragte der Polizist.

»Ach, das ist ein ganz lieber Kerl. Der würde so was nie tun. Die Augen wird er sich ausweinen, wenn er das erfährt!«

Die anderen Schwalben stimmten in den Chor mit ein. Man sah ihnen die Angst an den Nasenspitzen an.

Ich nahm einen großen Schraubenschlüssel aus meiner Tasche und rannte los, geradewegs zu dem Mietshaus, in dem der Typ eine große Wohnung besaß. Mit den Fäusten trommelte ich gegen die Tür. Aber er war nicht mehr da und die Corvette wurde nie mehr in der Gegend gesehen. Ich hätte ihn umgebracht, wenn ich ihn gefunden hätte. Ich hätte Erika gerächt. Ich hoffte, dass sie das wusste.

Ich habe nicht mehr zu studieren begonnen, es interessierte mich nicht mehr. Irgendwie habe ich weitergelebt, auch wenn es im Grunde keine Bedeutung mehr hatte. Gar nichts war mehr von Bedeutung. Ich wurde einfach nur älter. Ich arbeitete mal hier, mal da. Ich begann Bier und Schnaps in den verbliebenen Lokalen an der Nordstraße zu trinken. Aber keine Mädchen, niemals. Ich hatte schon ein Mädchen und ihr war ich treu.

Jeden Abend drehe ich eine Runde am Holzhafen und jeden Abend wartet sie auf mich, dort bei der alten Wand. Sie lehnt genauso da wie an unserem allerersten Tag. Ich sage »Guten Abend« und sie nickt. Am Finger trägt sie meinen Ring. Einmal versuchte ich ihre Hand zu nehmen. Aber die Hand war ganz luftig und durch ihr Gesicht hindurch konnte ich die Schrift des Plakates an der Wand erkennen. Sie machte traurige Augen und ich ging weiter.

Ich sah den Hafen langsam sterben. Die wenigen Frauen, die dort heute noch stehen, haben Knöpfe in den Ohren, aus denen Musik dudelt, und tippen auf ihren Smartphones herum. Die meisten sprechen gar kein Deutsch mehr, sondern Russisch, Rumänisch, Bulgarisch und andere Sprachen, die ich nicht kenne. Nur die alte Wand steht unverändert da. Und Erika, die jung geblieben ist. Vor zwei Wochen blieb ich bei ihr stehen. Es gab Neuigkeiten. Der Arzt hatte Flecken auf meiner Lunge entdeckt. Das Atmen fällt mir immer schwerer.

»Das Asbest, die chemischen Dämpfe«, sagte er mit betrübter Miene. »Irgendwann kommt die Rechnung.«

Ich aber fühlte mich plötzlich ganz leicht. Ich glaube, ich habe mich sogar bedankt.

»Nun brauchst du nicht mehr lange auf mich zu warten«, sagte ich am Abend zu Erika. Da streichelte sie mir ganz zart über die Wange und ich glaubte sie lächeln zu sehen.

Waterfront – Das Gewitter

von Gesa Schwarze-Stahn

Celinas erstes Handyfoto an diesem Tag zeigte sie selbst um 6 Uhr morgens im Spiegel. Ein Selfie, das sie an ihre Freundin Madeleine schickte, damit diese Celinas neues Make-Up begutachten könnte. Madeleines Reaktion gab Celina den nötigen Schwung, es rechtzeitig in die Schule zu schaffen. Das war manchmal schwierig. In den Pausen entstanden weitere Bilder, Madeleines neues Outfit musste festgehalten werden und die neuen Stiefel von Jeannette.

Der Vormittag verlief ansonsten ereignislos. Erfreulich für Celina. Sie wurde im Unterricht nicht aufgerufen Matheaufgaben zu lösen, die ihr ein undurchdringliches Rätsel waren, oder ihre Meinung zum Inhalt der aktuellen Lektüre im Deutschunterricht zu äußern. Sie hätte noch nicht einmal den Titel des Werkes nennen können, aber das blieb Herrn Schmidt glücklicherweise verborgen. Noch dazu konnte Celina Herrn Jäger, Geschichte und Politik, dazu überreden ihr eine weitere Woche für die Fertigstellung ihres Referates einzuräumen. Absolut notwendig, denn Celina hatte noch nicht die Zeit gefunden überhaupt anzufangen. Das Leben mit Freund und Nebenjob ließ nicht viel Zeit für schulische Aufgaben. Marcel war nicht ihr erster Freund, aber so ein Nebenjob, das war neu und aufregend in ihrem Leben. Seit zwei Wochen arbeitete sie an drei Nachmittagen bei *Juice, Vegs and Fruit* im Foodcourt der *Waterfront*. Der Biokram mit frisch gepressten Säften und Salaten aus regionalem Gemüse war ihr egal, aber sie war ohnehin nur dafür zuständig Nachschub aus den angelieferten Kisten einzusortieren. Und das Geld, super. Ende des Monats würde sie die gesamten 450 Euro abheben und ein Foto posten.

Nach dem Unterricht eilte sie zu ihrem neuen Arbeitsplatz, rief ein fröhliches Hallo in Richtung Verkaufstresen und band sich die grüne Schürze um, die sie bei der Arbeit zu tragen hatte. Celina hatte sich gerade den Kisten mit regional angebauten Gurken zugewandt, als Sabrina, ihre Chefin, sie zu sich rief.

Das sollte den Verlauf des restlichen Tages erheblich ändern. Nicht zum Guten.

Sabrina, man duzte sich hier, nahm Celina mit in das winzige Büro und befahl ihr sich zu setzen. Celina wich dem wütenden Blick aus und starrte auf die abgeplatzten Fliesen. Das hier würde schwierig werden. Stress lag in der Luft.

Mit eisiger Stimme forderte Sabrina sie auf zu erklären, warum sie schon zum zweiten Mal zu spät gekommen war. Celina versuchte eine passende Antwort zu finden. Das mit dem Bus, der zu spät gekommen war, ging nur in der Schule durch, das merkte Celina jetzt. Mitten in ihr angestrengtes Nachdenken kam die Frage, warum jedes Mal nach Celinas Schicht zu wenig Geld in der Kasse war. Es wurde also noch schwieriger. Dabei hatte das mit der Kasse so einfach ausgesehen. Nicola, die zweite Verkäuferin, ließ manchmal die Kassenschublade ein kleines bisschen offen und fünf Euro konnten doch als Versehen durchgehen, hatte Celina sich gedacht. Sie verlegte sich auf Gegenwehr. Wieso Sabrina ihr so was unterstellen könnte? Ein bisschen diskutieren und dann die Sache auf sich beruhen lassen, das, so dachte Celina, könnte klappen. Funktionierte sonst ja auch. Und dann würde sie nie wieder unpünktlich kommen und einen Bogen um die Kasse machen. Alles o.k.

Ein kurzer Blick in Sabrinas Augen sagte ihr, dass dieser Plan nicht funktionieren würde. Im Gegenteil, Sabrina hatte offensichtlich einen eigenen Plan.

Sabrina stand auf, kam dicht an Celina heran und spuckte ihr wütend ein paar Sätze ins Gesicht, in denen die Worte »Schürze ausziehen« »sofort verschwinden« und »Miststück« vorkamen.

Da war nichts mehr zu machen. Celina legte die Schürze auf den Tisch. Also keine 450 Euro. Sie ging aus dem Laden.

Das zweite Foto: Der Eingang von *Juice, Vegs and Fruit* mit Celinas Schürze auf dem Tresen.

Bevor sie Madeleine ihren Frust texten konnte, musste sie erst mal ein bisschen runterkommen. Sie lief durch die *Waterfront*, guckte gewohnheitsmäßig in Schaufenster und ging durch den hinteren Ausgang auf die freie Fläche zwischen dem Einkaufszentrum und der Weser. An warmen sonnigen Tagen wie diesem stellte die Beach-Bar Liegestühle ans Ufer und die Besucher konnten so tun, als seien sie in Berlin an der Spree, und die Gewitterfront ignorieren, die sich weit entfernt über der Weser aufbaute.

Das dritte Foto: Ein frustriertes Selfie vor der *Waterfront*. Im Hintergrund einige Passanten.

Celina setzte sich nicht, denn dann hätte sie ein Getränk kaufen müssen. Sie ging an die Absperrung am Ufer, lehnte sich auf das Metallgeländer und nach einer Weile konnte sie Madeleine ein Bild von sich mit der *Waterfront* im Hintergrund und dem Text »Alles doof« zukommen lassen. Eine

Antwort kam nicht, Madeleine war wohl selbst bei der Arbeit.

Das vierte Foto: Ein weiteres Selfie mit einem bemühten Lächeln.

Celina zwang sich beim nächsten Bild zum Grinsen und schickte es Marcel, ihrem Freund. Bloß nicht unattraktiv böse gucken. Eine zweite Nachricht mit dem Text »Bitte komm, hol mich ab hier« würde ihm, so hoffte Celina, klarmachen, dass er gebraucht wurde. Nur nicht zu sehr drängeln. Das schreckte ab. Celina kannte sich da aus, Jungs mochten das nicht. War auch schwierig. Sie war sich außerdem überhaupt nicht sicher, was Marcel für sie empfand, auf seine Liebesschwüre gab sie nichts. Konnte man nie bei Jungs, so viel wusste sie. Aber jetzt konnte er mal beweisen, dass er sie mochte.

Celina musste einige lange Minuten auf eine Antwort warten. Kein Bild, kein Herz, nur der Text »Kann jetzt nicht, melde mich später«. Wahrscheinlich war er »geschäftlich« tätig. Seit ihm das Schulgelände zu riskant erschien, versorgte er die Kiffer nach Schulschluss eine Straßenecke weiter. Celina kamen die Tränen. Wut und Frust mischten sich mit der Frage, was Marcel wichtiger war als sie. Sie schaute auf das glitzernde Wasser. Was empfand sie eigentlich für Marcel? Diese Frage hatte sie bisher verdrängt, es war egal, Hauptsache, sie hatte einen Freund als Begleitung, zum Vorzeigen und um klarzumachen, dass sie begehrt war und nicht ewig allein wie ihre Klassenkameradin Merle. Darum ging es.

Celina drehte sich um, lehnte sich an das Geländer und betrachtete die Menschen um sie herum. Dann, in einiger Entfernung, kam Florian. Sabrinas Freund. Celina beobachtete ihn, wie er näher kam. Seine gut sitzende Jeans, das schicke Hemd, die Jacke locker über die Schulter gehängt. Florian war schon alt, in Celinas Zeitrechnung, mindestens fünfunddreißig. Aber er sah gut aus. Und seit dem letzten Zusammentreffen mit ihm war Celina sich sicher, dass er Geld hatte. Florian war gekommen, um Sabrina abzuholen, und weil Sabrina noch zwei Lieferungen erwartete, hatte Florian Celina zum Eis eingeladen. Ein Rieseneisbecher mit Mangostückchen, superlecker. Danach waren sie hier am Wasser noch ein bisschen spazieren gegangen und hatten sich supergut unterhalten, fand Celina. So gut, dass sie in einem unbeobachteten Moment ein Bild von ihm an Madeleine geschickt hatte. Bisschen angeben, musste grade mal sein. Und Madeleine hatte pflichtgemäß mit einem Riesensmiley und einem hochgereckten Daumen geantwortet.

Da kam er also. Celina löste sich vom Geländer und schlenderte möglichst locker in seine Richtung. Mal sehen, was da heute drin war. Sabrina hatte jedenfalls zu tun, sie musste ja für ihre entlassene Aushilfe mitarbeiten. Und wirklich, er sah sie und lächelte. Celina strich sich die Haare aus dem Gesicht, aber nicht zu weit, und lächelte ebenfalls. Wieder so schicke Klamotten, da konnte Marcel überhaupt nicht mithalten. Vielleicht war heute mehr drin als ein Eis.

Im winzigen Lagerraum von *Juice, Vegs and Fruit* stach Sabrina wild und planlos mit einem Messer auf das Plastikband ein, mit dem die Gurkenkiste zugeklebt war. Als der Ärger ein bisschen abebbte, richtete sie sich auf und trat an den Hinterausgang. Sie blinzelte ins Sonnenlicht. Das Gewitter schickte ein feuchtes Lüftchen voraus. Sabrina sah Celina, die am Geländer lehnte. Das blöde Gör hatte Spaß und sie musste Kisten schleppen. Sabrina biss die Zähne zusammen. Nein, sie würde sich von solchen Gedanken nicht davon abbringen lassen dieses Geschäft zum Erfolg zu bringen. Sie war Chefin in ihrem ersten eigenen Laden, wenn auch nur als Teil einer Ladenkette. Sie träumte sich in die Zukunft, mit einem Geschäft, das nur ihr gehörte. Trendige Speisen und Getränke für gut verdienende Angestellte in der Mittagspause, so was in der Art. Und Florian würde ihr sicher mit Überbrückungsgeld aushelfen, Sabrina hatte mitbekommen, dass er in seiner Freizeit eine ganze Reihe Stammkunden mit Koks belieferte, da musste doch was für sie drin sein. Und wenn der Laden erst mal lief, würde sie ihn bestimmt dazu kriegen das mit dem Koks zu lassen und mit ihr eine Familie zu gründen. Sabrina wollte endlich eine richtige Familie. Mindestens zwei Kinder.

Sie ließ das Messer, mit dem sie die Gurkenkisten öffnen wollte, in die Kitteltasche gleiten und zog ihr Telefon hervor. Florian war um diese Zeit sicher wieder schwer mit seiner Karriere als Banker beschäftigt und besonders in letzter Zeit hatte er jeden Kontakt während der Arbeitszeit abgelehnt, aber eine kurze Trostnachricht musste doch mal drin sein. Mit dem Telefon in der Hand trat Sabrina aus der Tür. Sie begann zu schwitzen und wusste nicht, ob die Gewitterluft schuld war oder der Arbeitsstress. Sie ließ den Blick über den Platz schweifen. So viele Pärchen, die jetzt, mitten am Tag, Zeit füreinander hatten. Sabrina versuchte den Neid nicht hochkommen zu lassen. Schick angezogene Männer, Frauen mit langen wehenden Haaren über Sommerkleidern flanierten am Wasser entlang. Die ersten schauten nach oben, hatten das heranziehende Gewitter bemerkt und zogen sich in die *Waterfront* zurück. Sabrinas Blick scannte die Szene, erstarrte und ließ das Telefon sinken.

Das fünfte Foto: Celina mit Florian in der Beach-Bar am Wasser. Im Hintergrund Passanten und weit entfernt eine Frau im grünen Kittel, die im Eingang eines Geschäfts stand.

Sabrina schaute genauer hin. Es war Florian, der da am Wasser saß. Und bei ihm Celina, diese faule, verschlagene Tussi, warf die Haare nach hinten und legte den Kopf schief. Sabrina holte das Telefon aus der Kitteltasche und drückte auf den Auslöser, und noch mal. Sie rief Anke, der Verkäuferin vorne im Laden, zu, dass sie kurz wegmüsse, und ging in Richtung Florian.

Hinter ihr trat Marcel aus dem Ausgang der *Waterfront*. Als seine Augen sich an das Licht gewöhnt hatten, erkannte auch er Celina am Wasser. Sie fotografierte gerade einen Mann, der mit dem Rücken zu Marcel im Liegestuhl saß. Marcel schob die Ärmel seines blauen Sommerhemds hoch.

Das sechste Foto: Florian im Liegestuhl, weit im Hintergrund eine männliche und eine weibliche Person, die sich in Richtung des Liegestuhls bewegten.

Celina schickte das Foto von Florian an Madeleine. Florian erhob sich, legte den Arm um Celina und drehte sie in Richtung der Freitreppe, die gegenüber der Werftinsel ins Wasser führte.

Das siebte Foto: Ein Doppel-Selfie von Celina und Florian auf der obersten Stufe der Treppe. Im Hintergrund die Weser, die Kräne in der Ferne und die heranziehenden Gewitterwolken.

Madeleine antwortete mit einem Smiley. Obwohl deutlich zu erkennen war, dass Florian die Dauerknipserei satt hatte.

Sabrina blieb in der Tür stehen. Sie schluckte das Weinen herunter. Die ersten Regentropfen fielen, Wind kam auf und das Licht veränderte sich. Leises fernes Donnergrollen rollte heran. Die Gäste der Beach-Bar zahlten und hasteten zum Eingang der *Waterfront*. Die freie Fläche am Wasser leerte sich, nur Celina und Florian standen selbstvergessen dicht beieinander auf der Freitreppe. Sabrina konnte sehen, dass sie miteinander sprachen. Der Schweiß lief ihr jetzt in Bächen unter dem Kittel herunter. Mit dem ersten Donnerschlag setzte der Regen richtig ein.

Das achte Foto: Celina und Florian, im Hintergrund die leere Fläche im strömenden Regen vor der *Waterfront*. Fast leer, nur zwei Personen bewegten sich auf das Bild zu.

Das neunte Foto: Wohl als Doppelporträt geplant, aber offenbar durch ein plötzlich eintretendes Ereignis verwackelt. Celinas erschrockenes Gesicht, daneben Florians weit aufgerissene Augen. Dahinter Teile eines grünen und eines blauen Kleidungsstücks. Die Träger nicht erkennbar.

Das Gewitter erwies sich als eines der heftigsten dieses Sommers. Erst Stunden später betraten die Ersten wieder die Freifläche. Am Abend fand man Celinas Leiche unten an der Freitreppe, bis zur Brust im Wasser. Ihr T-Shirt war aufgeschlitzt worden, möglicherweise durch ein Messer, zu Tode gekommen war sie durch einen Sturz auf der Treppe. Das Telefon musste ihr aus der Hand gefallen sein und lag auf einer der oberen Stufen. Florian, der anhand der Fotos eindeutig identifiziert wurde, räumte ein, mit Celina auf der Treppe gewesen zu sein. Zum Tathergang machte er jedoch keine Angaben.

Bald darauf eröffnete Sabrina ihren eigenen Mittagsimbiss in einem schicken Lokal in der Innenstadt. Das Angebot umfasste Bio-Burger, vegane Salate und Gemüsesmoothies.

Florian stieg aus dem Kokshandel aus und peilte das nächste Etappenziel seiner Bankkarriere an.

Marcel ging zur Schule wie immer und versuchte zu vergessen.

De Waterliek

von Gesine Reichstein

Hanna Brackmann suust mit ehr Rad de Landstraat hendal. Ehren Kroog an den Watersporthaben in Hasenbüren is dat lesde Huus an'n Diek, ehr dat Neddersassen anfangt. As se Hinrich Lutkowski up de Straat in de Mööt kümmt, treckt se de Bremsen un prust forts los:

»Hinni, dat glöövst du nich. Eene Liek an'n Haben! In de Spundwand. Jüst erst.«

Hinrich Lutkowski will dat noch nich forts glöven: »Eene Liek? Wat för eene Liek denn? Wiev of Keerl?«

Lutkowski as Vörsitter vun'n Schützenvereen deit männigmal so groff. Hanna fuchtelt hiddelig mit beide Arms vun hen un weer: »De Preusses ut Blomendaal, du weetst doch, de ut'n Yachtvereen, de hebbt jüst mit ehr Schipp los wullt un do hett Meinhard Preusse de Knaken dor an de Spundwand sehn. Hett he mi vertellt. Hett ok forts mit sien Klöönbrikett de Schendarms ropen.«

»De Schendarms ropen? Worüm dat denn?« Gaby Perlia, de Postbüdelsche, is mit ehr Rad upto kamen.

»Üm de Liek.«

»Eene Liek? Hier? Hett dat Tiet vun mien Leven hier nich geven un dat sünd fünfundörtig Johr.«

»Bi miene föfftig ok nich.« Hinrich will fix mitsnacken könen. Gaby Perlia schüddekoppt un frögt Hanna: »Hest du se sehn? De Liek, meen ick?«

De Krögersche schüddekoppt nu ok. »Sülven sehn heff ick dat nich. Man de Preusses, de hebbt dat un de sünd doch nu all so lang in usen Yachtvereen. Dat de ut Jux un Dolleree sowat in de Welt sett, dat glööv ick nu ok nich.«

»Keen mag dat denn woll west hebben«, mengeleert sick Hinrich gau weer twüschen.

»De Liek, meen ick. Villicht nu doch een Jan-Maat vun de Regatta vun 2011? De Mannschupp vun dat eene Schipp weer doch sprüttenduun.«

»Kunn angahn.« Gaby kraamt in den Postbüdel. »Heff ick mi damals doch forts upschreeven. De *Lüder vun Bentheem* weer dat. De Crew strumpelte dick un duun all an'n frohen Namiddag över'n Diek, jüst as ick bi di, Hanna, de Post insmeeten heff.«

»Joo«, Hanna treckt dat lang hen. »Dor kann ick mi ok up besinnen. Dat se duun weern, meen ick. Man dat een över Bord gahn is, dor heff ick nix vun mitkreegen. Ok nix vun hört.«

»Ick ok nich«, meent Hinrich.

»Abends weern wat vun ehr doch noch up us Schützenfest. Duun as se jümmer noch weern, grabbelten de doch us Fruens an. Kann mi nich begriepen, dat se dat daan harrn, wenn een vun ehr versapen weer.«

»Segg mal Hanna, kunn dat denn ok de Hund wesen vun de Lüpkes?«

»Neenee, wiss nich. Dat weer doch so een lüttjet Deert. Is doch ok erst siet eene Week weg. Un ick gah denn nu ok weg un trügg na Huus.« Hanna Brackmann wiest up den Haben. »Villicht krieg ick bold mehr in de Künn.«

»Denn will ick ok mal.« Gaby maakt den Büdel to un stiggt up't Rad. »Bit morrn.«

»Tschüss«, röppt Hinrich ehr achterher un tippt an de Mütz.

»Moin, Moin.« Hinrich hett gornich mitkreegen, wat Karl-Heinz Burmester vun achtern rankamen is. Man dat kümmt Hinrich topass. Karl-Heinz weer mal Buer, man he hett sienen Buernhoff verlaren. Harr jüst mit Jungbullentüchten anfungen, do güng dat los mit BSE un de Krankte hett em domals de Wertschupp kapott maakt. Nu heff he noch dat Wahnhuus, man as Buer ahn Hoff gellt he nich mehr veel in't Dörp. Mit Snacken un Sludern will he sick nu männigmaal dickdoon, nu em blots de Wöör bleven sünd – un af un an een beten Mitarbeit up den Hof vun Nahber Willem Böttger.

»Segg mal, Kalle, du kriggst doch jümmer so allerhand mit. De Krögersch is nu jüst weg. Man de hett vertellt, se hebbt eene Liek funnen vör so'n Halfstünnentiet? Weetst du wat dorvun af?«

»Wat? Eene Liek? In'n Haben? Dat weet ick jo noch gornich. Meinzeit, meinzeit, sowat hett dat miene fiefunsösstig Johr nich geven. Dor mutt ick achterher!« Dreiht sick üm un seggt nich ins mehr de Dagstiet. Hinrich geiht up sien Huus to. Siene Nahbersche vun de rechte Siet kümmt jüst vör de Dör. »Goden Dag, Waltraud.«

»Goden Dag, Hinrich.«

»Hest all höört?«

»Wat?«

»Vun de Liek in'n Haben?«

»Eene Liek?«

Waltraud Poppe kümmt nu an'n Tuun. Mit ehre söbentig Johr is se noch heel fix up de Been un hett ok sülven een lütt Seilschipp in'n Haben liggen. Man se is ok wat eigen. Eegens kümmt se ut Hemeln. Se is denn na de Arbeit in'n Videoladen mit ehre Rente na Hasenbüren in dat lütte Huus trocken. So richtig mitdoon in'n Yachtvereen un bi't Schützenfest to'n Bispill deit se nich. Dorüm blifft dat anners bi Hinrich bi »Goden Dag« un »Tschüss«. Man Hinrich weet ok, dat Waltraud jümmer bannig up'n Kiewiev is un villicht weet se wat mehr.

»Se schüllt an de Spundwand eene Liek funnen hebben.«

»Denn is dor doch wat an.«

»Wo is wat an?« De Nahbersch maakt Hinni neeschierig mit ehr Andüden. Waltraud Poppe tiert sick 'n beten.

»Ick will nümms wat naseggen. Man düsse Lankenau, de jümmer an't Weekenenn mit sienen Jaguar ut Hamborg andröhnen kümmt un ünner sien Strohdack krüppt, de hett doch af un an Deerns bi sick un of dat allens rechtens is, dat weet ick ja nich.«

»Is denn maal een vun de Deerns wegkamen?«

»Wegkamen? Heel wiss is dat nich. Man de Blomendaals, de hebbt af un an bi slecht Weer in dat Huus blangenan slapen. Wat Buer Böttger tohört. Un de Blomendaals hebbt vun Striet un Krieschen vertellt.«

»Oha. Wenn dor wat an is!«

In düssen Momang kaamt de Schendarms de Straat hendaal. Mit Blaulecht un Tatütata bruust de Peterwagen an Hinrich un Waltraud vörbi.

»Denn warrt wi woll bold mehr gewahr«, meent Hinrich un geiht nu in't Huus rin. Waltraud Poppe kribbelt dat in de Fingers. Gern wull se mehr weeten. Man se geiht nich so gern unner Lüüd. Se hett hier nich nipp un nau vertellt, wat dat mit de Videos up sick hett. Se hett se nich verköfft, se hett mitspeelt – jümmer ahn Kledaasch un jümmer desülvige Rull. Nu hett se sick düt lütte Huus an'n Diek un dat lütte Schipp kopen kunnt, man se is jümmer up'n Kiewiev, dat nümms achter de Arbeit achter kümmt, de se mal daan hett. Man nu stüert miteens Karl-Heinz Burmester up ehr to. Dat de Lüüd hier em nich för vull ankiekt, dat weet ok Waltraud. Villicht kann se em aber utfragen, ahn sülven in eene Bedrullje to kamen.

»Moin, Burmester. Wo schall't denn hengahn?«

»Wull man up den Haben to. Heff jüst den Peterwagen dor henföhren sehn.«

»Dor schall eene Liek in't Water liggen, heff ick höört.«

»Heff ick ok.«

»Un keen is dat, de Liek, meen ick?«

Karl-Heinz beert 'n beten schenant.

»Een will jo nix seggen un all gornich een wat naseggen, man bi de 85-Johr-Fier vör 4 Johr hebbt se jo den niegen Vörsitter wählt in den Yachtvereen. Se, werte Fru Poppe, weern domals noch nich hier.«

Kalle Burmester tiert sick weer. He much gern mehr vertellen, dat süht Waltraud Poppe forts. Fix puhlt se na.

»Un? Is de nich jümmer noch Vörsitter?«

»Dat woll. Man dor weer noch so een »Vun-un-to« ut Lesum, de hett ok Vörsitter weern wullt un siet de Versammeln hett em nümms mehr sehn.«

Waltraud Poppe is een beten verbaast.

»Se meent doch nich! Keen schull em denn wat andaan hebben? Üm den Posten as Vörsitter? Nee ok doch!«

Kalle Burmester wehrt gau af. »Nee, nee, ick will jo nix seggt hebben. Ick heff blots seggt, ick heff em siet den Abend nich mehr sehn! Maakt Se dor blots nix vun, Fru Poppe.« Un he wiest na den Haben.

»Wenn se de Liek erst unnersöcht hebbt, kriggt wi wiss mehr to weeten. De köönt hüütigendags jo all ut eenen enkelden Knaken wat rutkriegen.«

Waltraud Poppe nickkoppt.

»Denn willt wi mal«, un geiht weer trügg in't Huus.

Karl-Heinz Burmester is aber wat ungeröstig un mag gornich alleen in sien Huus sitten gahn. So he geiht up den Diek.

Duert nich lang un twee junge Lüüd loopt wat upgeregt langs de Straat up den Haben to. Hinrich Lutkowski will sick ok jüst dat Spiktakel dor ankieken. De junge Fru geiht up em to. »Se wahnt doch hier in't Dörp, nich?« Un de junge Mann forts achterher: »In'n Haben hebbt se wat funnen, nich?«

»Jo, jo«, begöscht Hinrich Lutkowski de beiden. »Man joon lütten Hund kann dat nich wesen. Se hebbt blots Knaken funnen. Un de lütte Wauwau is doch erst een paar Daag weg. Den mööt ji jichtenswo anners finnen.« Lutkowski mag de beiden nick lieden. Se maakt siet anderthalv Weeken Urlaub hier mit den Köter un maakt sick vun morrns bit abends wichtig mit ehr Öko-Gedöns. Wat de Lüüd in't Dörp beter eeten schullen, wat se nich mit dat Auto un överhaupt mit de Motorbööd – unsowieder. Nu den lütten Köter ok noch weg is, geevt se sick as de Wichtigsten överhaupt un Hinrich Lutkowski süht to, dat he de beiden fix quiet warrt. He hett Glück, Buer Wilhelm Böttger kümmt mit den Trecker vun't Feld. Em hört den lesden Hoff vör den Haben to.

»Hest all hört?« Wilhelm Böttger stellt den Motor af.

»Wat?«

»Hest all hört vun de Liek in'n Haben?«

»Nee. Wat?«

»Se hebbt dor eene Liek funnen an de Spundwand.«

»Well is dat denn un well hutt se funnen?«

Hinrich Lutkowski wehrt af.

»Weet wi nich. Villicht een Bootsmann vun dat Habenfest. So warrt seggt.«

»Sowat hett dat de lesden fiefunsösstig Johr nich geven – eene Liek in'n Haben.«

Wilhelm Böttger schüddekoppt noch mal un maakt den Trecker weer an. Denn föhrt he up sienen Hoff. He mutt ok de Straat freemaken. De Peterwagen kümmt de Straat vun'n Haben hendal. Achterher peest Hanna Brackmann weer mit ehr Rad. As se Hinrich gewohr warrt, blifft se gau stahn.

»Ick bün ganz düselig in'n Kopp. Wat de Schendarms allens weeten wullen.«

»Vun di?«, frögt Hinrich na.

»Na, eerst vun de Preusses, de harrn de Liek jo funnen, man denn hebbt se mi utprammst.«

»Wat hebbt se denn weeten wullt?«

»Eerst so allgemeen, woans de Verdreeg in't Dörp so is. Of dor woll mal een wegkamen is. Of dor well in't Dörp mit een mal nich kunnt hett. Of dat mal Verdreet in Familjen geven hett un sowat dorher.«

»Gediegen«, meent Hinrich Lutkowski.

»Denn meent se woll, dat de Liek ut'n Dörp kümmt un ok de, de se dor insmeeten hett.«

»Wo kaamt de dor up?«

»Na ja, se hebbt ok fragt na Frömde. Man do kunn ick bloß trüggfragen, woans een Haben woll lopen schall ahn Frömde.«

De Krögersch grient un Hinrich Lutkowski meent: »Bi den Schützenvereen bruukt se gornich natokieken. Gifft keen Kriminelle in us Reegen.«

»Wo sünd de Kriminellen?«

Karl-Heinz Burmester kümmt weer up de beiden to.

»Hier in usen Vereen gifft dat keene Kriminellen, heff ick jüst seggt«, seggt Hinrich.

»Meenst nich ok, Kalle?«

Karl-Heinz Burmester gifft fix to: »Meen dat jüst so as du, Hinni.« Burmester föhlt sick weer wat minnachtig, nu he dat mit »Högere« to doon hett, so, as een groten Buern of een Vörsitter vun'n Schützenvereen.

»Denn mööt wi nu woll aftöven, wat se in Bremen över de Liek rutkriegt. Anners kaamt wi hier so nich wieder«, meent Hanna Brackmann. »Mutt den Kroog noch schiermaken. Warrt all bold düster.«

Se loopt utnanner.

Dor kümmt heel sacht en groot sülvern Auto vun de Stadt her. Pierre Lankenau sitt achter't Stüer vun sienen Jaguar un weet allerbest, dat se em fix wat ankleien deen, wenn he to gau föhrt. Ehrdat he up siene Garage todreihen kann, kloppt eene junge Fru an't Fenster.

»Hebbt Se up'n Weg eenen Hund sehn? Eenen witten Pudel?«

Pierre Lankenau kann blots schüddekoppen. »Up de Straat so nich. Deit mi leed.« Un lett dat Fenster weer na baben krupen. He will vör de Slapenstied na de Fahrt vun Hamborg her up jeden Fall noch een, twee Beer hebben in'n *Bremer Utkiek*. Dor kann een so allerbest sitten un up de Werser kieken un de Gedanken lopen laten.

Man all Stöhl mit Utkiek up't Water sünd besett bit up eenen Disch, wo een Paar an sitten deit. »Is dat hier noch free?«

Henriette Preusse wiest mit de Hand: »Dor sitt noch nümms.«

Meinhard, ehr Mann, seggt noch: »To schön, hier abends sitten gahn un up't Water kieken.« Pierre is dat na de Föhreree na een lütten Snack un meent: »För mi is düsse Eck mit de Werser de schönst. Is so kommodig!«

»Man nich jümmer«, seggt Henriette Preusse nu. »Se hebbt dat wiss noch nich hört. Vunmorrn hebbt wi eene Liek in'n Haben hier funnen. De Polizei unnersöcht dat Spill noch.«

»Eene Liek?« Pierre Lankenau is verbaast. »Wat för eene Liek denn?« Meinhard Preusse verklaart em: »As wi hüüt Morrn mit usen Törn anfangen wullen, hebbt wi dat miteens sehen, Knaken in de Spundwand. Een Knakengerüst – een Bostkorv un dat hebbt wi denn ok mellt.«

Pierre Lankenau kriggt dat erste Beer för den Abend in de Hannen.

»Man een lütten witten Pudel weer dat wohl nich?« Meinhard Preusse lacht: »Hebbt de Lüpkes Se ok all nach den Schieter befragt? Ick glööv, de liggt mit eene Hundedaam jichtenswor in eene Schüün.« De dree snackt nu noch vun düt un dat un dat Weer un eene Stünn later seggt Lankenau: »Dennso will ick ok man liggengahn. Düsse Föhreree maakt jümmer so mööd. Gode Nacht.«

Gaby Perlia halt eenen groten Ümslag ut'n Büdel. Eenen to grooten Ümslag. De passt bi Pierre Lankenau nich dör den Sleet in de Dör. Se mutt pingeln. Pierre Lankenau kümmt ok forts un nögt Gaby nu in de Stuuv.

»Ick will Se noch eenen Breef vun mi ut mitgeeven. Kann ick den Weg sparen. Köönt Se eben hier töven? Gaht Se doch sitten.«

Up de Kommod hett Lankenau Biller stahn, jüst as elk un een un jüst as Normalautoföhrers. Dat Bild mit een bannig staatschen Kerl hett een swart Band un blangen an staht twee Deerns so üm de föffteihn. Pierre Lankenau kümmt trügg mit sienen Breef in de Hannen.

»Tja, miene Nichten heff ick ok all af un an hierher mitnahmen. Is nich so licht to. Sünd in dat Goosöller un as Süsters hebbt se sick faken in de Kladden. Denn mutt ick tosehn, dat ick se weer infang.«

»Dor weet ick wat vun af. Heff sülven twee Süsters. Man düsse Mann dor, den heff ick jichtenswor all mal sehen. Is dat Ehr Vadder?«

»Nee, mien Onkel. He hett ok mal een Boot hier liggen hatt un wull ok mal Vörsitter vun'n Yachtvereen weern. Man vun een Törn up de Nordsee vör een paar Johr is he nich trüggkamen.«

»Deit mi leed.« Gaby nimmt den Breef un mit een »Tschüss« treckt se mit ehren Büddel wieder. Se mutt noch een Paket afleevern bi Waltraud Poppe.

Dor duert dat länger, ehr de Dör losmaakt warrt.

»Een Paket för Waltraud Poppe«, fleit Gaby fründlick.

»Mutt ick noch wat betahlen?«, frögt Waltraud Poppe mit kotte Tung.

»Jo, deit mi leed. Man dor hebbt Se woll wat bestellt.«

»Kaamt Se rin. Ick mag dat nich, wenn de Dör so lang lossteiht.«

»Dor bruukt Se sick nich to schamen«, meent Gaby Perlia.

»Wat weet Se denn all vun Schamen af?«, frögt Waltraud all weer wat groff.

»Na ja, mit den Quällerei vör de Rent. Nich elk un een kann eene Profeschoon hebben, wo all vun dröömt.«

»Wat schall dat heeten?«

»Dat meent bloots, dat ick weet, wat Se mal arbeit hebbt. Weer Tofall. In eene Ferienwahnung up Nordernej hett so een Film legen.«

Waltraud Poppe lett sick in den nöchsten Stohl fallen.

Gaby begöscht ehr. »Buten mienen Mann un mi weet dat nümms. Un dat warrt ok so blieven. Dat segg ick to.«

Waltraud Poppe sitt jümmer noch stief dor. Denn sücht se deep up. »Villicht tokamen Week mal. Nu kann ick't nich. Man denn will ick Se dorvun vertellen. Eenmal verlichtern.«

Gaby grifft ehr de Hand. »Dat hett Tiet. Wenn't sowiet is, seggt Se Bescheed.«

Buten mutt nu ok Gaby deep Oom halen. Un dor kümmt Hanna Brackmann ok all mit ehr Rad vun'n Haben anjachtern.

»De Hund is weer dor.« Röppt se all vun wieden.

»Wat, de lütte Pudel vun de Lüpkes?«

»Jo, Wilhelm Böttger hett em achtern in de grote Schüün funnen.«

»Mann in de Tünn. Dat freit mi för de Stackels.«

»Stackels? Woso Stackels?«

»Weetst du dat denn nich? Dat de Vadder vun de junge Fru Lüpkes eenen groten Hoff hatt hett in Overnigelant. Un dat he den heel un deel versapen un verspeelt hett? Un dat sick de Dochter so schaamt hett, dat se wiet weg gahn is in't Suerland.«

»Nee Gaby, dat heff ick nich wusst. Dorüm geiht de Fru so suerpöttsch dör den Dag.«

»Un much sick doch egens mal weer frein. Kann se jo, nu de Hund weer dor is.«

»He is eene se un se hett Lütte kreegen un sick woll dorüm in de Schüün verkrapen.«

»Dat will ick sehn.«

De Postbüdelsche kippt dat Rad an de Müer, grippt den Arm vun de Krögersch un so gaht se up de Schüün vun Wilhelm Böttger to. Dor sünd se ok all bold all versammelt: Tania un Toni Lüpkes, Buer Wilhelm sülven un ok Hinrich Lutkowski un Karl-Heinz Burmester hebbt sick all infunnen.

»So is't een Leven un Vergahn«, süfzt Tania.

»Richtig«, meent Hanna. »Dat Leven is hier un wat is denn nu mit de Liek? Gifft dor wat Niejes ut Bremen? Hett een wat hört?«

»Jo, hebbt wi«, kümmt dat vun de Schüündör her.

De Preusses kaamt binnen un Meinhard röppt: »Wi hebbt dien Rad dor buten sehn, Hanna, un do hebbt wi dacht ...«

»Achwat. 'N Swien – een Swien is dat west.« Henriette Preusse fallt ehren Mann in't Wort. »Snack nich so lang!

Dat weer keene Minschenliek. Dat weern de Bostknaken vun een Swien dor an de Spundwand!«

Gaby kickt Hanna an, Hinrich stött Wilhelm in de Siet un denn prust se all los. Ok Preusses, de de Saak erst noch so ernst anfaat hebbt. Blots een grient nich un dat is Karl-Heinz Burmester.

»Hej«, pufft em Hinrich an'n Arm. »Wat is mit di?«

Karl-Heinz tuckt mit de Schullern. »Dat weer Willem sien Swien. Is all een Sett her, do heff ick em vun een Schoof niege Biggen een wegnahmen un verstoppt. Wull so gern weer wat Eegens hebben un heff dat uptrocken. Slachten kunn ick dat nich un eens Dags weer dat weg.«

»Hest du nienich wat vun seggt.«

»Kunn ick jo nich. Weer jo klaut. Un denn is't woll versapen.«

»Dann will't wi nu mal sien Fell versupen. Los geiht – up den *Bremer Utkiek* to!«

Land Unter

von Anja Ulbig

September 1686
Stine Onnsen stand in ihrem kleinen Garten am Ende der Vegesacker Hafenstraße und hängte Wäsche auf. Die Hafenstraße war der Mittelpunkt des Ortes, praktisch alle Schiffsoffiziere wohnten dort. Die Kapitäne dicht am Wasser, gleich neben dem Havenmeisterhaus. Wer einen nicht ganz so hohen Rang hatte, wohnte weiter unten, vom Hafen ein Stück entfernt. Es war schon Herbst, bald würde die Wäsche draußen nicht mehr trocknen. Aber heute blies ein kräftiger Wind, da mochte es wohl gehen. Die Arbeit war schnell erledigt. Onno war noch auf See, nur ein paar Unterröcke und Strümpfe hingen auf der Leine. Stine seufzte. Sie war ein zupackendes Wesen und hätte gern mehr zu tun gehabt in ihrem Leben. Wenn Onno vom Walfang in die Winterpause ging, würde sich die Hausarbeit verdoppeln. Sie würde Fischerhemden und Seemannspullover in die Nähe des Kohleherds zum Trocknen aufhängen und auch etwas aufwendiger kochen. Aber der Tag hatte auch dann noch etliche Stunden, die Stine nicht recht zu füllen wusste. Was sie tun *wollte*, wusste sie genau. Liebend gern würde sie Kinderbrei kochen und winzigkleine Kleidungsstücke anfertigen und waschen. Aber das ließ sich nicht erzwingen. Seit vier Jahren war sie mit Onno verheiratet und immer noch nicht schwanger. In den Monaten, die er an Land war, taten sie ihr Bestes. Doch scheinbar war das nicht genug. Manchmal fürchtete sie, unfruchtbar zu sein. Onnos Geschwister hatten viele Kinder, Stines ältere Schwester Lene dagegen nur einen kränklichen Sohn. Wenn Onno heimkehrte und die erste Wiedersehens-

freude verflogen war, würde das wieder ein Thema zwischen ihnen sein. Stine seufzte noch einmal und ging mit ihrem kleinen Wäschekorb zurück ins Haus.

3. Oktober 1686
Onno war wieder da. Die Waljagd war nicht sehr erfolgreich gewesen, nur einen mittelgroßen Grönlandwal hatten sie erlegt. Der Walfang war ein schwieriges Geschäft. Jährlich begaben sich etwa 25 Walfangschiffe von Vegesack aus auf die lange Reise in die Arktis, zusammengehalten und unterstützt von der bremischen *Grönland-Compagnie*. Tran war ein wichtiger Brennstoff und aus den Barten des Blauwals wurde Fischbein gewonnen für die Korsetts der vornehmen Damen der Stadt. Stine besaß kein Korsett, aber Onno nannte eine kleine Tabakdose aus Fischbein sein Eigen. Onno war erster Harpunier und damit ein wichtiger Mann an Bord. Stine konnte stolz auf ihn sein. An den schon kühlen Abenden saßen sie nun wieder am Kohleherd zusammen. Sechs Monate war er auf See gewesen, doch Stine kam es vor, als hätte sie erst gestern am Utkiek gestanden und ihm zum Abschied gewinkt. Onno konnte sich nicht so schnell umstellen. Schweigsam saß er auf der Holzbank am Ofen und schnitzte an einem Holzspielzeug für einen seiner unzähligen Neffen. »Wal! Wal! Noch bläst er!« Diesen Schlachtruf der Walfänger hatte er immer noch im Ohr. Und seine Gedanken waren noch eine ganze Weile auf See. Stine senkte den Blick auf ihre Näharbeit. Sicher dachte Onno daran, wie viel schöner es wäre, endlich ein kleines Schiff für einen eigenen Sohn zu schnitzen. So wie sie auch lieber ein Babyjäckchen stricken würde. Sie sprachen nicht miteinander, aber ihre Gedanken und Gefühle hingen förmlich im Raum. Stine schluckte schwer. Sie hatte einfach nicht genug um die Ohren. Wenn Onno nicht da

war, also in der wärmeren Jahreszeit, ging Stine oft zu ihrer Nachbarin, der Seegelschen. Die Witwe bewohnte ganz allein ein großes Haus am oberen Ende der Hafenstraße und ertrug Untätigkeit genauso schlecht wie die junge Stine. Häufig nahm die ältere Dame Kranke und Alte in den oberen Räumen ihres Hauses auf und pflegte sie mit Hingabe.

Sicher, eigentlich war das Aufgabe der Familien, aber ab und zu kam es vor, dass ein Kranker keine Angehörigen hatte oder mit seiner Familie völlig über Kreuz war. Diese Personen schleppten sich mit letzter Kraft zur Seegelschen, die niemandem die Tür wies. Längst hatte sich ihr wohltätiges Wirken herumgesprochen, man nannte ihr Haus manchmal schon das »Seegelsche Siechenhaus«. Stine liebte es, die ältere Dame zu besuchen und ihr tüchtig zur Hand zu gehen. Für keine Arbeit war sie sich zu schade und hatte auch mit schüchterner Miene einige Verbesserungen eingeführt. Häufig wurde sie von der Seegelschen gelobt und war auf eine ganz ungewohnte Art glücklich und erfüllt gewesen. Doch als sie Onno vorgeschlagen hatte stundenweise dort auszuhelfen, nur in den Monaten von April bis September, wenn sie allein zu Hause war, hatte er es strikt verboten. »Ich bin wahrhaft Manns genug, uns beide zu ernähren! In meiner Familie hat noch nie eine Frau außer Haus gearbeitet. Du solltest endlich Kinder haben, dann wäre kein Platz mehr in deinem Kopf für solche Flausen.« »Es geht mir doch gar nicht ums Geld, Onno! Aber wenn du nicht da bist, habe ich einfach nicht genug zu tun. Das bisschen Hausarbeit habe ich im Handumdrehen erledigt und dann sitze ich hier mit trüben Gedanken.« »Du könntest den Gemüsegarten vergrößern. Blumen braucht doch nun wirklich kein Mensch.« »Und wer soll das alles essen, wenn du auf See bist? Verkaufen darf ich es ja sicherlich nicht…« Onno schnaubte. Das fehlte noch, Stine als Hökerweib auf dem Vegesacker Markt. »Du könntest meinen Schwestern und Schwägerinnen zur Hand gehen, wenn du schon kein eigenes Kind bekommen kannst.« »Kein eigenes Kind bekommen kann? Ich dachte immer, da gehören zwei dazu!« »An mir wird's nicht liegen«, knurrte Onno. »So, woher weißt du das so genau? Hast du vielleicht irgendwo dein Bankert oder was macht dich da so sicher?« In Onnos Ohren begann es zu rauschen. Dieses Weib hatte Haare auf den Zähnen, wenn es um die immer noch leere Wiege ging. »Ich habe gar nichts, halt endlich dein loses Maul!« »Ich rede so viel, wie es mir passt! Meine Güte, Onno, ich hatte monatelang kaum jemanden zum Reden!« Mittlerweile hatte ihr Mann die Schnitzerei beiseitegelegt und polierte seine Harpune. Es war eine kleine Handharpune, wie sie früher einmal benutzt wurde. Onno hatte sie von seinem Kapitän geschenkt bekommen. Keine Ahnung, wo der die herhatte. Sie war längst glänzend sauber poliert, aber Onno liebte es, sie gründlich zu wienern, Widerhaken für Widerhaken. »Mensch, Onno, jetzt hör mir *einmal* zu!« Stine legte ihre Hand auf den Griff der Harpune und zwang Onno, ihr in die Augen zu sehen. Er hasste es, wenn sie ihn so bedrängte. Wurden die Dinge denn besser, wenn man stundenlang darüber redete? »Onno, vielleicht solltest du weniger Schnaps trinken. Davon kann man nämlich unfruchtbar werden. Das hat die Seegelsche auch gesagt…« »Die alte Nebelkrähe? Hast du etwa mit der darüber gesprochen? Und wann überhaupt? Gehst du da vielleicht heimlich arbeiten, wenn ich auf See bin?« »Nein, das tu ich nicht, aber du bringst mich da auf eine Idee!« Onno schubste Stine zur Seite und polterte aus dem Haus in Richtung Hafenkneipe. Die Tür fiel hinter ihm krachend ins Schloss. Stine saß noch eine Weile am

Kohleofen. Noch mehr solche Abende und sie konnten den Kinderwunsch ganz begraben. Onno war schrecklich verbohrt und mit den Jahren wurde es nicht gerade besser.

12. November 1686
Ein immer schärferer Wind blies ums Haus. Schon seit Ewigkeiten goss es in Strömen. Trotz der immer kälteren Temperaturen schwitzte Onno. Er hackte Holz, Scheit um Scheit. Der Winter war doch immer länger, als einem lieb war. Zum Glück hatte er ein Vordach gebaut, wo er trockenen Fußes Holz hacken oder Angelschnüre entwirren konnte. »Onno! Das reicht ja für drei strenge Winter, mach Schluss jetzt, ich habe uns Speckaal vom Markt mitgebracht!«, rief Stine ihm vom Gartenweg aus zu. Sie schien blendender Laune zu sein. Sie strahlte förmlich und schwenkte den Einkaufskorb übermütig hin und her. So hatte er sie schon lange nicht mehr erlebt. In den letzten Wochen war sie eher zänkisch gewesen und häufig müde. Was war so lustig daran, bei diesem Regensturm zum Markt zu gehen? »Kenn sich einer mit den Weibern aus«, brummte er in seinen Bart und folgte ihr ins Haus. Der Speckaal mit Bratkartoffeln war köstlich. Nach dem Essen saßen sie noch lange am Kohleofen zusammen. Der Wind tobte immer stärker um das kleine, aber solide Häuschen. Nach wie vor goss es in Strömen. Stine säumte einen Unterrock, Onno reinigte wieder einmal seine Harpune. Die Tranlampe spendete nur schwaches Licht. »Der Liese geht es nicht besonders«, murmelte Onno nach einer Weile. Liese war seine jüngste Schwägerin, sie wohnte nur drei Straßen entfernt. Stine mochte Liese nicht besonders, sie war in nur zwei Ehejahren schon zum zweiten Mal schwanger und machte fürchterlich viel Aufhebens davon. »Kannst ihr ja ein bisschen helfen die nächste Zeit...

Dann hast du jemanden zum Tratschen, das brauchst du ja scheinbar, um glücklich zu sein.« »Es ist mir nicht gerade egal, mit wem ich mich unterhalte. Ausgerechnet Liese, da wäre mir Alkes Milchkuh ja noch lieber!« »Oder vielleicht die Seegelsche?«, fragte Onno mit einem listigen Augenzwinkern. »Die siehst du ja bestimmt wieder täglich, wenn ich erst in See gestochen bin.« »Täglich? Ganz sicher nicht.« »Lüg mich doch nicht an! Du kannst es doch kaum erwarten, wieder zu ihr zu rennen und dort mit einer weißen Schürze herumzustolzieren.« »Ich stolziere nicht, ich habe sinnvolle Arbeit getan. Sinnvoller als hier allemal!« »Was bist du eigentlich für ein Weibsbild? Du lebst hier in einem anständigen Haus, könntest dich im eigenen Garten nützlich machen, meiner Familie helfen ... aber nein, auswärts will es sich wichtig machen, das liebe Frauchen!« »Onno, hör zu! Ich werde bald keine Zeit mehr haben, der Liese im Haushalt zu helfen. Ich werde ...« »Nichts wirst du!«, schrie Onno und donnerte die Harpune auf den Tisch. »Ich habe dir ja wohl klipp und klar gesagt, dass dein Platz hier ist und nirgendwo sonst!« »Onno, jetzt hörst du *mir* erst einmal zu«, sagte Stine mit sich überschlagender Stimme und versuchte, ihm die Harpune aus der Hand zu nehmen. Das Gescheppere ging ihr auf die Nerven. »Fass meine Harpune nicht an! Es war Arbeit genug, sie wieder zum Glänzen zu bringen.« Er hasste es, wenn Stine so mit ihm sprach, so von oben herab. Das hatte sie sich bei dieser dämlichen Seegelschen abgeguckt. Jede Wette. Onno riss seiner Frau die Harpune aus den Händen. Vielleicht riss er ein wenig zu stark, vielleicht war Stine aber auch über ihre Holzschuhe gestolpert – auf jeden Fall steckte die Harpune plötzlich in ihrer Brust, aus der eine erschreckende Menge Blut quoll. »Stine!«, schrie Onno. »Stine! Was machst du denn nur?« »Onno!«, keuchte seine Frau, wobei ihre Augen immer größer wurden und schließlich brachen.

Stunden später saß Onno immer noch am längst erkalteten Kohleofen. Die Tranlampe blakte nur noch schwach. Er hatte schließlich die Harpune aus Stines Brust gezogen, wodurch sich das Bluten noch verschlimmert hatte. Nun lag Stine auf dem Wollteppich, zusammengekrümmt, die Augen weit geöffnet. Er hätte schon lange vorher Hilfe holen müssen. Vielleicht sogar die Alte aus dem Siechenhaus. Nun war es zu spät. Seine Stine machte ihm niemand wieder lebendig. Es war ein Unfall gewesen, ein dummer Zufall. Aber wer würde ihm das glauben? Jeder würde doch fragen, warum er nicht Hilfe geholt hatte. Irgendwann endlich wickelte er seine Frau in den blutdurchtränkten Teppich und wuchtete die Teppichrolle in den Vorratskeller. Ein wenig Blut war noch auf den Steinfußboden getropft. Er holte Eimer und Wischlappen und bald war von den Flecken nichts mehr zu sehen. Im Keller hatte außer ihm niemand was zu suchen. Wenn jemand nach Stine fragen würde, müsste er sagen, sie wäre krank. Oder besser noch, zu ihrer Schwester gefahren. »Onno! Onno! Mach auf!« Es hämmerte von draußen an die Tür. »Onno! Du musst mit anpacken!« Er öffnete die Tür und sah in die Augen seines Kapitäns. »Onno, merkst du denn gar nicht, was hier draußen los ist? Das Wasser steht schon vier Fuß hoch über dem Hafen und drei Fuß hoch im Havenhaus. Das ist aber noch nicht das Schlimmste: Die Lesumbrücke bei Burg ist hin, durch den Eisgang...« Onno dachte kurz nach. In der letzten Woche hatte es gefroren und gestern war es plötzlich ungewöhnlich mild gewesen. Da mochte sich eine Menge Eis auf den Weg gemacht haben. Er stürzte aus dem Haus und arbeitete Seite an Seite mit seinen Männern, die ganze Nacht.

Am nächsten Vormittag öffnete er erschöpft im verwaisten Ehebett seine Augen. Jeder Knochen tat ihm weh. Sie hatten alles festgezurrt, was noch nicht durch die Luft flog, Dächer notdürftig repariert und Vieh in Sicherheit gebracht. Ganz zuletzt hatte Onno sich noch davongestohlen und die Teppichrolle in den Flutmassen versenkt. Bis jetzt hatte noch keiner nach Stine gefragt, er konnte sie einfach vermisst melden. »Was hatte sie bei dem Sturm draußen zu suchen?«, würde er sagen. »Warum hat sie nicht einfach zu Hause auf mich gewartet? Als wenn sie jemandem eine Hilfe gewesen wäre!« Er trat vor die Tür. Das Wasser ging schon langsam, aber stetig zurück. Der Wind hatte sich völlig gelegt. Drei Tage später teilte man ihm mit, dass man seine Frau gefunden hatte. In einer abgeknickten Baumkrone, ein Stück weserabwärts, wie ein Gespenst hatte sie dort gehangen. Stine Onnsen hatte diverse schwere Verletzungen, was aber niemanden wunderte. Überall waren spitze Holz- und Metallteile durch Vegesack getrieben und durch die Luft geflogen. Keines der Opfer, die nach und nach gefunden wurden, war unversehrt.

22. November 1686
Die Trauerfeier war für Onno eine einzige Qual. Um das Kochen und die Gäste hatten sich seine Schwestern und Schwägerinnen gekümmert, die Gespräche aber und die Beileidsbekundungen nahm ihm niemand ab. Da musste er nun durch. Gerade sah er die Seegelsche auf sich zukommen. Sie ging zögerlich, wohl in dem Bewusstsein, dass sie nicht gerade beste Freunde waren. Wer weiß, was Stine ihr so alles erzählt hatte. »Mein lieber Herr Onnsen«, hörte er nun die Stimme der ältlichen Dame dicht an seinem Ohr. »Ich möchte Ihnen mein tief empfundenes Beileid aussprechen zu Ihrem doppelten Verlust.« Doppelter Verlust? Wer war

denn noch gestorben? Onno runzelte die Stirn und dachte scharf nach. »Ich war schon sehr traurig, die gute Stine zu verlieren«, sagte die Seegelsche. »Aber nun auch noch das Lütte... Sie beide hatten so lange darauf warten müssen. Stine war letzte Woche so selig, als sie es mir anvertraut hat.« Wovon redete die Alte? Was für ein Lüttes? Stine war doch wohl nicht ... Sie hatte gesagt, dass sie bald keine Zeit mehr für Liese und andere Verwandte haben würde. Hatte sie es tatsächlich *so* gemeint? »Eine Frage habe ich noch, Frau Seegel«, presste Onno mühsam hervor. »Hat meine Frau in der letzten Zeit, als ich auf Walfang war, häufig bei Ihnen ausgeholfen?« »Leider nicht mehr«, antwortete die ältere Dame. »Sie wusste doch, dass Ihnen das nicht recht war. Und jetzt hätte ich das in ihrem Zustand ja auch nicht mehr zugelassen. Nur zum Klönen und Teetrinken ist sie noch gekommen.« Sie nickte ihm noch einmal zu. »Wie gesagt, mein aufrichtiges Beileid, Herr Onnsen. Stine wäre eine großartige Mutter gewesen.«

Jonathan

von Jürgen Warmbold

»Bin ich tot?«

»Seit gestern Abend. Zweifeln Sie etwa an meinem Wort?«

»Natürlich nicht. Aber erzählen Sie, Walther, wie haben Sie's gemacht?«

»Erwürgt habe ich Sie, mit einem Schal meiner Frau.«

»Wie unappetitlich. Konnten Sie keine sanftere Methode wählen?«

»Sie haben mir freie Hand gelassen. Außerdem war nicht vereinbart, dass Sie um Ihr Leben kämpfen würden.« Walther räuspert sich. »Was ich noch fragen wollte: Darf ich Sie jetzt mit Ihrem richtigen Namen ansprechen? Wozu noch diese Geheimniskrämerei? Schließlich hatte ich ihren Ausweis zwischen den Fingern, Herr Hau…«

Eine herrische Geste setzt Walthers Redefluss ein jähes Ende. »Unterstehen Sie sich, meinen wahren Namen auch nur zu denken. Vergessen Sie ihn einfach. Für Sie bin ich Jonathan.«

»Sie sehen gar nicht aus wie die Möwe aus dem berühmten Roman.«

»Aber nachher fliege ich genauso elegant davon.«

Was für ein scheinheiliges, launiges Geschwätz. Wie wir wissen, sind beide Männer Schwerstverbrecher, die gemeinsam ein Menschenleben auf dem Gewissen haben. Jonathan als Auftraggeber und Walther als gedungener Killer. Beiden geht es nur ums Geld. Der eine hat es im Überfluss, der andere bitter nötig.

Welch lächerliche Figuren sie doch abgeben, wie sie am Ufer der Weser stehen und versuchen Clochards zu mimen. Eine Rolle, die weder dem einen noch dem anderen auf den Leib geschrieben ist. Gammelig gekleidet und jeweils mit einer halb ausgetrunkenen Flasche Bier in der Hand, starren sie in den Nebel, der wie eine graue Wand vor ihren Augen hängt. Eine filmreife Szene, mit den Blaulichtern der Polizei- und Rettungswagen, die der Nebel mit einem dekorativen Lichtkranz umhüllt. Dazu die Gesprächsfetzen, die zu Jonathan und Walther herüberdringen – und das Geschrei der Möwen. Gern würden sie genauer erkennen, was auf dem Fährschiff *Juliusplate* geschieht, das vor einem Hilfssteg neben dem Fahrgastanleger in Bremen-Farge ankert. Aber sie trauen sich nicht näher heran, wollen auf jeden Fall verhindern, optisch mit dem *Mercedes* auf der Fähre in Verbindung gebracht zu werden, zumal dieser in den Fokus der polizeilichen Ermittlungen geraten ist. Eine S-Klasse-Limousine, der bei geschlossenem Kofferraum nicht anzumerken ist, dass sie als Leichenwagen missbraucht wird. Den beiden geht es nur noch darum, kurz zu überprüfen, wie die Geschichte weiter verläuft – und dann nichts wie weg.

Was soll man dazu sagen? Einerseits kommen uns die beiden Figuren bedauernswert vor, verharrend in ihrer Sorge, ob alles seinen geplanten Gang nehmen wird. Andererseits sollten wir uns wohlwollenden Gefühlen ihnen gegenüber strikt verschließen, denn sie sind, wie schon gesagt, für einen Mord verantwortlich. Und das aus niedrigen Beweggründen.

Jonathan hat vor dem Problem gestanden, massiv Steuern hinterzogen zu haben. Zudem hat er die Chance einer Selbstanzeige verstreichen lassen, solange diese zu günstigeren Bedingungen möglich gewesen wäre. Naja, bei der Höhe seines Betrugs hätte für ihn ohnehin kein Weg am Gefängnis vorbeigeführt. Nun, da mit einer baldigen Aufklärung seiner Missetaten zu rechnen ist, weil die Regierung wieder einmal eine Steuer-CD angekauft hat, ist er gezwungen gewesen zu handeln. Eine Tatsache, die seinen Hass auf diese Typen verstärkt hat, die selbst zu feige sind Steuern zu hinterziehen, dann aber keine Scheu zeigen sich auf Kosten der Mutigen durch den Verkauf einer Steuer-CD zu bereichern.

Aber wir wollen nicht zu sehr abschweifen. Jonathan hat eine Gefängnisstrafe nie als Alternative in Betracht gezogen, sich stattdessen lieber eine neue Identität gekauft. Somit entkommt er auch der Häme, die sich andernfalls über ihn ergösse wie ein zäher Brei, der bis an sein Lebensende an ihm haften bliebe. Hat er doch immer soziale Ansichten vorgetäuscht, gegen Steuersünder gehetzt und vorgeschlagen diese in Atommüllzwischenlagern einzusetzen, um dort endlich einmal das Problem mit den maroden Fässern zu lösen. Damals hat er noch diejenigen als Trottel belacht, die sich haben erwischen lassen. Jetzt droht ihm selbst der Pranger und, wie bereits erwähnt, Schlimmeres. Deshalb ist ihm die Inspiration zu dem Mordauftrag gerade recht gekommen. Der Clou dabei: Das Opfer hat ihn selbst auf die Idee gebracht, als es ihm unerwartet über den Weg gelaufen ist. Jonathan sieht noch immer die Begeisterung, die der Mann beim Anblick von seinem Doppelgänger empfunden und die ihn dazu verleitet hat, sich ohne Argwohn mit ihm anzufreunden. Insofern ist es Jonathan sehr leicht gefallen das Vertrauen des Mannes zu gewinnen und diesen die Rolle des Mordopfers spielen zu lassen, und das mit Jonathans Ausweis in der Tasche. Wobei spielen übertrieben klingt, da Jonathan dem Mann weder ein Wort noch eine Bewegung abverlangt hat.

Eine interessante Frage wäre, wie viele von uns, die wir Jonathan bei seinem Tun beobachten, zu denen zählen, die ihm die Daumen drücken und hoffen es gelänge ihm unterzutauchen? Zumal er nicht der Einzige sein wird, der Steuern hinterzogen und eine ähnliche Leiche im Keller hat – vielleicht auch auf einer Fähre, obwohl das weniger wahrscheinlich sein dürfte.

Würden diejenigen von uns, die Jonathan gleich gesinnt sind, Skrupel zeigen? Auf ihn selbst bezogen ist das jedenfalls nicht vorstellbar. Jonathan geht locker darüber hinweg einen Mord an einem unschuldigen Bürger in Auftrag gegeben zu haben, der nichts weiter verbrochen hatte, als ihm ähnlich zu sehen. Na ja, ähnlich sehen ist stark untertrieben. Die Leiche, die im Kofferraum von Jonathans Mercedes die Weser auf dem Fährschiff überquert hat, gleicht ihm praktisch wie ein Ei dem anderen. Um die Ähnlichkeit mit seinem Doppelgänger auf die Spitze zu treiben, hat Jonathan Walther gebeten, das Opfer in ein perfektes Ebenbild seiner selbst zu verwandeln. Walther, der in seiner Freizeit als Schauspieler auf einer plattdeutschen Bühne auftritt, hat in seine Schminktöpfe gegriffen und die minimalen Unterschiede zwischen dem Opfer, dessen Namen wir aus Diskretionsgründen nicht nennen mögen, und Jonathan perfekt retuschiert. Abweichungen in den Gesichtern dürften deshalb erst parallel zu den ersten Totenflecken auftreten.

Walther, der gedungene Mörder, ist ein Buchhändler, der wegen der Verdrängungsstrategie des Onlinehandels in finanzielle Schieflage geraten ist. Man stelle sich das mal vor: Dieser hochintelligente Mann muss – ohne eigenes Verschulden – als Dienstleister dubiose Aufträge annehmen, um über die Runden zu kommen. Dabei hat er noch Glück im Unglück, zumal er durch seinen ersten Auftrag als Profikiller sehr gut verdient. Er denkt sogar daran, daraus ein Geschäftsmodell zu entwickeln, das seine brotlose Plackerei im Buchladen erübrigen könnte.

Nach dem Mord hat Walther das Opfer in den Kofferraum von Jonathans Mercedes gelegt und ist mit der Leiche auf das Fährschiff *Juliusplate* gefahren, um so zu tun, als wolle er mit dem Wagen zum Anleger Farge übersetzen. Auf diesem Weg hat Walther, obendrein ein strenggläubiger Katholik, der für diese Tat das fünfte Gebot in den hintersten Winkel seines Denkens verdrängt hat, einen starken Verbündeten gefunden, der zudem garantiert schweigen wird und nicht einmal Dank erwartet. Gemeint ist der dichte Nebel, der an diesem Morgen die grünen Wiesen auf der anderen Weserseite ebenso weitgehend verschlingt wie das Fährhaus und das große Kohlekraftwerk rechts und links vom Fähranleger. Das Gleiche gilt natürlich für den Anleger selbst und für Fährschiff *Juliusplate*, dessen Anwesenheit sich mehr erahnen als erkennen lässt. Auch die feuchtkalte Luft ist zu Walthers Komplizen geworden. Durch sie hat er, ohne aufzufallen, eine Jacke mit Kapuze anziehen und sein Gesicht halb hinter einem Schal verhüllen können. In dieser Aufmachung ist er schon während der Überfahrt aus dem Auto gestiegen und hat die Fähre am Ziel unbeachtet zu Fuß verlassen.

Aber werfen wir den Blick noch etwas weiter zurück, um später die Gründe für das schreckliche Finale, auf das diese Geschichte zusteuert, nachvollziehen zu können. Schließlich beobachten wir Jonathan und Walther schon länger und wissen, wie die beiden zueinandergefunden haben.

Jonathan hatte von einem Bekannten, einem Vielleser, gehört, dass die Geschäfte von Walthers Buchhandlung sehr schlecht laufen und Walther das Wasser bis zum Halse stünde.

Daraufhin hatte er sich unter falschem Namen zunächst das Vertrauen von Walther erschlichen. Erst nachdem Walther ihm seine missliche finanzielle Situation anvertraut hatte, hat Jonathan den entscheidenden Schritt gewagt und Walther den Mordauftrag gegen Bezahlung angeboten. Walther hat darin eine große, vielleicht die einzige Möglichkeit gesehen, seine Lage zu verbessern.

Doch schon am nächsten Tag hat der erfolglose Buchhändler Jonathan mit dem Ziel angerufen den Auftrag zurückzugeben. Er sei ein gläubiger Katholik und könne solch eine Tat nicht mit seinem Gewissen vereinbaren, so seine Worte.

Jonathan hat daraufhin mit Engelszungen auf ihn eingeredet, ihm gesagt, er hätte einen Doppelgänger, der, wie er aus sicherer Quelle wisse, ein Kinderschänder sei, dem die Polizei aber nichts nachweisen könne. Er, Walther, beginge eine gute Tat, mit der er garantiert auch vor Gott bestünde. Darüber hinaus würde er Vergeltung üben – stellvertretend für die vielen Kinder, die solch schlimme Erfahrungen mit derartigen Verbrechern sammeln mussten. Vielleicht könne er sogar manchem Glaubenbruder, der sich nicht immer in geziemender Weise den ihm anbefohlenen Schützlingen nähere, ein Vorbild sein und ihn auf den rechten Weg zurückführen.

Letztlich hätte sich Jonathan sein Gerede sparen können, denn er hat Walther nur durch ein noch höheres Honorar für seinen Plan gewonnen. Bis zur Tat hat Jonathan immer wieder gezweifelt, ob Walther seine Zusage einhalten würde, statt ihn bei der Polizei anzuschwärzen.

Zurück in der Gegenwart sehen wir Jonathan und Walther immer noch an derselben Stelle stehen und zum Fährschiff Juliusplate schauen. Der Stau, den wir zwischenzeitlich auf beiden Weserseiten beobachtet haben, nachdem die Polizei die *Juliusplate* aus dem Verkehr gezogen hatte, hat sich aufgelöst, seitdem das Fährschiff Berne–Farge den Dienst in Vertretung übernommen hat.

Eine Veränderung zeigen auch die Gesichter der beiden, die jetzt eine düstere Stimmung spiegeln. Mit dem Blick auf zwei Männer, die einen Zinksarg tragen und dabei wie blasse Scherenschnitte als Schatten durch den Nebel scheinen, und auf den Leichenwagen, dessen Scheinwerfer einen Teil der Nebeltröpfchen in ein gleißendes Licht tauchen, bricht Walther das Schweigen. »Wir hätten das nicht tun dürfen.«

»Was heißt wir? Was soll ich getan haben?«

Walther sieht Jonathan fragend an. »Wollen Sie mich verarschen? Wir haben einen Menschen umgebracht. Für einen Moment habe ich gedacht, das sei gut verdientes Geld, aber nun ekle ich mich vor mir selbst.«

Jonathan lacht auf. »Ihre Skrupel hätten Sie besser vor Ihrem Auftritt an der Garderobe abgegeben. Für Reue ist es zu spät. Und die Tat lässt sich auch nicht löschen wie die Datei auf einem Computer. Also hören Sie auf zu jammern. Niemand hat Sie zu dem Mord gezwungen.«

»Aber beauftragt und bezahlt haben Sie mich.«

»Erstens ist das was ganz anderes, zweitens ist es aus meiner Sicht nachvollziehbar. Würden Sie freiwillig in den Knast gehen, nur weil Sie dem Staat nicht gestattet haben sich ausrauben zu lassen? Bestimmt nicht! Sie wissen doch gar nicht, um wie viel Jahre Knast und um welchen Geldbetrag es für mich geht. Sie dagegen haben, ohne groß zu zögern, einen Mann erwürgt. Für lumpige fünfzigtausend Euro.«

»Was sind Sie für ein Klugscheißer, Jonathan. Sie haben sich auf Kosten anderer bereichert. Das Geld, das Sie und Ihresgleichen den ehrlichen Leuten, die brav ihre Steuern zahlen, geraubt haben, fehlt nicht nur für soziale Einrichtungen.«

Jonathan geht ein paar Schritte auf Walther zu. »Machen Sie schlapp, Walther? Nicht dass Sie noch heulend zur Polizei laufen. Bei Mord hilft keine Selbstanzeige.«

Walther lächelt schwach. »Sie haben doch nur Angst, ich könnte Sie verpfeifen.«

Jonathan klopft auf seine Jacke. »Ich habe mir neue Ausweispapiere besorgt. Damit tauche ich in einer entfernten größeren Stadt unter, wo sich die Leute kaum umeinander kümmern. Sollte mich jemand fragen, was ich beruflich mache, behaupte ich, ein erfolgloser Schriftsteller zu sein und vom Erbe meiner Eltern zu leben.«

»Das ist doch lächerlich. Ihre Frau wird Ihnen beziehungsweise Ihrem Doppelgänger in der Pathologie ins Gesicht schauen und den Kopf schütteln, woraufhin die Polizei nach Ihnen fahnden dürfte.«

»Ich lebe allein und habe keine Verwandten. Wie Sie sehen, bietet ein Singledasein durchaus Vorteile.«

Walther winkt ab. »Ich glaube, es bringt nichts, wenn wir uns streiten.« Er schaut sich um. »Zu sehen gibt es auch nichts mehr. Bevor wir auffallen, gehen wir besser.«

»Das denke ich auch.«

»Um einen Gefallen möchte ich Sie noch bitten, Jonathan. Sie haben doch bestimmt einen Fluchtwagen in der Nähe geparkt. Fahren Sie mich zu meinem Auto auf der anderen Weserseite?«

Jonathan knetet sein Kinn, als müsse er nachdenken. »Die Fähre sollten wir nicht nehmen. Sollte mich jemand sehen, könnte er meinen, die Leiche aus dem Kofferraum sei aus dem Totenreich zurückgekehrt. Ich glaube nicht, dass solch eine Auferstehung als positives Beispiel Platz in den Geschichtsbüchern fände.«

»Und was nun, lassen Sie mich hängen?«

»Nehmen Sie doch ein Taxi.«

Walther verzieht sein Gesicht. »Warum eigentlich nicht, ich habe ja nur ein Auto mitten in der Wildnis stehen lassen und bin zu Fuß zum Fahrgastanleger Bremen-Farge gelaufen, um im Nebel ein paar Meter mit dem Schiff zu fahren. Wenn der Taxifahrer in der Lage ist bis drei zu zählen, informiert er die Polizei.«

Jonathan klopft Walther auf die Schulter. »Kommen Sie, ich möchte mir nicht nachsagen lassen ein Unmensch zu sein. Ich fahre Sie, aber wir nehmen den Tunnel.«

Schweigend gehen sie durch den Nebel, der keinerlei Neigung zeigt sich aufzulösen. Jonathan streckt seinen rechten Arm aus. »Hier entlang, ich parke dort drüben.«

Kurz darauf stehen Sie vor einem großen neuen Wohnmobil. Jonathan blickt Walther stolz an. »Habe ich gestern Abend in Hannover geklaut. Da schraube ich nachher Bielefelder Kennzeichen dran, die ich im Rahmen meiner Fluchtvorbereitungen ebenfalls gestohlen habe. Ein Stück entfernt lasse ich die Kiste stehen, steige auf die gute alte Bahn um und fahre zu meinem neuen Zuhause, das schon komplett eingerichtet ist.« Jonathan schließt die Tür auf. »Wir sollten auf unseren Erfolg anstoßen. Danach bringe ich Sie zu Ihrem Wagen.« Er deutet auf einen Stuhl. »Nehmen Sie doch Platz, wir haben lange genug gestanden.«

»Ich bleibe lieber stehen und schüttele meine Beine aus. Die sind durch die Feuchtigkeit, die mir in die Knochen gezogen ist, ganz steif geworden.«

»Wie Sie wünschen.« Jonathan wendet sich der eingebauten Bar und damit Walther den Rücken zu. »Möchten Sie einen Scotch oder einen Bourbon zum Aufwärmen?«

»Einen Scotch bitte.«

Gläser klirren. Schließlich reicht Jonathan Walther ein Glas, zu einem Drittel gefüllt mit dem bernsteinfarbenen Getränk und einer geruchsfreien Zugabe. Der in Personalunion als Buchhändler und Auftragskiller fungierende Walther nimmt den Drink mit der linken Hand an und jagt Jonathan mit der rechten ein Springmesser in den Bauch. Geschafft, Jonathan kann ihn jetzt weder aus seinem sicheren Versteck heraus denunzieren und ihm allein die Schuld in die Schuhe schieben, noch ihn als Zeugen beseitigen. Walther kippt seinen Scotch hinunter und sieht, wie sich Jonathans Gesicht, auf dem Schmerz und Erstaunen liegen, für einen Moment aufhellt.

Angesichts dieser Szene können wir nur noch den Kopf schütteln. Was sollen wir davon halten? Beispielsweise vom reichen Jonathan, der jetzt genauso tot ist wie Walther, dessen prekäre finanzielle Lage sich durch das Blutgeld zumindest entschärft hätte. Wären beide nach der Tat getrennte Wege gegangen und dem Pfad des Vergessens gefolgt, hätte der Mantel des Schweigens die Geschehnisse eingehüllt und die Erinnerung daran – dichter als der Nebel es je vermocht hätte – für immer verborgen. Nun, der Mantel des Schweigens hat sich dennoch ausgebreitet, aber eben nicht so, wie die Protagonisten dies erhofft haben.

Eiswasser

von Edelhard Callies

Farge, Oktober 1946.
Zerlumpt, schmutzig, mit eingefallenen Wangen und einem Bündel über der Schulter klopft ein Mann mit einer seiner Krücken an die Haustür. Er sieht beträchtlich älter aus als dreiundfünfzig.

Frieda öffnet und erstarrt – ihr Mann?!

»Ewald, bist du's?«

Mit aufgerissenen Augen erscheint auch Werner, ihr Sohn, fast fünfzehn und so groß wie sein Vater. Beide können den Mann gerade noch auffangen, als er zusammensackt. Sie bringen ihn in die Schlafkammer und legen ihn aufs Bett. Dort schlägt er wieder die Augen auf und stöhnt. Vorsichtig geben sie ihm zu trinken und ziehen seine verlausten Lumpen aus. Die Rippen kann man einzeln zählen und sein rechtes Bein ist unterhalb des Knies amputiert, umwickelt mit einem schmuddeligen Verband. Den Körper bedecken kleine Pusteln und größere Geschwüre. Werner hilft beim Waschen und Frieda wirft ihm einen dankbaren Blick zu. Bei jedem Handgriff steigt die Wut in dem Jungen. Wer hat Vati das angetan? Ewald lässt alles willenlos über sich ergehen. Frieda küsst ihn auf die Stirn.

»Ich mach dir was zu essen«, sagt sie und geht in die Küche.

Werner sitzt auf dem Bettrand und schaut forschend in das Gesicht vor ihm. Wird Vati wieder so sein wie früher? Er hat bis jetzt noch kein einziges Wort gesagt – vielleicht hat er für immer seine Sprache verloren. Zaghaft berührt er eine Hand seines Vaters. Freundliche Augen blicken ihn an und ein Lächeln liegt auf dem blassen Gesicht. Ein gehauchtes »Werner« ist zu hören und schwache Finger legen sich um das Handgelenk des Jungen. Werner schießen die Tränen in die Augen und er versucht vergeblich das Schluchzen zu unterdrücken.

Eine Woche später hat Ewald sich wieder etwas erholt. Frieda sitzt bei ihm.

»Warum hast du denn über ein Jahr gebraucht, um nach Hause zu kommen?«

»Es war schlimm, Frieda. Die SS ließ uns im April 45 in ein Lager nach Kiel-Russee marschieren. Dort verprügelte man mich oft. Dabei wurde ich am Bein verletzt. Es wurde ganz dick und lief dunkelblau an. Als die Engländer kamen, brachten sie mich sofort in ein Lazarett, wo man mir den Unterschenkel amputierte. Mehrere Wochen musste ich im Bett liegen. Dann kam ich zu einem Bauern, dem ich, so gut es ging, half. Doch ich hatte immer Heimweh und machte mir Sorgen um euch. Eines Tages bin ich abgehauen auf meinen Krücken. Ab und zu nahm mich ein Soldatenjeep mit oder ein Pferdewagen. Der Hunger aber fuhr immer mit.«

Frieda gibt ihm einen Kuss.

»Ich hab dich lieb«, sagt sie.

Anfang November 1946

Ewald Raude sitzt am Küchentisch und schaut Frieda beim Abwasch zu. Er kann ihr nicht viel helfen mit seinen Krücken. Erinnerungen steigen in ihm hoch. Wie er damals vor der Werftleitung saß. Bummelantentum warf man ihm vor, was nicht stimmte, und dass er wohl noch ein alter Sozi sei, auch wenn er aus der SPD ausgetreten wäre. Außerdem fiele seine Maschine öfter aus, Verdacht auf Sabotage. Dann habe er die Bemerkung gemacht, dass der Krieg Wahnsinn ist. Das gab er zu. Nicht lange danach stand die Gestapo vor der Tür und holte ihn ab. Arbeitserziehungslager, laut Vorschrift höchstens 56 Tage, Verlängerung möglich.

Das Geräusch von ablaufendem Wasser lässt Ewald wieder an den Alltag denken.

»Werner muss noch der Ziege Futter geben. Hat er eigentlich immer die Wiese gemäht und Heu gemacht, als es noch warm war?«

»Die Wiese gehört uns nicht mehr«, sagt Frieda leise.

»Was?«

»Kurz nachdem du weg warst«, erzählt sie zögernd, »kam Bäcker Drenkmeier vorbei. Er legte mir ein Schriftstück vor, mit vielen Stempeln und deiner Unterschrift. Als Frau hab ich keine Ahnung von so was. Er sagte, dass du mit allem einverstanden gewesen wärst, bevor du ins Lager kamst, und es täte ihm fürchterlich leid. Außerdem würde er dafür sorgen, dass du im Lager immer gut zu essen hast.«

Ewald schüttelt den Kopf. »Dieser Betrüger!«, stößt er hervor. »Nichts habe ich unterschrieben und gehungert habe ich. Die Unterschrift ist eine Fälschung.«

»Und was ist mit dem, was du über den Krieg gesagt hast?«

»Frieda, da war nur der Robert Knoof bei mir, aus unserem Dorf. Er hat mich gefragt, ob der Krieg nicht Wahnsinn sei. Krieg ist immer Wahnsinn, habe ich gesagt. Diese verdammte Sau hat mich verpfiffen!«

Ewald beginnt zu husten, es hört sich schlimm an. Er schließt dabei die Augen und hält sich eine Hand vor die Brust.

Januar 1947
Eisige Luft weht ins Haus, als die Tür aufgeht. Werner kommt in die Küche. »Komm, mein Junge, wärm dich auf«, sagt Ewald. »Ich glaube, es wird ein schlimmer Winter werden.«

Werner stellt einen kleinen gefüllten Kohlensack in die Nähe des Herdes. »Danke, dass du uns hilfst«, sagt die Mutter. »Was sollten wir bloß ohne dich machen, Kind. Die Lebensmittel und das Brennmaterial, ich könnte das nicht besorgen. Vati erst recht nicht. Ich wundere mich, wo du das alles herhast.« »Frag lieber nicht, Mutti. Ich hab für uns etwas Tee organisiert.«

Er zieht eine kleine Packung mit englischer Beschriftung aus der Tasche.

»Oh!«, ruft Frieda. »Da werde ich uns gleich eine Tasse aufbrühen.«

Kurz darauf legen sie die Hände um die Tassen, eine zusätzliche Wärmequelle, aber zum Trinken ist es noch zu heiß.

»Vati, war es schlimm im Lager?«

Ewald starrt auf die Tischplatte. Soll er von den Gräueln erzählen, die ihn auch nachts immer noch verfolgen?

»Wir haben immer gehungert«, beginnt er schließlich. »Aber die Bewacher haben in Saus und Braus gelebt. Morgens, mittags und abends gab es höchstens zwei Scheiben Brot und eine dünne Suppe, manchmal einen Becher Ersatzkaffee. Zwölf Stunden mussten wir arbeiten, auch am Sonntag. Unsere Schuhe bekamen Löcher und die Kleidung war viel zu dünn bei der Kälte. Fürchterlich dreckig waren wir und waschen konnten wir uns kaum. Um vier Uhr mussten wir aufstehen und dann Abmarsch zum Bunkerbau. Rückkehr gegen halb zehn.«

Er schließt die Augen und schweigt. Frieda wischt mit einem Taschentuch über die Augen und sagt leise: »Ich glaube, es ist genug, Ewald. Das macht uns alle so traurig.«

Februar 1947
Ein kleiner knisternder Eisenofen versucht Wärme im Raum zu verbreiten, doch die im letzten Tageslicht schimmernden Eisblumen am Fenster lassen sich nicht vertreiben. Ewald Raude liegt schon ein paar Tage im Bett. Er hat Fieber, hustet und atmet schwer. Der alte Dorfarzt war schon da. Schwere Lungenentzündung hat er nach dem Abhorchen gesagt.

Knarrend öffnet sich die Zimmertür. Frieda bringt einen Teller warme Suppe ans Bett und beginnt ihn zu füttern. Nach drei Löffeln wendet Ewald den Kopf zur Seite, er will nicht mehr essen.

»Hol den Jungen«, bittet er leise. »Ich möchte ihn alleine sprechen.«

Werner muss sich hinabbeugen, um seinen Vater zu verstehen.

»Wie ist es draußen?«

»Sehr kalt. Auf der Weser herrscht starkes Eistreiben. Kein Schiff fährt mehr.«

»Ich weiß nicht, wie lange ich noch zu leben habe, mein Junge. Wenn der Tag kommt, musst du gut für Mutter sorgen. Versprichst du mir das?«

Werner fasst die tastende Hand des Kranken.

»Ja, Vati. Aber du wirst nicht sterben, das will ich nicht.«

»Ach, Junge, wer will das schon.«

Werner beginnt zu weinen, Schluchzen erfüllt den Raum.

»Ich hasse diesen Knoof und den Drenkmeier, diese Verbrecher!«, stößt er hervor. »Die müssen bestraft werden.«

»Ja, Werner, die gehören vor Gericht.«

Im blassen Gesicht des Jungen arbeitet es. Er traut den Gerichten nicht.

Ewald bekommt einen Hustenanfall, der sich anhört, als wenn er ersticken wird. Werner richtet ihn auf und gibt ihm einen Schluck zu trinken. Der Husten wird allmählich weniger und Ewald legt sich wieder hin. Die Augen fallen ihm zu. Leise geht Werner hinaus.

In den nächsten Tagen verschlechtert sich der Gesundheitszustand des Kranken. Das Fieber ist nicht zurückgegangen und die Hustenanfälle kommen in immer kürzeren Abständen.

Frieda sitzt mit bleichem Gesicht an Ewalds Bett und tupft immer wieder die Schweißtropfen von seiner Stirn. Er röchelt beim Atmen und hat die Augen geschlossen. Werner kommt herein und setzt sich leise zu seiner Mutter. Ewald öffnet langsam die Augen.

»Marek und Kamil«, flüstert er.

Mutter und Sohn schauen ihn fragend an.

»Zwei Polenjungen, so alt wie Werner. Sie haben Brot gestohlen, weil sie Hunger hatten. Zwei SS-Männer haben sie so lange ausgepeitscht, bis die beiden tot umfielen.«

Er beginnt zu husten. Frieda schaut ihn hilflos und verzweifelt an.

»Ewald, du darfst nicht mehr davon erzählen, hörst du? Das frisst dich auf.«

Am späten Nachmittag des nächsten Tages kommt Werner zurück. Er hat etwas Holz und ein paar Kohlen besorgt. Es ist kalt im Haus und er behält den Mantel an. Auf einmal wird ihm eine seltsame, ja unheimliche Stille bewusst. »Mutti?«

Keine Antwort. Werner schaut in die Küche, dann ins Schlafzimmer. Seine Mutter sitzt still am Bett, regungslos, als wäre sie erfroren.

»Vati ist gestorben«, sagt sie mit tonloser Stimme, in der viele geweinte Tränen mitklingen. »Kurz nach dem Mittag, als du schon weg warst.«

Werner tritt langsam an das Totenbett heran. Das Gesicht seines Vaters ist noch bleicher als sonst. Vorsichtig berührt er die übereinandergelegten Hände auf der Bettdecke. Sie sind kalt und ohne Leben. Ein Schauer durchfährt ihn.

»Komm zu mir«, sagt Frieda leise.

Es dauert eine Woche, bis Ewald beerdigt werden kann. Der Boden auf dem Friedhof ist gefroren und man muss Spitzhacken einsetzen, um das Grab auszuheben.

Am trüben Nachmittag sitzen Frieda und Werner still am Küchentisch.

»Wenn der Knoof ihn nicht verraten hätte, wäre Vati nicht ins Lager gekommen«, sagt Werner leise. »Der darf nicht ungestraft davonkommen.«

»Nein, das darf er nicht. Aber was sollen wir machen?«

»Ich werde ihn erst mal beobachten.«

»Aber mach keine Dummheiten, mein Junge. Hörst du?«

»Schon gut, Mutti, mach dir keine Sorgen.«

Die Tage darauf bestimmt ihn nur ein Gedanke: Wie komme ich an den Knoof heran und was mache ich dann mit ihm?

Bei der Kälte fällt es nicht leicht, dauernd draußen zu sein. Aber wo es während des Organisierens von Lebensmitteln und Heizmaterial möglich ist, geht Werner an Knoofs Haus vorbei und schaut auch in seine Fenster, wenn es dunkel ist. Eines Abends schleicht er dem Mann nach, als er das Haus verlässt. Knoof steuert auf die Bäckerei Drenkmeier zu und verschwindet dort in einem Schuppen. Licht scheint durch die Ritzen und Werner kann durch ein Astloch ins Innere sehen. Drenkmeier und Knoof stehen vor einem Auto, dessen Motorhaube aufgeklappt ist. Werner kann nicht verstehen, worüber sich beide unterhalten. Die Kälte steigt in ihm hoch, seine Füße spürt er kaum noch. Vorsichtig tritt er von einem Bein auf das andere. Er muss nach Hause und sich aufwärmen.

Zwei Tage später trifft er Drenkmeiers Sohn Hartmut, der zwei Jahre jünger ist als er. Der prahlt damit, dass ihr Auto bald wieder fertig ist, bloß Benzin müssen sie noch besorgen. Ob er weiß, wo man was kriegt.

Werner zuckt die Schultern und weicht mit einem »Vielleicht« aus.

In der Dämmerung desselben Tages trifft er Knoof mitten auf der Dorfstraße. Werner kann ihm nicht ausweichen, will an ihm vorbeigehen.

»Halt!«, befiehlt Robert Knoof. »Bist du nicht der Werner Raude?«

»Ja.«

Werner steht da wie eine Salzsäule und spürt Angst. Was will der von ihm? Robert Knoof ist nervös. Ob der Junge weiß, dass er damals seinen Vater gemeldet hat? Ach was, er muss jetzt an seine Geschäfte denken.

»Ich wollte dir mein Beileid sagen, auch im Namen meiner Frau. Tut mir leid, dass dein Vater gestorben ist. Er war ein toller Kamerad und wir haben gerne zusammen gearbeitet. Ja, ja, der Krieg war furchtbar.«

Werner ballt unbemerkt die Fäuste.

»Ich brauche dringend Benzin, Junge. Ich habe gehört, dass du an was rankommen kannst. Wenn das stimmt, soll das dein Schaden nicht sein. Ich sorge dafür, dass ihr zu Hause immer genügend Brot habt.«

Werner denkt an Mutter, die manchmal vor Hunger nicht schlafen kann, und er auch nicht. Und plötzlich weiß er, wie er es dem Knoof heimzahlen kann: Wenn der das Benzin kriegt und genügend Lebensmittel rausgerückt hat, wird er ihn den Amerikanern melden. Die verhängen harte Strafen.

»Wir müssen es holen, wenn es dunkel ist«, sagt Werner. »Aber ich schaff das nicht alleine.«

»Kein Problem. Ich helfe dir. Womit wollen wir das transportieren?

»Am besten mit einem Handwagen. Außerdem brauchen wir Schaufel und Spitzhacke.«

Knoof nickt. »Bringe ich mit. Wo treffen wir uns?«

Werner überlegt.

»Um zehn Uhr an der Weserseite hinter dem Bunker.«

Es ist eine klare, frostige Nacht. Das Eis auf der Weser knackt und knistert.

Werner hat seiner Mutter nichts gesagt und ist aus dem Haus geschlichen, als sie schlief. Er ist als Erster am verabredeten Treffpunkt. Kurz darauf erscheint Knoof mit Handwagen und Werkzeug und sagt: »Na dann mal los! Zieh du den Wagen!«

Werner schlägt den Weg Richtung Ölpier ein. Schweigend gehen sie nebeneinander her. Sie kommen gut voran auf dem gefrorenen Boden. Knoof zieht eine Schnapsflasche aus der Manteltasche und nimmt einen kräftigen Schluck gegen die Kälte.

Am Strand vor ihnen liegt ein merkwürdiger Hügel. Es sind wahllos übereinandergeworfene schwarze Holzbohlen.

»Da soll das Benzin sein?«, fragt Knoof ungläubig.

»Ja, mehrere Kanister liegen darunter.«

»Ist da überhaupt was drin?«

»Werden wir ja sehen.«

Mit Spitzhacke und Schaufel versuchen sie, die festgefrorenen Bohlen voneinander zu lösen und wegzurollen. Es ist sehr anstrengend und ihr weißer Atemhauch gleicht dem einer Lokomotive. Knoof macht immer wieder Schnapspausen. Da! Endlich können sie den ersten Kanister hervorziehen. Er ist nur halb voll. Knoof flucht enttäuscht, aber Werner meint: »Besser als gar nichts.« »Das reicht nicht«, sagt Knoof, »jetzt den nächsten!«

Sie müssen nicht nur zwei Bohlen voneinander lösen, sondern auch den im Sand versunkenen Kanister freilegen. Die Schaufeln sind bei dem gefrorenen Boden kaum zu gebrauchen, nur die Spitzhacke. Sie haben allerdings nur eine mit. Auf schwankenden Beinen hackt Knoof mehrmals in das Erdreich. »Du haust noch ein Loch in den Kanister«, schimpft Werner. »Gib die Hacke her!«

Knoof entfernt mühsam das hintere Abschlussbrett der Ladefläche und setzt sich in den Handwagen. Mit laufender Schnapsversorgung glaubt er innere Wärme herzustellen. Ein lautes Stöhnen und ein merkwürdiges Geräusch – Werner fährt herum. Knoof liegt der Länge nach im Handwagen, nur die Beine hängen noch heraus.

»Du hilfst mir jetzt bei den Kanistern!«, ruft Werner und wirft die Hacke hin.

Knoof hebt die Schnapsflasche hoch.

»Mir ist so kalt!«

»Ja, mir auch. Los, steh auf!«

»Ein Sozischwein bist du, genau wie dein Vater!«

Werner steht stocksteif und kann nicht fassen, was er hört.

Knoof verfällt in einen Singsang: »Sozischwein, Sozischwein!« Immer wieder. Werner ergreift eine Schaufel und schlägt wie von Sinnen zu. Ein, zwei Mal in den

Wagen hinein. Die Schnapsflasche zersplittert, Schmerzenslaute sind zu hören. Dann wird es still. Werner beugt sich über den Geschlagenen und legt eine Hand auf dessen Brust. Er atmet. Was jetzt? Ratlos steht der Junge da. Er kann den hier nicht stehen lassen, sonst erfriert der. Bloß weg von hier!

Werner lässt Schaufel, Spitzhacke und Kanister liegen und zieht mit Knoof im Wagen los. Es geht mühsam voran. Immer wieder hält er an und schaut sich um, ob sie beobachtet werden. Nichts Verdächtiges zu sehen. Hinter dem Bunker kommen sie an einem hölzernen Bootsanleger vorbei, der ein ganzes Stück in die Weser ragt. Als Werner schwer atmend anhält, erwacht Robert Knoof und richtet sich auf. Verwirrt schaut er Werner an.

»Ewald, bist du das, du Sozischwein und Vaterlandsverräter?«

»Halt die Schnauze!«, brüllt Werner.

»Tod allen Verrätern und Sozischweinen!«, schreit Knoof.

Wutentbrannt schlägt Werner dem Betrunkenen die Faust ins Gesicht. Knoof fällt nach hinten und rührt sich nicht mehr. Der Junge ergreift die Deichsel. »Jetzt muss ein Ende sein«, hämmert es hinter seiner Stirn, »für immer.«

Die Räder rattern bis zum Ende des Anlegers und stehen still. Knoof regt sich stöhnend und beginnt zu lallen. Es ist wie ein Signal. Werner greift in die Speichen und kippt mit einem Schrei den Handwagen in die Weser. Eisschollen brechen, Wasser spritzt auf. Der Handwagen schwimmt, aber von Knoof ist nichts zu sehen.

Wie mechanisch dreht sich Werner um und schleicht nach Hause.

Mitte März 1947
Knoof bleibt verschwunden. Werner, der bei den Nachforschungen auch befragt wird, stellt sich ahnungslos.

Inzwischen herrscht Tauwetter. Die Eismassen auf der Weser haben sich in Bewegung gesetzt, losgerissene Wasserfahrzeuge treiben dahin. Werner hat es auf den Bootsanleger hinter dem Bunker getrieben, er weiß auch nicht, warum. Die Dinge, die hier geschehen sind, stehen immer wieder vor seinen Augen und haben ihn verschlossen gemacht. Jetzt verspürt er eine gewisse Zufriedenheit. »Du Schwein hast es verdient«, flüstert er.

Dann aber ist wieder diese unendliche Traurigkeit in ihm, als er an die Qualen und das Sterben seines Vaters denkt.

Drenkmeier fällt ihm plötzlich ein, dieser Betrüger, der mit seiner Bäckerei immer noch gute Geschäfte macht wie damals bei der Lagerversorgung. Darf er ungeschoren davonkommen? Nein!

Das Krachen und Schaben der Eisschollen bringt Werner in die Gegenwart zurück. Er muss jetzt nach Hause und Holz hacken. Außerdem kann er Mutti nicht so lange allein lassen.

* Ähnlichkeiten mit lebenden oder verstorbenen Personen sind rein zufällig.

Brake

von Jens-Ulrich Davids

1

Harry Schalk kroch schon früh aus dem Zelt an diesem hellen Maitag. In Shorts und weißem T-Shirt mit dem Aufdruck »I love the sea« trabte er los zum Morgenjogging am Strand. So könnte Odysseus rund um Ithaka getrabt sein, dachte er, nur ist Ithaka ein bisschen größer als Harriersand. Er lief langsam, wie es sich für einen pensionierten Griechisch- und Lateinlehrer gehörte. Immer alles in Maßen. Gelassen. Reflektiert. Die Sonne stand schon eine Handbreit über dem Horizont, Harry lief vergnügt neben dem langen Schatten her, den er warf. Der Fähranleger und die *Strandhalle* kamen in Sicht, wo tagsüber gebadet und Sonnenschirme in den Sand gesteckt wurden.

Von Weitem sehen sie aus wie ein Liebespaar. Haben sie die Nacht am Strand verbracht, hat Leander zu Hero gefunden oder Zeus zu seiner Lieblingsnymphe? Ah, noch einmal jung sein. Wie er damals mit der Kreterin erst durch die Marmara-Schlucht gewandert war und dann am Strand des Mittelmeers ... Aber wieso liegen die beiden so bewegungslos. Liebe geht doch anders, dachte er, oder?

Als er direkt vor dem verschlungenen Pärchen stand, traute er seinen Augen kaum. Sie, ohne Badebekleidung auf dem Rücken liegend, streckte den rechten Arm geradewegs in den Himmel, er, in Turnschuhen, Jeans, Hemd und grauem Pullover, lag halb über ihr; sein linker Arm hielt sie umschlungen. Harry sah sich um, ob jemand ihm den Anblick bestätigen könnte. Er lief so schnell er konnte zu seinem Zelt zurück, kramte sein Handy aus der Umhängetasche und rief die Polizei. »Polizei Brake Unterweser«, sagte eine hellwache Frauenstimme, »wie kann ich Ihnen helfen?«

2

Dr. Friedrich Meerkatz, Gastkurator am Schifffahrtsmuseum in Brake, machte eine kurze Pause und sah aus dem Fenster über die Weser zum anderen Ufer.

»Sie können froh sein, dass Sie dabei sind, Sarah.« Er nickte lächelnd vor sich hin. »Dies wird die größte Ausstellung von Galionsfiguren, die Norddeutschland je gesehen hat. Galionsfiguren sind Teil unseres kollektiven Gedächtnisses. In ihnen werden vergangene Haltungen und Gefühle aufbewahrt. Gefühle, Sarah.«

Seine polnische Praktikantin Sarah Plonsky, studierte Historikerin und Archäologin, blond, dreißig und hübsch, hörte aufmerksam zu. Sie standen vor einer der beiden ziemlich mickrigen Galionsfiguren, die das Museum zu bieten hatte, einer schmalen Frauengestalt in Grau.

»Sie erinnern an die große Zeit der Segelschiffe. Es gab allerdings welche, die waren wesentlich sexyer als diese beiden. Die sind ja enorm brav, Hände an der Seite, Augen starr geradeaus.«

Sarah hob die Hand.

»Wie sollen sie denn sonst gucken? Vorne ist die Zukunft, wo ich auch hinwill!«

»Ja, gewiss, meine Liebe, nur bedenken Sie …«

Sein Handy meldete sich mit einem blechernen Shanty-Chor.

»Ja, gut, wir kommen.«

Auf einem der langen Bürotische der Polizeistation lag ein ungefähr einsfünfzig langer, in eine Persenning eingeschlagener Körper.

»Dr. Meerkatz? Ich bin Hauptkommissarin Ulla Sieveking.« Blaues Kostüm mit gradem Rock. Torben, noch am Fuß der polizeilichen Karriereleiter, steckte in Jeans und rotem T-Shirt. Er schlug die Persenning zurück.

»Wow«, sagte Sarah, »das ist ja ein üppiges Stück Holz.«

Meerkatz lachte.

»Sehen Sie mal, keine Reedersgattin, kein Admiral, vielmehr eine appetitliche Seejungfrau mit Schuppenschwanz. Welches Gefühl wird hier ausgedrückt oder besser, welches soll hervorgerufen werden, Sarah, was meinen Sie?«

Sarah lächelte. »Bewunderung weiblicher Schönheit?«

Meerkatz trat dichter an die stumme Liegende heran. »Ja, ähem.« Er hüstelte. »Könnte von einem Großsegler stammen, spätes Neunzehntes vielleicht. Aber manche Luxusjachten schmücken sich heutzutage auch wieder mit neu geschnitzten Figuren.«

»Wir haben doch auf dem Harriersand die Hartungs, die machen Galionsfiguren«, sagte Torben.

Meerkatz meldete sich wieder zu Wort.

»Sie wissen ja wahrscheinlich schon, Frau Sieveking, dass wir fürs nächste Jahr eine große Ausstellung planen, deswegen bin ich hier, mit Exponaten aus aller Welt. Da werden Sie noch ganz andere Holzgestalten sehen, Löwen, Politiker, Tritonen, Göttinnen, das wird eine Pracht, vor allem …«

»Ja, aber nun diese hier«, unterbrach ihn die Kommissarin, »sie war schließlich bei einem Mord dabei, können Sie …«

»Fass mal an, Torben«, sagte Sarah, »wir drehen sie um.«

Meerkatz zeigte mit dem Finger.

»Sehen Sie hier, die rosige Hautbemalung ist an den Schultern schon etwas abgenutzt, als wäre die Nixe viel getragen und an Holzwänden entlanggeschabt worden. Könnte eine Neulackierung vertragen.«

Alle guckten. Die Kommissarin fuhr mit dem Daumen die Ränder der Schwanzschuppen nach.

»Da ist ja nicht viel zu erkennen.«

Sarah legte den Kopf schief und ging etwas in die Knie. So konnte sie die kleinen Schatten sehen, die von den Unregelmäßigkeiten der Oberfläche herrührten.

»Was ist denn das hier, wie ein feiner Riss, aber vollkommen gerade, wie mit dem Lineal gezogen.«

Meerkatz rückte an seiner Brille.

»Oh, ja, genau. Eigenartig. Als ob jemand mit dem Messer an einem Lineal entlanggeritzt hätte.«

Er richtete sich auf.

»Ist wohl nicht so wichtig, oder? Pardon, wir müssen jetzt wieder an die Arbeit.«

Er war schon an der Tür und kam noch einmal zurück.

»Wenn die Holzschnitzer auf der Insel, die Sie erwähnt haben, die Figur angeschaut haben, hätte ich sie gern für meine Ausstellung.« Er verzog den Mund. »Wenn das polizeilich zulässig ist.«

Er wehte hinaus, Sarah hinterher.

»Der hat gar nicht begriffen, was wir brauchen«, sagte Torben, »und gesehen hat er auch nix.«

Angelika, die Computerspezialistin und halber Digi-Freak, trat neugierig zu ihnen. Torben holte eine Lupe und untersuchte jeden Quadratzentimeter.

»Hier sind noch zwei ganz dünne Ritzlinien, Chefin«, sagte er, »senkrecht zu der, die wir schon gesehen haben. Ich muss mal probieren …«

Er drückte auf dem hölzernen Rücken herum.

»Lass man, da ist ja überhaupt nichts...«

Mit einem trockenen »Swischsch« sprang unter Torbens Daumen eine Klappe aus dem Rücken.

»Ach du meine Scheiße«, entfuhr es ihm. »Da ist ja ein Fach.«

Ulla reichte ihm ein Lineal.

»Dreizehn mal fuffzehn und rund zehn Zentimeter tief.«

Sie standen, staunten und krausten nachdenklich die Stirnen.

»Das war ein Versteck«, sagte Torben.

Angelika klopfte ihm auf die Schulter.

»Genial erkannt. Ist doch klar, da passen CDs rein.«

3

Rosi mochte die Blumen, die sie verkaufte. Manche zog sie selbst im Garten hinter ihrem Laden in Golzwarden. Sie war der Typ Frau, den manche ein »Herzchen« nennen, gefühlvoll, romantisch, ein bisschen ängstlich, mit leiser Stimme. Ihren Laden nannte sie *Blumenmagie.* Das Haus gehörte ihr, sie hatte es von ihren Eltern übernommen. Im ersten Stock vermietete sie ein Zimmer der Sorte, die hier in der Gegend Monteurzimmer genannt wurden, weil sie ursprünglich für Arbeiter gedacht waren, die auf Montage arbeiteten. Ihres hatte sie an Felix vermietet, der zur See fuhr und in unregelmäßigen Abständen hier für einige Wochen wohnte. Meistens kündigte er sich vorher an.

Mit ihrem Mann lebte sie gegenüber in einer Etagenwohnung. Im Auftrag einer Inkassofirma war er viel unterwegs, auch heute, an diesem kühlen Tag im Mai, der schon auf die Eisheiligen zulief. Den jungen Mann, der am späten Nachmittag kurz vor Geschäftsschluss in ihren Laden trat, um eine rote Rose zu kaufen, kannte Rosi nicht, sah ihm aber sofort an, dass er verliebt war. »Dat du mien Leevsten büst, dat du all west«, sang sie leise vor sich hin und bemerkte, wie ihm eine kleine Röte ins Gesicht stieg. Lächelnd beobachtete sie, wie er draußen auf sein Rad stieg. Das Schicksal macht sich mal wieder auf den Weg, dachte sie.

4

Wenn Ulla und ihr Studienfreund Simon miteinander telefonierten, bemühten sie sich stets, Wörter zu vermeiden, die vermutlich von den Fangnetzen geheimdienstlicher Abhörmaschinen aus den Wortmeeren herausgefischt werden würden, Wörter wie Terror, Anschlag, Mohammed oder *Heckler & Koch*. Sie lachten darüber, taten es aber doch. Deshalb strahlten ihre Unterhaltungen oft den besonderen Charme von Strenge und Sauberkeit aus.

»Und, wie war die Woche?«

»Sonne, Regen, mäßiger Schiffsverkehr, Tidenhub gleichbleibend bei vier Metern.«

Simon lachte.

»Du Arme. Vielleicht überlegst du dir ja doch noch, dich beim BKA zu bewerben. So aufregend, viele Akten, zuverlässige Kaffeeautomaten.«

»Nee, Provinz ist nett. Sie wäre noch netter, wenn du mich öfter besuchen kämst. Abgesehen davon, gestern gab's tatsächlich was Besonderes.«

»Wie schön. Ist die Fähre gekentert?«

»Nein, aber auf der andern Flussseite lag einer, dem sie die Birne eingedrückt haben. Du weißt, stumpfer Gegenstand. Lag da und war tot.«

»Na bitte, da lohnt sich das Dasein doch mal wieder. Ich hab dagegen was Exotisches anzubieten: Da sind irgendwo CDs unterwegs, mit diesen entzückenden Daten jetzt nicht mehr anonymer Steuerhinterzieher, die werden gerade feilgeboten, wir wissen nur noch nicht, wem und von wem.«

»Und woher kommen die?«

»Aus der Karibik. Von den Cayman-Inseln, soweit wir wissen.«

Es blieb einen Augenblick ganz still in der Leitung.

»Ulla? Bist du noch dran?«

»Viel dranner, als du dir vorstellen kannst.«

5

Torben fotografierte die Galionsfigur von allen Seiten, vor allem das Fach im Rücken, offen, verschlossen, von links und von rechts. Er rief die Hartungs an, ob er mal vorbeikommen könnte, er habe da ein paar Fragen. Bitte, gern. Zum Fluss war es nicht weit, die kleine Fähre *Guntsiet* lag bereit. Torben mochte diese Ecke von Brake gleich vor dem Museum besonders gern. Die Kaje, elegant restauriert vor einigen Jahren und in der Saison von Touristen bevölkert, das *Café Wiechmann* direkt am Wasser, der Fluss selbst, der in der Sonne glitzerte, und drüben die Insel Harriersand, die von hier aus nur per Schiff zu erreichen war. Da hatte gleich beim roten Leuchtturm das Ehepaar Hartung Wohnung und Werkstatt, die schnitzten, gossen oder schmiedeten Skulpturen und gehörten zu der kleinen Zahl von Künstlern, die Galionsfiguren herstellten. Sie hatten auch eine beträchtliche Sammlung in ihrem Haus, aber die hatte Torben nie gesehen.

Torben schob sein Fahrrad auf die Fähre, begrüßte den Kapitän und stellte sich ans Heck, um lange Blicke zurück auf den Telegrafenbau werfen zu können, der das Museum beherbergte, in dem jetzt die hochgewachsene blonde Sarah arbeitete. An sie musste er die ganze Zeit denken und war wohl deshalb so unkonzentriert, dass er später seiner Chefin nur wenig von dem, was die Künstler ihm gesagt hatten, berichten konnte.

»Sie hatten wenig Zeit«, erzählte er, »sie haben meine Fotos gelobt, weil sie die Figur ohne Zweifel identifizieren konnten. Ja, Chefin, sie kannten sie, vielleicht haben sie sie sogar vor Jahren selbst gemacht. Jedenfalls wird sie ein- oder zweimal im Jahr zu ihnen gebracht, dann kriegt sie eine neue Lackierung oder es werden kleine Kratzer ausgebessert. Nötig sei das so oft nicht bei einer so robusten Figur, aber schaden könne es ja wohl auch nicht. Für gestern Mittag war sie ihnen angekündigt worden und Herr Hartung war im Auto zum Anleger gefahren, aber sie war nicht gebracht worden.«

»Und die Klappe hinten?«

»Hab ich natürlich auch gefragt. Die hatten sie noch nie gesehen.«

»Komisch, wenn jedes Jahr …«

»Genau. Es könnte aber sein, dass einer der Helfer, die sie manchmal haben, so eine einfache Arbeit übernimmt.«

»Helfer?«

»Weiß auch nicht, sie waren ein bisschen blumig. Könnten Lehrlinge sein, Praktikanten, Hilfsarbeiter. Und dann haben sie noch diesen alten Hausmeister oder was, der ist ein bisschen knurrig. Ich könnte mir vorstellen …«

Angelika kam mit zwei Ausdrucken zu Ullas Schreibtisch.

»Nachrichten aus dem Kühlhaus«, sagte sie, »unser aller Lieblingsforensiker ist extra aus Hannover eingeschwebt, hat den Mann am Strand untersucht und schickt uns seinen Bericht. Was wir schon selbst erkannt haben: stumpfer Gegenstand auf den Kopf und aus die Maus. Aber hier« –

sie sah auf das zweite eng beschriebene Blatt und reichte es weiter –, »hier hab ich alles zusammengestellt, was ich über den Toten gefunden habe. Und sein Schiff.«

»Super, Angelika.«

Ulla fuhr mit dem Zeigefinger die Zeilen entlang und murmelte vor sich hin.

»Name, Augenfarbe, Gebiss, na ja. Viel ist das nicht. Aber hier: wohnt hier in Brake, wenn er nicht gerade unterwegs ist.«

Sie sah auf und guckte die beiden bedeutsam an.

»Er ist nämlich Schiffssteward.«

»War er«, sagte Torben.

»Gib nicht so an. Zuletzt hat er auf einer Luxusjacht gearbeitet. Und die hast du tatsächlich gefunden, Angelika, das ist großartig. Sie liegt also in Hamburg. Hier steht ihr Name: *Serendipity*. Na ja, irgendwie muss sie ja heißen.«

6

Am Nachmittag sauste Torben nach Golzwarden und kaufte bei Rosi eine Rose. »Mein Mieter ist noch nicht wieder da«, sagte Rosi, »sonst kommt er doch immer zu den Eisheiligen und die haben wir gerade.«

Sarah saß schon in der Fußgängerzone in der kühlen Maisonne.

»Was für eine schöne Blume. Das musst du doch nicht, Torben. Danke.«

Sie grinste fröhlich.

»Du bist ja ganz rot im Gesicht. Hat das was mit mir zu tun?«

»Das kommt vom Radfahren.«

Es gibt Männer, die mit Vergnügen einer Frau die Welt erklären, ob sie die nun kennt oder nicht. Torben bestellte zwei Kaffee und setzte sich zurecht.

»Das heißt hier *Fischercafé*, auch wenn es kaum noch Fischer gibt. Dies war mal ein wichtiger Hafen, hier wurden Drei- und Viermaster gebaut, hier hatte die Flotte des Deutschen Reiches einen Stützpunkt. Hast du mal von Admiral Brommy gehört? Aus Brake kamen viele Seeleute, die auf Walfang gingen. *Alle, die mit uns auf Kaperfahrt fahren*, soll ich dir das mal vorsingen? Okay, vielleicht doch lieber nicht.«

Als er bei Kapitänshäusern, Schiffsausstattern und den Lichtsignalen des optischen Telegrafen angelangt war, kam der Kaffee und Sarah fand die Welt erklärt genug.

»Lass mal, Torben, mehr kann ich doch nicht behalten. Erzähl mir lieber was von diesem Toten und seiner Galionsgeliebten. Vielleicht können wir gemeinsam ...«

»Du darfst aber nichts weitererzählen, Sarah, bitte, ich weiß nämlich gar nicht, wie geheim das alles ist.«

»Großes Ehrenwort«, sagte Sarah.

Sie nahmen einen Schluck und rückten eng zusammen. Was sie sich tuschelnd zusammenspekulierten, lässt sich so zusammenfassen: Die Luxusjacht fuhr irgendwohin, wo der stinkreiche Eigentümer das breite Angebot an schönen und käuflichen Frauen nutzte. Was er nicht wusste, war, dass der Erste Steuermann immer mal wieder mit verbotenen Geschäften viel Geld einnahm. Diesmal waren ihm CDs mit den Namen und Kontonummern deutscher Steuerhinterzieher angeboten worden, an deren Verkauf in Deutschland er satt beteiligt würde, wenn er ihn denn zustande brächte. Der inzwischen verblichene Steward kriegte davon Wind, sah in einer regendunklen Nacht, wie die Galionsfigur vom Steven entfernt, mit kleinen viereckigen Plastikhüllen gefüllt und wieder angebracht wurde. Die Jacht fuhr los. In Bremerhaven legten sie an für einen kurzen Aufenthalt, weil der Eigentümer hier noch eine

Freundin hatte, und der tote Steward griff sich in aller Eile die Galionsfigur, von der er wusste, dass sie sowieso nach Harriersand gebracht werden würde, lud sie auf ein kleines Motorboot und rauschte die Weser hinauf. In Brake würde er dunklen Kreisen, die er kannte, die CDs anbieten und sich vom Erlös eine Villa in Elsfleth kaufen. Aber er war beobachtet worden und wurde schon erwartet. Am Fähranleger von Harriersand griffen zwei von Großbanken beauftragte Berufskiller zu, brachten ihn um und die kostbaren CDs zu ihrem Auftraggeber.

»Das wäre ja unglaublich«, hauchte Sarah.

»Ich finde es ziemlich wahrscheinlich«, flüsterte Torben. »Sehen wir uns heute Abend?«

7

Am selben Abend betrat ein großer, schwerer und unrasierter Mann in Jeans und rot-weiß kariertem Hemd die Polizeistation und nannte seinen Namen.

»Meine Frau, die Rosi, die hat erzählt, da war doch diese Leiche auf dem Sand drüben«, sagte er zu Angelika, die allein war, »dazu möchte ich eine Erklärung abgeben.«

Sie legte einen Notizblock und einen Kuli vor sich auf die Theke und notierte.

»Haben Sie kein Aufnahmegerät?«

»Was möchten Sie melden?«, fragte Angelika und wandte ihr Gesicht halb ab, denn er roch nach ziemlich viel Bier.

»Also zur Sache. Als guter Bürger dieser Stadt gebe ich zu Protokoll, dass drüben in der *Strandhalle*, da, wo der Mann gefunden wurde, dass da in diesem Frühling auffällig viele Ausländer arbeiten.«

»Ja und?«

»Was heißt ja und! Das sollten Sie mal untersuchen, ich mein ja nur, wo Schwarzarbeit ist, passieren auch andere Sachen. Haben Sie das notiert?«

8

Dr. Friedrich Meerkatz arbeitete an dem Schreibtisch, den ihm die Museumsleitung vor eins der großen Fenster im vierten Stock des Telegrafengebäudes gestellt hatte. Sarah sah auf ihrem Laptop Museumskataloge durch und notierte ihre Figurenfunde in ein liniertes Heft. Meerkatz blickte auf.

»Entschuldigen Sie, wenn ich Sie unterbreche. Mir geht diese Figur da, diese Meerjungfrau geht mir durch den Kopf.«

Schon wieder einer, der ihr was erklären wollte. Aber immerhin war er ihr Chef. Sie ließ ihre Finger auf den Tasten ruhen.

»Sehen Sie, solche Figuren mochten die Seeleute.«

Er sah ihre gekrauste Stirn.

»Doch, doch, da gibt es handfeste Theorien, dass die Seeleute ein, wie soll ich sagen, gefühlvolles Verhältnis zu ihrer Galionsfigur hatten. Sie war ein Sehnsuchtsziel. Sie hing nicht nur steif und stumm unter dem Klüverbaum, sondern wanderte auch in ihre Träume ein und dann war sie nicht mehr aus Holz. Gefühle, Sarah, Gefühle.«

Sarah war weder überrascht noch sonderlich amüsiert.

»Ja und? Entschuldigen Sie, ich habe gerade einen Katalog des Seefahrtmuseums in Adelaide auf dem Schirm…«

»Sexhungrige Seeleute, verstehen Sie, und der Tote konnte von seinem hölzernen Engel nicht lassen. Er nahm ihn einfach mit. Und dann ist der Sprung auf den Strand nicht mehr weit, oder? Er hatte sich in eine Art Rage hineinhalluziniert und gleichzeitig war er frustriert, dass sie aus Holz war, bei allen üppigen Kurven, nur aus Holz, und vielleicht hat er auch Drogen genommen, ist das überhaupt untersucht worden, er war da am Strand in einem Rausch, verstehen Sie!«

Sarah sah ihn kühl an.

»Interessant«, sagte sie, »und dafür wurde er umgebracht?«

Plötzlich sprang sie auf wie elektrisiert.

»Drogen, in einem Rausch, natürlich. Entschuldigen Sie, ich bin gleich wieder da, ich muss nur eben telefonieren.«

»Laufen Sie, tut mir leid, dass ich Sie so aufgeregt habe. Sie sind ja auch noch jung.«

Sarah jagte die Stufen hinunter, so schnell sie irgend konnte. Warum habe ich mein Handy auch nicht dabei, zu blöd. Sie musste sofort Torben anrufen.

9

Angelika war früh in der Polizeistation und suchte die Schiffsbewegungen der Luxusjacht *Serendipity.* Schnell fand sie einiges in einer Datenbank, die sich *Fleetcom* nannte und die »alle Schiffe ruhend oder fahrend« verzeichnete, aber sind die Angaben nicht erkennbar unvollständig? Es war nur eine Ahnung, aber sie musste ihr folgen. Sie sah sich um, noch war sie allein. Was sie jetzt tun würde, hätte ihr die Chefin nie erlaubt. Sie musste sich an mehreren Passwörtern und Zugangscodes vorbeihacken. Wie sie dieses Spiel liebte. Jetzt konnte sie zeigen, was sie draufhatte. Ein Beobachter hätte dem Tanz ihrer Finger kaum folgen können. Listen, Zahlenkolonnen, Sperrvermerke huschten über den Monitor. Sie merkte, wie sich Schweiß unter dem braunen Pferdeschwanz im Nacken sammelte. Ach du dickes Ei, schon fast eine Stunde. Sie hörte Stimmen: Torben und Ulla, Torben hörte sich ziemlich dringlich an. Im selben Moment, als die Tür aufging, hatte sie, was sie suchte. Sie sprang auf, jodelte und krähte und führte einen kleinen Freudentanz auf.

»Ist dir nicht gut, Angelika?«, fragte Ulla.

Sprachlos und taumelig zeigte Angelika nur auf dem Bildschirm. Ulla und Torben schoben ihre Gesichter dicht heran.

»Das ist ja …«

Ulla brach ab und sah die beiden mit großen Augen an.

»Die Caymans«, flüsterte, nein, schluchzte sie fast, »vier Mal im Jahr zum Steuerparadies. Wir haben den Täter. Simon und dem BKA sei Dank. Angelika, ich bin begeistert. Und ich will nicht wissen, wie du das geschafft hast. Ich ruf jetzt den Kollegen in Hamburg an und bitte um Amtshilfe. Sie sollen Schiff und Büro durchsuchen, so ein Riesengeschäft muss doch Datenspuren hinterlassen.« Sie wandte sich an Torben.

»Torben, deine Sarah hatte doch noch eine andere Idee, hast du gesagt, ruf dafür das Labor an, sie haben die Holznixe ja noch bei sich liegen.«

»Ist nicht meine Sarah, leider«, sagte Torben.

10

Harry Schalk lief wie jeden Morgen bei Niedrigwasser in aller Frühe den Strand der Insel entlang. Seit sein Fund vor drei Tagen so hohe Wellen geschlagen hatte, die sogar bis auf den Zeltplatz schwappten, hoffte er auf weiteres Unruhe stiftendes Strandgut. Er war geneigt, Aurora, die Göttin der Morgenröte, um Hilfe anzurufen oder auch Poseidon, den mächtigen Herrscher über Wogen und all das, was darauf und darunter schwamm, konnte sich dann aber nicht zwischen beiden entscheiden und ließ es ganz. Während er vor sich hin trabte und die leicht nach Tang und Salz schmeckende Luft einsog, gingen ihm der Tote und seine vollbusige Freundin durch den Sinn. Wie sind sie wohl da hingekommen, wo sie dann so dekorativ herumlagen? Hatten sie nicht wenigstens ein Boot dabei? Auf Delfinen sind sie wohl nicht geritten.

Nur wenige Stunden später stellte sich Kriminalhauptkommissarin Ulla Sieveking die nämliche Frage. Sie gab sie an Torben weiter, der eben versuchte, die Kaffeemaschine zu reparieren.

»Wenn er von Bremerhaven hergeschippert ist, wieso war da kein Boot?«

Während sie tief nachdachten, klingelte eins der Telefone. Angelika ging ran.

»Was? Ehrlich? Ja, ich geb's weiter, danke. Vielen Dank.«

Sie riss die Augen weit auf.

»Das war das Labor. Sie haben in dem Fach hinten Kokainspuren gefunden.«

»Daschanding«, sagte Ulla, »ich ruf sofort die Kollegen in Hamburg an, die werden begeistert sein, schon wieder ein Amtshilfeersuchen.«

»Ich guck mal Drogenhandel und bitte die Kollegen vom Wasserschutz, ob sie nicht nach einem herrenlosen Motorboot Ausschau halten können«, murmelte Angelika.

Eine ganz andere Frage stellte am Abend, als es schon zu dunkeln begann, der große, etwas abgerissen wirkende und nicht ganz nüchterne Mann, der ein zweites Mal in der Polizeistation auftauchte.

»Sind Sie meinen Hinweisen mal nachgegangen, oder ham Sie inzwischen den Killer gefunden? Die Typen da auf der Insel, da gucken Sie mal nach.«

Noch später am Abend fragte Torben Sarah, ob sie mit ihm spazieren gehen wolle, und sie sagte Nein.

»Es gibt so Tage, da meint man, die Sonne geht immer nur unter«, murmelte Toben, als er sich aufs Rad schwang.

11

»Polizei Brake Unterweser, wie kann ich Ihnen helfen?«

Schon nach wenigen Worten aus dem Telefon setzte Ulla sich kerzengrade hin, winkte ihrer Mitarbeiterin und stellte den Lautsprecher des Telefons laut. Angelika drückte den Knopf für Aufzeichnungen.

»... mir die Polizei ein zweites Mal auf den Hals gehetzt«, hörten sie eine brüchige Männerstimme, »das nehme ich Ihnen übel, das wird ein Nachspiel haben. In meinen Kreisen fährt man zum Vergnügen durch die Welt, zum Vergnügen! Freunde, Partys, Golf, Hochseeangeln, haben Sie mal Hemingway gelesen? Sie schweigen, dachte ich mir. Die Caymans steuere ich oft an, um das zu beantworten, weil sie mir gefallen, das muss Ihnen als Begründung genügen. Mir irgendeine Art von Schmuggelei zu unterstellen ist eine Frechheit, es ist geradezu frivol. Natürlich haben Ihre Kollegen nichts Einschlägiges gefunden, weder in meiner Villa in Blankenese noch auf der *Serendipity*. Wissen Sie übrigens, was der Name bedeutet? Sie schweigen, müssen Sie auch nicht. Und noch ein Letztes: Die Galionsfigur, die ich immer zu den Hartungs zur Überholung geschickt habe, die können sie behalten. Gibt es bei Ihnen nicht ein passendes Museum? Also. Sie brauchen sich auch nicht zu bedanken. Aber verschonen Sie mich in Zukunft gefälligst mit Ihren unsinnigen Verdächtigungen!«

Knacken in der Leitung, Ende der Durchsage. Ulla atmete laut aus.

»Mannomann, war das eine Dusche. Und jetzt?«

In der Tür der Polizeistation stand unvermittelt eine Frau, kaum zu erkennen gegen die Nachmittagssonne, fast nur ein

Schattenriss. Rosi aus Golzwarden. Sie kam schüchtern an die Theke. Um ihr linkes Auge war die Haut angeschwollen und verfärbt durch einen Bluterguss, in den Nasenlöchern trocknete Blut, mit der Rechten hielt sie den linken Arm, als sei er gebrochen.

»Ich möchte eine Aussage machen«, sagte sie mit kleiner belegter Stimme.

Angelika führte sie nach hinten zu einem Stuhl, Ulla und Torben traten zu ihnen.

»Sie haben diesen Toten gefunden, nicht? Das war mein Felix. Felix, der Schiffssteward.« Sie lächelte schluchzend. »Vielleicht meinen Sie, ich sollte mich schämen, tu ich aber nicht.«

»Wofür denn überhaupt?«

»Er hat mich doch immer nur besucht, wenn es passte. Jetzt ist er tot. Mein Mann ist zu früh nach Haus gekommen, da lagen wir im Bett, oben, im Monteurszimmer.

Die drei sahen sich mit großen Augen an.

»Er hat Felix rausgeschmissen und mich verprügelt. Mein Mann, der Inkassomann. Warum ist er auch so früh zurück? Hat er doch nie gemacht all die Jahre.«

Sie fummelte ein Taschentuch aus ihrer Schürzentasche und sah die drei der Reihe nach an.

»Haben Sie nicht gerade eine Rose bei mir gekauft?«

Torben nickte.

»Ich hoffe, die junge Frau hat sich gefreut.«

Torben zuckte mit den Schultern.

»Warum sind Sie zu uns gekommen, wollen Sie Ihren Mann anzeigen?«, fragte Ulla, ihre Stimme war sanfter als sonst, »wegen Gewalt in der Ehe?«

»Gewalt in der Ehe? Er hat ihn totgeschlagen, totgeschlagen hat er ihn, das hat er getan, unten bei den Silos, mit einem Kantholz.«

»Aber Sie waren doch gar nicht dabei«, sagten Ulla und Torben wie aus einem Mund.

»Und die CDs und das Koks«, sagte Angelika, »hatte er mit so was zu tun?«

Rosi fuhr fort, als hätte sie die Frage nicht gehört.

»Er hat sich das Fahrrad aus dem Keller geholt und ist ihm nachgefahren, er wusste ja, wo das Boot lag. Und dann ...«

»Sie waren doch gar nicht dabei!« Angelika klang jetzt empört.

Torben hob den Zeigefinger wie einer, der etwas begriffen hat.

»Also Ihr Mann saust zum Hafen, da liegt das Boot des Schiffsstewards mit der Galionsfigur darin, richtig?«

Ulla wartete die Antwort nicht ab.

»Er war auf dem Weg zu den Hartungs, er hat nur mit Ihnen«, sie zögerte, »eine kleine Pause einlegen wollen.«

Angelika übernahm, und ein eifriges Findungsterzett schallte durch die Polizeistation.

»Er warf also die Leiche ins Boot, fuhr zur Insel...«

»... drapierte die Leiche und die Figur auf dem Sand...«

»... weiter oben, wo die Flut nicht hinkommt...«

»... stieg wieder ins Boot, tuckerte zurück nach Brake, stieg aus...«

»... stieß das Boot ab...«

»... es war gerade ablaufendes Wasser ...«

»... und das Boot schwamm gemütlich weserabwärts.«

Die drei sahen sich an, ihre Gesichter zeigten die Anstrengung des Denkens.

»War es so, Rosi?«

Rosi starrte sie mit offenem Mund an.

»Ja. Genau so.«

Sie zitterte.

»Und woher wollen Sie das alles wissen?«, insistierte Angelika.

»Wir haben uns dann ein bisschen versöhnt«, sie sah mit einem entschuldigenden Lächeln hoch, »Sie verstehen, dabei hat er es mir erzählt, besoffen wie er war. Dann hat er mich verprügelt. Wenn du es weitererzählst, bring ich dich um, hat er gesagt, dann ist er eingeschlafen.«

»Unsere schönen Theorien«, seufzte Torben, »das mag ich Sarah gar nicht erzählen.«

»Angelika, bring Rosi doch bitte ins Krankenhaus«, sagte Ulla. Und zu Rosi: »Machen Sie sich keine Sorgen, wir kümmern uns um ihn.«

Das Telefon klingelte. Torben drückte auf den Knopf. Die Wasserschutzpolizei war dran.

»Wir haben das Boot gefunden, das Ihr gesucht habt. Es ist weiter flussabwärts auf eine Sandbank gelaufen, wollt Ihr es untersuchen oder was?«

»Nein danke. Und vielen Dank. Aber das interessiert uns jetzt überhaupt nicht mehr«, jubelte Ulla und rieb sich die Hände.

»Ach die arme Rosi«, sagte Torben zu Angelika, »schade, ich wollte eigentlich bei ihr heute Nachmittag wieder eine Rose kaufen.«

Das Siegel des Heiligen Laurentius

von Reinhold Friedl

Heinrich Klinkhammer tuckerte mit seiner alten *BMW* auf dem holprigen Feldweg am Weserdeich entlang. Im Beiwagen hatte er Kamera und Schreibblock verstaut. Im Auftrag des Lokalblatts sollte er vom Dedesdorfer Schweinemarkt berichten. Sein letzter Bericht aus dem Weserdorf galt dem Besuch von Dr. Konrad Adenauer auf einer Wahlkampfreise. Begleitet wurde der Artikel von seinem Foto des lächelnden Bundeskanzlers am Dedesdorfer Fähranleger, als ihm ein kleiner Junge einen Blumenstrauß überreichte. Daneben sonnte sich die Lokalprominenz im Lichte des berühmten Mannes.

Klinkhammer passierte Rechtenfleth, wo er lieber den prächtigen Hof des Marschendichters Hermann Allmers aufgesucht hätte als einen ländlichen Schweinemarkt, worüber er eine der üblichen Provinzgeschichten schreiben sollte. Er bewunderte das Leben dieses Schriftstellers. Der wohlhabende Bauernsohn reiste auf Goethes Spuren nach Italien, pflegte Freundschaften und Briefwechsel mit den interessantesten Personen seiner Zeit in ganz Europa, blieb bodenständig, hatte häufig Künstler zu Gast, die er opulent bewirtete und die zum Dank halfen, sein Heim zu einer gelungenen Stilmischung aus Marschenhof und italienischem Palazzo zu gestalten – Fresken und Wandgemälde im Marschensaal eingeschlossen. Ein solches Leben als Schreiberling, ging es Klinkhammer durch den Kopf, würde mir auch gefallen.

Es nützt aber nichts in schönen Träumen zu schweben, riss sich Klinkhammer zusammen, statt dem Broterwerb des Lokalreporters nachzugehen. Also Gas hochdrehen und weiter am Weserdeich entlang nach Dedesdorf, wo eine andere Geschichte auf ihn wartete. Es war aber keine der üblichen, wie er bald erfahren sollte.

Heinrich Klinkhammer hatte Motorrad und Beiwagen neben dem Marktplatz abgestellt. Viele Menschen strömten an ihm vorbei, die vom Anleger kamen, wo die Fähre *Wesermarsch* festgemacht hatte. Auch die Nachbarn von der anderen Weserseite aus Kleinensiel und umzu wollten sich den Markt nicht entgehen lassen. Bald hatte er sich durch das bunte Markttreiben bis zum Sudelzelt vorgearbeitet, worin der begehrte Ausschank stattfand. In einer Gruppe von Landmännern hatte er alsbald Gemeindedirektor Werner Meyer aufgespürt, neben ihm der Dorfgendarm Philipp Graf. Beide Amtspersonen machten betretene Gesichter, aber trotzdem erschienen sie Klinkhammer nicht wie Kinder von Traurigkeit. Ihr Verhalten schien ihm wie gespielt, aber sie waren eben auch keine Schauspieler. Er wollte jedoch keine Zeit mit dieser Betrachtung verschwenden. Er brauchte Informationen für seinen Bericht und begann mit der Befragung.

»Nachdem der Dedesdorfer Viehmarkt vor Jahrzehnten eingegangen war«, erläuterte Gemeindedirektor Werner Meyer, »wollen wir ihn in diesem Jahr an Laurentius wieder aufleben lassen. Als Attraktion will ich mein Schwein Jolanthe öffentlich versteigern lassen. Für einen guten Zweck.«

»Schöne Sache, interessant.« Klinkhammer machte sich Notizen auf seinem Block.

»Von wegen schöne Sache«, schüttelte der Gemeindedirektor den Kopf. »Die Sau ist geklaut worden. Jolanthe ist weg.«

»Wie bitte? Ich habe wohl nicht richtig gehört bei dem Lärm hier.«

»Doch«, schaltete sich Polizeihauptwachtmeister Philipp Graf ein. »Das Schlimme ist, Jolanthe ist auch noch aus meinem Stall gestohlen worden.«

»Wie das? Ich denke, das Schwein gehört dem Gemeindedirektor.«

»Stimmt. Aber wir haben beide Wohnungen in dem großen ehemaligen Zollgebäude. Dazu gehört auch mein Stallgebäude, in dem Jolanthe untergebracht war. Die Diebe müssen das Schwein entführt haben, als wir schliefen. Und auf Schleichwegen weggebracht haben.«

Klinkhammer musste ein Schmunzeln unterdrücken und sah schon die Schlagzeile vor sich: Schwein aus Polizeigewahrsam gestohlen, oder so ähnlich.

Merkwürdigerweise gewann der Lokalreporter den Eindruck, dass auch Gemeindedirektor Meyer und der Ortsgendarm Graf ein Grinsen unterdrücken mussten. Auch die umstehenden Männer, zu denen inzwischen auch einige Landfrauen hinzugekommen waren, schienen den Kriminalfall nicht sonderlich ernst zu nehmen. Im Gegenteil, es wurde gelacht und Scherze machten die Runde. Ein stämmiger Landwirt wollte aus dem Radio gehört haben:

»Die Grenzen der Bundesrepublik sind inzwischen abgesperrt worden, um eine Ausfuhr der Speckpflanze zu vereiteln.«

Amüsiert wurden einige Runden ausgegeben, Wetten abgeschlossen und ein Musiker herbeigeholt. Oma Berta und Gesangsschwester Auguste ließen sich nicht lange bitten, den Marktschlager *Eine Rose aus Santa Monica* anzustimmen. Nur der Auktionator Herbert Schmitter wollte etwas unwirrsch wissen, wie lange er denn noch warten solle. Er würde sich jetzt demnächst vom Acker machen. Der Gendarm bot an, statt Jolanthe seine zwei

Ferkel versteigern zu lassen, aber der Gemeidedirektor bat noch um etwas Geduld und gab eine weitere Runde aus.

Gegen Mittag erschien Jolanthe plötzlich auf dem Markthamm, geschmückt mit zwei blauroten Schleifen, den Oldenburger Landesfarben. Fröhlich grunzend trottete Jolanthe auf dem mit Sand bestreuten Weg zum Zelt. Es waren Strohmänner, die das Schwein zurückbrachten. Die Diebe selbst blieben unerkannt. Heinrich Klinkhammer sowie ein Rundfunkreporter mit sich überschlagender Stimme hielten den historischen Augenblick fest. Der »Schandarm« richtete nun eine dienstliche Frage an den Gemeindedirektor:

»Erkennen Sie bei diesem Schwein ihre Jolanthe wieder?«

»Das ist mein Schwein, meine Jolanthe«, antwortete der Besitzer.

Anschließend untersuchte der in Vertretung des Tierarztes herbeigerufene praktische Arzt Dr. med. Dreyberger die junge Sau. Außer Läusen konnte er keine ansteckenden Krankheiten feststellen. Die Frage eines Viehhändlers, ob die Jungsau in der letzten Nacht verführt worden sein könnte, musste der Mediziner offen lassen.

Anschließend erfolgte die Versteigerung und ein Gastwirt erhielt den Zuschlag mit den Worten des Auktionators:

»Hunnertsäbenunfoftig Mark. Gluck dormit, Fritz Oetjen, Wiemersdorf.« Klinkhammer notierte im Block: 157 DM für des Herrn Direktors Schwein.

Jolanthe fraß auf diesen Zuschlag hin erst mal eine große Portion Suppenkraut. Als sie von einigen Dorfjungen auf dem Kirchweg zu ihrer neuen Heimat getrieben werden sollte, verrutschten die blauroten Oldenburger Schleifen. Erstaunen machte sich unter den Umstehenden breit, dann Schrecken und Schaudern. Jolanthe trug zwei Brandzeichen auf dem Rücken. Schlagartig schlug die heitere Stimmung um. Der Vorhang nach der Kriminalkomödie war gefallen, jetzt wurde es ernst.

Gemeindedirektor Werner Meyer und Polizeihauptwachtmeister Philipp Graf beugten sich über das Schwein. Reporter Klinkhammer schoss mehrere Fotos, auch eine Nahaufnahme vom Schweinerücken. Eins der Brandzeichen, so schien es Klinkhammer, zeigte so etwas wie einen Bischof, der einen Grill oder Rost mit der rechten Hand hielt. Daneben die Jahreszahl 1285. Das zweite Brandzeichen schien ein altes Handelsschiff mit aufgezogenen Segeln darzustellen.

»Sauerei!«, rief Werner Meyer in die umstehende Menge. Er zitterte vor Empörung. Bevor der Reporter eine Nachfrage stellen konnte, wurde sie vom Gendarm beantwortet, wobei ihm seine Tätigkeit als Dorfchronist zu Hilfe kam:

»Das ist das Siegel von Sankt Laurentius, dem Schutzheiligen unserer Kirche. Das zweite ist ein abgewandelt dargestelltes Wikingerschiff, das ursprünglich von einem Germanen auf einem Knochen eingeritzt wurde. Gilt als älteste Darstellung eines Weserschiffes. Der Knochen wurde 1927 von Ludwig Ahrens aus Brake am Hammelwarder Strand gefunden und wird heute im Naturkundemuseum in Oldenburg verwahrt. Galt zunächst als Fälschung, aber bei einer kriminologischen Untersuchung wurde die Echtheit festgestellt.«

»Und was bedeutet 1285?«

»Seit dem 25. November 1285 existiert eine Urkunde, die auf haltbarem Schafspergament geschrieben ist. Darin erscheint der Name Landwürden zum ersten Male, also die Erwähnung dieses Gebietes hier. Auf der Urkunde ist auch Laurentius abgebildet, der Schutzheilige der Kirche zu Dedesdorf.«

»Was bedeutet denn das Siegel des Sankt Laurentius?«, fragte Heinrich Klinkhammer.

»Da kommt unser Pastor Peter Drewes, der kann das am besten erklären«, sagte der Gendarm und winkte einen älteren Herrn mit weißem Haarkranz heran. Der Pastor besah sich zunächst die Brandzeichen, schüttelte den Kopf und stieg in die Kirchengeschichte ein.

»Da der Name am wahrscheinlichsten ›Der Mann aus Laurentum‹ bedeutet, könnte Laurentius aus der Stadt Laurentum südwestlich von Rom gestammt haben. Der Überlieferung zufolge war er als Archidiakon von Rom für die Verwaltung des örtlichen Kirchenvermögens und seine Verwendung zu sozialen Zwecken zuständig. Nachdem der römische Kaiser Valerian Papst Sixtus II. hatte enthaupten lassen, wurde Laurentius ausgepeitscht und aufgefordert, den Kirchenschatz innerhalb von drei Tagen herauszugeben. Daraufhin verteilte Laurentius diesen an die Mitglieder der Gemeinde, versammelte eine Schar von Armen und Kranken, Verkrüppelten, Blinden, Leprösen, Witwen und Waisen und präsentierte sie als ›den wahren Schatz der Kirche‹ dem Kaiser. Der Hauptmann, vor dem Laurentius erschienen war, ließ ihn deswegen mehrfach foltern und dann auf einem glühenden Eisenrost hinrichten. Aus diesem Grund wird der Märtyrer mit dem Rost als Attribut dargestellt. Seine letzten Worte soll er an den Kaiser gerichtet haben: ›Du armer Mensch, mir ist dieses Feuer eine Kühle, dir aber bringt es ewige Pein.‹«

Der Reporter hielt alles mit Stift und Block fest. Der Pastor fuhr fort:

»In der Ikonografie und Heraldik wird der Heilige Laurentius gekleidet in das liturgische Gewand des Diakons, der sogenannten Dalmatik, dargestellt. Der Rost, auf dem er zu Tode gebracht wurde, wird als Attribut beigefügt.

Häufig wird er zusätzlich mit der Märtyrerpalme dargestellt. Weitere Kennzeichen sind das Evangelienbuch, Brot oder Geldbeutel. In Wappen und Siegel steht meist der Rost als alleiniges Symbol für ihn, wie auch in unserem alten Kirchensiegel. Sein Todestag ist der 10. August, an dem deshalb immer unser Markt gefeiert wird.«

»Was kann denn, verdammt noch mal,« fluchte ganz unchristlich der Gemeindedirektor Werner Meyer, »der heilige Laurentius mit Jolanthe und den Brandzeichen zu tun haben?«

Der Dorfgendarm Philipp Graf senkte den Blick und sah dann den Gemeindedirektor fragend an. Der schien zu überlegen und nickte dann.

»Wir haben die *Swienskomödie* inszeniert, also die Schweinekomödie. Wir wollten mehr Aufmerksamkeit für den Markt erwecken. Die drei Diebe kenne ich – und habe ihnen ein paar Runden und Straffreiheit zugesichert. Mit zweien der Täter habe ich eben kurz gesprochen. Der dritte wollte nachts allein auf Jolanthe aufpassen und ist jetzt verschwunden.«

»Verschwunden? Wer ist der dritte Mann?«, fragte sofort Lokalreporter Klinkhammer.

»Rolf Martens. Unser Dorfschmied.«

»Und ein Dorfschmied kann auch Brandeisen herstellen?«, setzte Klinkhammer nach.

»Jawoll. Kann er.«

»Aber was soll das Ganze mit den Brandzeichen?«, Gemeindedirektor Meyer runzelte die Stirn.

Nun meldete sich der Wirt des Dorfkruges zu Wort.

»Weiß nicht, ob das was miteinander zu tun hat. Letzte Woche hatte Rolf ganz ordentlich einen zur Brust genommen und war dann völlig ausgerastet. Er hatte gerade erfahren, dass seine Frau Maike ein Verhältnis mit Theo

Tiedemann hat, dem Fährmann. Er brüllte immer wieder ›Das wird die alte Sau mir büßen und der Schipper auch. Und wenn ich selbst dabei draufgehe. Das macht man mit einem Rolf Martens nicht.‹ Dabei trat er ständig gegen die Barhocker und knallte die Faust auf den Tresen. Er ließ sich überhaupt nicht mehr beruhigen. Ich hab ihn dann mithilfe einiger Feuerwehrkameraden vor die Tür gesetzt.«

»Ach du Scheiße«, entfuhr es Polizeihauptwachtmeister Philipp Graf. »Untreue Frau, Sau, Brandzeichen, durchgedrehter Schmied, Laurentius, Schiffswappen, Fährmann. Da passt einiges zusammen. Leider. Anscheinend will Martens ein Zeichen setzen, aber ein unseliges.«

»Hoffentlich passt der Rost des Laurentius nicht dazu.« Der Pastor faltete die Hände und blickte zum Himmel.

»Passt leider auch. Er hat ein Schmiedefeuer. Ebenfalls etliche Kanister Benzin in seinem Schuppen gelagert«, wusste ein Landwirt und Nachbar des Schmieds zu berichten.

Inzwischen war Dunkelheit eingetreten und Hauptwachtmeister Graf schossen im Schnelldurchlauf alle Lektionen der Polizeischule durch den Kopf.

»Die *Wesermarsch* hat für heute gerade die letzte Überfahrt von Kleinensiel nach Dedesdorf hinter sich«, überlegte der Gendarm nun laut und professionell. »Die Fähre hat am Anleger festgemacht. Die letzten Passagiere sind von Bord. Theo Tiedemann macht noch Klarschiff und Maike Martens räumt ihren Bordkiosk auf, worin sie die Fährplatten verkauft hat.« Jeder hier wusste, dass damit Kaffee und Bockwurst gemeint war. Heute schmunzelte niemand darüber. Der Polizist prüfte den Sitz seiner Pistolentasche und zeigte auf drei Männer.

»Ihr kommt mit. Sofort. Werner Meyer auch, als Amtsperson. Die andern bleiben alle hier.«

»Die freie Presse kommt auch mit.« Das war keine Frage, sondern eine Festellung. Klinkhammer schloss sich dem Trupp an.

Natürlich blieb niemand auf dem Marktplatz. Alle folgten, wenn auch mit großem Abstand.

Der Reporter sah, dass auf der Fähre noch eine Lampe brannte. Weiter nahm er vom Anleger aus wahr, dass eine Frau und ein Mann sich an der Bordwand umklammert hielten. Das mussten Maike Martens und Theo Tiedemann sein. Ein weiterer Mann stand in der Mitte des Decks, hielt in der linken Hand ein Jagdgewehr und schüttete mit rechts etwas aus einem Kanister auf die Planken. Zwei weitere Kanister standen neben ihm. Das musste der gehörnte Rolf Martens sein.

Philipp Grafs Stimmte ertönte laut und deutlich.

»Hier spricht die Polizei. Rolf Martens, leg das Gewehr auf den Boden und komm langsam von Bord. Rolf, mach keinen Scheiß!«

Rolf Martens brüllte zurück.

»Haut ab. Das geht euch gar nichts an. Das ist meine Frau. Schon in der Bibel steht geschrieben ›Du sollst nicht ehebrechen. Du sollst nicht begehren deines nächsten Weib.‹ Und ›Auge um Auge, Zahn um Zahn‹. Sie sollen in der Hölle brennen.«

»Und du sollst nicht töten«, rief der Pastor, der ebenfalls hinzugekommen war. Aber dies erreichte Rolf Martens nicht, der mit Tunnelblick auf das Paar an der Bordwand starrte. Er ließ das Gewehr fallen und griff in seine rechte Jackentasche.

»In der Tasche hat er immer das Sturmfeuerzeug für seine Pfeife«, rief der Gemeindedirektor dem Polizisten zu. Es blieb keine Zeit zum Überlegen.

»Maike, Theo springt über Bord. Sofort! Wir holen euch raus.« Der Bass des Polizisten dröhnte über Anleger und Fähre.

Nun liefen die Dinge blitzschnell und fast gleichzeitig ab. Philipp Graf feuerte die Dienstpistole ab. Rolf Martens schrie auf, griff sich an die Schulter und sank aufs Deck der Fähre. Theo Tiedemann warf Maike Martens über die Bordwand, obwohl er wusste, dass sie nicht schwimmen konnte. Und sprang im selben Moment hinterher. Rolf Martens hatte nur einen Lidschlag später das Sturmfeuerzeug gezündet. Eine gewaltige Stichflamme schoss von der Weserfähre in den Nachthimmel empor. Der Reporter drückte auf den Auslöser. Hier ging Professionalität vor Pietät.

Maike Martens wurde von Theo und einigen Helfern prustend, aber lebend an Land gezogen. Philipp Graf schob die Waffe in die Pistolentasche. Dann nahm er seine Dienstmütze ab und der Gemeindedirektor seinen schwarzen Hut. Beide hielten die Kopfbedeckungen mit der Linken vor die Brust und salutierten mit der rechten Hand. Der Pastor murmelte: »Friede seiner Asche.«

Tod am Ochsenpier

von Inga Brodersen

Es war einer dieser ungewöhnlich heißen Frühsommertage, an denen sie sich auf der mediterran angelegten Terrasse ihrer Stadtvilla in Nordenham fühlte wie am Mittelmeer. Bereits vor acht Uhr war sie im Pool einige Bahnen geschwommen und hatte den Oleander gegossen. Sie trug Shorts und hatte die rotblonden Locken unter den alten Strohhut gestopft. Gesa Ahlers schob das Frühstückstablett beiseite und lehnte sich mit einem Glas Orangensaft in der Hand im Liegestuhl zurück. Neben ihr lagen die Samstagsausgabe der *Kreiszeitung Wesermarsch,* ein neuer Kriminalroman und eine Auswahl an Nagellacken. Endlich Wochenende, dachte sie zufrieden, zog die Sandaletten aus, spielte mit den Zehen und entschied sich nach kurzer Überlegung für den hellen Nagellack.

Obwohl Gesa in der Position war, ihr umfangreiches Vermögen nur noch verwalten zu müssen, ließ sie es sich nicht nehmen, stundenweise in der Firmenzentrale von *Ahlers Fisch* am Schreibtisch zu sitzen oder in der Produktion, die inzwischen nach Bremerhaven verlegt worden war, nach dem Rechten zu sehen. So viel Pflichtbewusstsein hätte ihr früher niemand zugetraut. Als Teenager liebte sie Partys, zog durch die Clubs Norddeutschlands und feierte die Nächte durch. Ihr älterer Bruder Niels hingegen war schon als Gymnasiast ein Idealist und verbrachte seine Freizeit meist an Infoständen, um über die Verschmutzung der Nordsee aufzuklären. Später, als er in Hamburg begonnen hatte Betriebswirtschaft zu studieren, engagierte er sich politisch für die Arbeiterbewegung und strebte eine gerechte Welt für alle Menschen an. Nachdem ihre Eltern mit einem Heißluftballon über Blexen abgestürzt waren, hätte er die Gelegenheit gehabt, in seiner nunmehr eigenen Firma den Arbeitern und Angestellten bessere Verträge und Arbeitsbedingungen zu ermöglichen. Stattdessen brach er plötzlich das Studium ab und ließ sich sein Pflichtteil auszahlen. Ohne Erklärung verließ er Nordenham. Gesa indes übernahm die Leitung des Traditionsbetriebes. Gerade mal 21 Jahre alt, stellte sie sich der Verantwortung und suchte sich die richtigen Berater. Ihre geschickten Vertragsabschlüsse und vorausschauenden Investitionen hatten aus dem kleinen Unternehmen in den letzten Jahren ein weltweit expandierendes Fischereiimperium geschaffen.

»Darf ich das Frühstück abräumen?« Die Haushälterin stand in der Tür zum Wintergarten und band sich die Schürze um.

»Danke.« Gesa reichte ihr das Tablett. »Vielleicht werde ich später im Friedeburgpark bei der Gartenausstellung vorbeischauen. Im letzten Jahr habe ich dort die Würzkräuter für das Hochbeet gekauft, erinnerst du dich?!«

»Natürlich, sie dufteten so herrlich.« Margarete Freese nickte eifrig. »Soll ich dich begleiten?«

»Nein, das wird nicht nötig sein, Meggie«, erwiderte Gesa scharf und griff nach der Zeitung. Manchmal empfand sie die übertriebene Fürsorge ihres ehemaligen Kindermädchens als erdrückend. Sie war nicht mehr das niedliche Anziehpüppchen, das rund um die Uhr betreut werden musste. Natürlich konnte sie sich eine Hausperle leisten, aber nötig war es nicht. Sie lebte schließlich allein in der Villa und war durchaus imstande, ihren Haushalt auch allein zu führen. Meggie sah sie beleidigt von der Seite an und suchte offenkundig nach einer passenden Antwort. Als die Türglocke im Foyer schrillte, ging sie wortlos ins Haus.

»Frau Ahlers, es tut mir sehr leid.« Kommissar Hanno Onnen saß Gesa im Wintergarten gegenüber, knetete die Finger und fühlte sich sichtlich unwohl.

Exakt diese Worte hatte er auch bei seinem letzten Besuch im vergangenen Oktober verwendet, erinnerte sich Gesa und fröstelte plötzlich. Sie spürte ein unangenehmes Kribbeln im Nacken. Das Grauen kehrte wieder und erfasste nach und nach jede Zelle ihres Körpers. Marc Hustedt sei in den frühen Morgenstunden bei den Gateteichen tot aufgefunden worden. »Es tut mir sehr leid, Ihr Verlobter ist verblutet«, hatte der Kommissar damals gesagt. Ein Umtrunk mit Freunden auf dem Ochsenmarkt, dem traditionellen Stadtfest, danach war er vermutlich in der dunklen Parkanlage gestolpert. Schädelbruch.

»Wie gesagt, es tut mir wirklich sehr leid. Und Sie wussten nicht, dass Ihr Bruder sich seit Mittwoch in der Stadt aufhielt?«, fragte Onnen mitfühlend.

»Nein, ich hatte keine Ahnung. Niels hat Nordenham vor dreizehn Jahren verlassen. Seitdem habe ich ihn nicht mehr gesehen. Sind Sie denn überhaupt sicher, dass er es ist?«

Der Kommissar nickte.

Gesa starrte hinaus auf die sonnige Terrasse und überlegte, ob der Oleander nicht doch zu schattig stand. Die Pflanze brauchte viel Licht. Niels ermordet. Ihr Hirn weigerte sich hartnäckig, diese Information aufzunehmen. Erstochen. Ihr großer Bruder. Ausgerechnet am Ochsenpier; es gab keinen Ort in Nordenham, der so eng mit ihrer Familiengeschichte verbunden war. Offiziell hieß der Anleger Union-Pier, aber umgangssprachlich kannte ihn jeder als »Ochsenpier«. Von hier aus waren Mitte des 19. Jahrhunderts Ochsen aus der Wesermarsch nach London verschifft worden. Urgroßvater Ahlers arbeitete auf einem dieser Frachtschiffe. Als das lukrative Geschäft 1874 mit der Rinderpest ein plötzliches Ende fand, kaufte er sich einen Kutter und wurde Fischer. Dieses kleine Boot war der Grundstein gewesen, auf dem die nachfolgenden Generationen ihrer Familie das Unternehmen aufgebaut hatten.

»Frau Ahlers?« Die ruhige Stimme Hanno Onnens holte sie zu Gebäck und Tee in den Wintergarten zurück.

»Ich verstehe das nicht. Was wollte Niels hier? Warum hat er sich nicht bei mir gemeldet?« Gesa stand auf, ging zu dem alten Sekretär und zog eine Schublade heraus. »Das ist alles, was ich in den letzten Jahren von ihm gehört habe. Postkarten aus allen Teilen der Welt.« Fahrig blätterte sie den Stapel durch. »Hier, die letzte kam im Februar aus Schottland. Blabla. Mir geht es gut. Gruß. Kuss. Mehr hat er nie geschrieben.«

Der Kommissar nahm die Karten und sah sie sehr sorgfältig durch. Dann zog er ein Blatt Papier aus seiner Aktenmappe.

»Dies ist die Kopie eines Zettels, den wir bei Ihrem Bruder gefunden haben.« Onnen deutete auf die Postkarten. »So wie es aussieht, ist es nicht seine Handschrift. 53 28 48 N 08 29 18 E 8PM – GKG, sagt Ihnen das etwas?«

Gesa zuckte mit den Schultern. Die Kombination aus Zahlen und Buchstaben kam ihr tatsächlich vertraut vor. Früher, als sie noch Kinder waren, hatten sie oft Detektivgeschichten erfunden, verschlüsselte Botschaften ausgetauscht und sich im Haus versteckt, um die Erwachsenen zu belauschen. Meist war es Meggie, die ihre Schützlinge dann hinter einem Vorhang entdeckte und deren

Ermittlungsarbeit abrupt beendete, indem sie die kleinen Verschwörer aus ihrem Versteck zog. Bestraft wurde aber immer nur Niels, niemals Gesa. Sie war schließlich Meggies »süßes Pusselchen«; wie eine eigene kleine Tochter für das Kindermädchen.

Kommissar Onnen räusperte sich. »Wir haben letzte Nacht einen Tatverdächtigen festgenommen. Der junge Mann war ziemlich betrunken und hat nahe dem Pier in der Uferböschung gelegen. Bislang ist er leider nicht vernehmungsfähig. Der einzelne Stich ins Herz könnte bedeuten, dass Ihr Bruder seinen Mörder gekannt hat, vielleicht war er am Anleger mit ihm verabredet. Vermutlich war er völlig arglos, sonst hätte er den Täter nicht so nah herangelassen. Die Kollegen von der Spurensicherung suchen noch im Hotelzimmer Ihres Bruders nach Hinweisen.« Der Polizist musterte Gesa. »Könnte es sein, dass Niels zurückkommen wollte«, fragte er unvermittelt, »vielleicht sogar zurück in die Firma?«

»In die Firma? Wie kommen Sie darauf?«, erwiderte Gesa erstaunt. »Er hat Nordenham Hals über Kopf verlassen, wieso sollte er plötzlich zurückkommen wollen?«

»Nun, unsere ersten Ermittlungen haben ergeben, dass Ihr Bruder sich mit Herrn Thormälen getroffen hat. Wir haben bislang nur seine Frau erreichen können und warten dringend auf seinen Rückruf.«

Christoph Thormälen war der Rechtsanwalt des Unternehmens und Gesa damals wie heute ein wichtiger Vertrauter; zudem ein enger Freund ihres verstorbenen Vaters. Wieso sollte Christoph sich hinter ihrem Rücken mit Niels treffen?

»Sagen Sie«, begann der Kommissar langsam, »wäre es denn ein Problem für Sie gewesen, wenn Ihr Bruder zurückgekehrt wäre? Immerhin hätte er Ansprüche anmelden können und die Firma ist doch in den letzten Jahren sehr im Wert gestiegen.«

»Natürlich nicht!« Gesa war empört. »Im Gegenteil, ich hätte mich gefreut, wenn er in die Firma mit eingestiegen wäre.«

Onnen nickte, doch in seinem Gesicht zeigte sich Skepsis.

Endlich ging der Kommissar; aber der Zettel lag wie eine codierte Nachricht aus dem Totenreich auf ihrem Couchtisch: 53 28 48 N 08 29 18 E 8PM – GKG.

»Kann ich irgendetwas für dich tun?« Meggie stand mit geröteten Augen neben ihr und schnäuzte sich lautstark die Nase. »Schrecklich. Das ist alles so schrecklich.« Abermals blies sie in ihr Taschentuch. »Warum hat Niels sich nicht bei uns gemeldet? Er musste doch nicht im *Hotel Am Markt* schlafen. Ich hätte ihm eins der Zimmer hergerichtet und …«

»Vielen Dank, Meggie«, unterbrach Gesa den verzweifelten Redefluss ihrer Haushälterin. »Das Beste wird sein, du machst für heute Feierabend. Lass uns den Schock erst mal verdauen und dann sehen wir weiter.« Sie musste dringend allein sein. Nachdenken, den Code entziffern und natürlich mit Christoph sprechen – möglichst bevor es die Polizei tat. Widerstrebend und nicht ohne es sich nehmen zu lassen noch einen Mittagssnack für Gesa vorzubereiten, verließ Meggie eine Stunde später endlich das Haus.

Als Gesa am späten Nachmittag wieder zu Hause war, mixte sie sich einen Gin Tonic, setzte sich in den Liegestuhl und überdachte ihre Recherchen. 53 28 48 N 08 29 18 E 8PM – GKG. Der Portier an der Rezeption des Hotels konnte sich gut an den merkwürdigen Anruf erinnern. Ja, eine Frau hätte ihm die Nachricht am Freitagmorgen telefonisch diktiert und gebeten, diese umgehend Herrn Ahlers zu überbringen. Er fand den Gast im Frühstücksraum und gab ihm den Zettel. Ja, er hatte den Eindruck, dass Herr Ahlers nach kurzem Zögern verstand, was die komischen Nummern bedeuten sollten, und dass er sich sogar – das war nicht zu übersehen – sehr darüber gefreut hatte. Herr Ahlers habe sich bedankt und ihm zehn Euro Trinkgeld gegeben. Gesa hatte im *Hotel Am Markt* noch mehr über den Aufenthalt ihres Bruders erfahren: Am Mittwochabend eingecheckt, am Donnerstagmittag Treffen mit Thormälen im Bistro; laut der Kellnerin hatten die beiden eine lange Unterredung. Abends saß Niels allein an der Hotelbar und führte ein kurzes Telefonat. Der Barkeeper meinte, er hätte sehr vertraut mit jemandem gesprochen und seinen Besuch für den nächsten Tag angekündigt. Das wäre dann der Freitag gewesen, resümierte Gesa und ließ das Eis in ihrem Gin Tonic klimpern. Der Tag, an dem Niels am Morgen die codierte Nachricht bekommen hatte und am Abend am Ochsenpier erstochen aufgefunden worden war. Gesa schlug sich an die Stirn. Natürlich! Sie griff nach dem Zettel und ergänzte die Zahlen um ein paar Striche und Kreise. 53°28'48" N 08°29'18" E. Sie musste blind gewesen sein, so oft hatten sie sich dort früher verbotenerweise zum Baden verabredet! Das war exakt die Position des Leuchtfeuers am Union-Pier; wichtig für die Orientierung von Schiffen entlang der Küstenlinie. Und der Mörder hatte Niels genau dorthin bestellt. 8 PM – acht Uhr abends. GKG – Gruß Kuss Gesa. Kein Wunder, dass Niels völlig arglos war, genau wie Hanno Onnen vermutet hatte. Ihr Bruder musste geglaubt haben, sie wäre es gewesen, die sich dort mit ihm treffen wollte.

Gesa tippte sofort die Nummer des Kommissars in den Hörer, als just das Telefon klingelte. Im Display stand der Name ihres Anwalts: Christoph Thormälen. Sie nahm ab.

»Ich habe es eben von meiner Frau erfahren, Gesa. Es tut mir so leid für dich. Bevor ich mich bei der Polizei melde, wollte ich aber erst kurz mit dir sprechen. Niels hat mich vor ein paar Tagen angerufen und um Hilfe gebeten. Er hat in den Semesterferien damals, in dem Jahr nach dem Tod eurer Eltern, in Nordenham eine junge Frau angefahren und schwer verletzt. Er ist kurz aus dem Wagen gestiegen, hielt das Opfer für tot und fuhr weg. Klare Fahrerflucht. Allerdings war die Frau nicht tot. Sie lag zwar monatelang im Koma, aber sie überlebte und ist inzwischen eine erfolgreiche Malerin. Im Rahmen einer Reportage hat sie über ihren persönlichen Werdegang berichtet. Diese Sendung hat Niels vor ein paar Wochen zufällig gesehen, die Daten überprüft und so erfahren, dass die Frau noch lebt. Schuldgefühle und Scham angesichts seiner Feigheit, so fasste er es mir gegenüber zusammen.«

Das erklärte zwar, warum Niels damals plötzlich verschwand, überlegte Gesa, ließ aber ebenso viele Fragen offen.

»Er wollte sich stellen und ich hätte ihn am Montag als sein Anwalt auf das Präsidium begleitet.« Sie hörte ihn am anderen Ende der Leitung schwer schlucken. »Niels lebte die letzten drei Jahre in Schottland. Mit seiner Freundin hat er eine kleine Pension an der Ostküste gekauft. Sie wollten demnächst heiraten und haben einen einjährigen Sohn, Robert, benannt nach eurem Vater. Ich denke, das waren die Gründe, warum er reinen Tisch mit der Vergangenheit machen wollte.«

Gesa wärmte das Essen auf, das Meggie für sie vorbereitet hatte, und nahm es mit auf die Terrasse. Es schmeckte fade. Sie stocherte in dem Fisch und überlegte, ob sie tatsächlich noch bei der Polizei anrufen sollte. Dass sie eigene Ermittlungen angestellt hatte, würde Kommissar Onnen – so nett er auch war – vermutlich nicht gutheißen. Und dann die Fahrerflucht. Wieso hatte sich Niels in all den Jahren nie jemandem anvertraut? Als das Telefon erneut klingelte, nahm Gesa automatisch ab.

»Frau Ahlers, Onnen hier.« Es rauschte in der Leitung, offenbar rief er sie vom Auto aus an. »Wir haben den jungen Mann entlassen. Er ist unschuldig, aber er hat eine wichtige Beobachtung gemacht. Er will gesehen haben, wie sich Niels mit einer älteren Frau am Pier getroffen hat. Angeblich haben die beiden sich herzlich umarmt, dann ist Ihr Bruder in sich zusammengesackt. Haben Sie eine Idee, um wen es sich bei der Dame handeln könnte?«

»Nein, tut mir leid, Herr Kommissar. Aber ich habe die Nachricht auf dem Zettel entschlüsselt.« Sie erzählte ihm von ihrem Besuch im *Hotel Am Markt*, der Verabredung in ihrem Namen am Ochsenpier und dem Telefonat mit Christoph.

»Sie könnten bei uns anfangen«, scherzte Onnen. »Thormälen hat mich inzwischen erreicht und er hat mir etwas erzählt, das mir zu denken gibt. Wussten Sie, dass es Margarete Freese war, die seinerzeit Ihrem Bruder geraten hatte, das Land zu verlassen – und ihn wohl auch in dem Glauben ließ, die Frau, die er angefahren hatte, sei tot? Dann habe ich da noch eine Frage. Sie sind direkt zum *Hotel Am Markt* gefahren, sagten Sie. Woher wussten Sie eigentlich, dass Ihr Bruder dort abgestiegen war?«

»Was soll das? Von Ihnen natürlich.« Gesa wunderte sich über den eigentümlichen Verlauf, den das Gespräch nahm, und fragte sich, worauf Onnen eigentlich hinauswollte.

»Nein, von mir ganz sicher nicht«, beteuerte er.

»Dann muss meine Haushälterin es erwähnt haben.«

»Ihr Bruder hat am Donnerstagabend auf Ihrer Festnetznummer angerufen. Das Telefonat dauerte genau neun Minuten. Haben Sie mit ihm gesprochen, Frau Ahlers?«

Die Fragen des Kommissars trafen sie wie Messerstiche. »Ich war an dem Abend gar nicht zu Hause«, blaffte Gesa in den Hörer. Aber Meggie! Sie erschrak, als ihre Haushälterin plötzlich auf die Terrasse trat. In der rechten Hand hielt sie ein scharfes Tranchiermesser.

»Ich bin deine Familie. Nur ich allein! Ich hab mich immer um dich gekümmert!« Ihr ehemaliges Kindermädchen hob drohend das Messer und kam langsam auf sie zu.

»Meggie, das ist doch total verrückt!« Gesa wich zurück, der Telefonhörer fiel zu Boden und für einen kurzen Augenblick schien die Zeit stillzustehen. Dann passierte plötzlich alles auf einmal. Sie hörte das Holz der Eingangstür bersten, die Rufe der Polizisten in der Diele und Onnen, der durch den Wintergarten gehetzt war, schlug Meggie die Waffe aus der Hand. Das Messer schlidderte über die Steine und plumpste in den Pool. Die Handschellen klickten und die ihr so vertraute Mörderin wurde abgeführt.

Gesa blieb auf der Terrasse sitzen und schwieg.

»Nach dem Telefonat mit Niels am Donnerstagabend hatte Frau Freese panische Angst davor, Sie zu verlieren.« Onnen bemühte sich ihr das Unbegreifliche zu erklären. »Ihr Bruder wollte alles aufklären und Freese wäre mit ihren Lügen aufgeflogen. Außerdem haben Sie nun einen kleinen Neffen und eine Schwägerin – genau die Familie, als die sich Ihre Haushälterin gesehen hat.« Onnen zog sich einen Gartenstuhl heran. »Die Frage mag Ihnen etwas merkwürdig erscheinen, aber hatten Sie in den letzten Jahren ungewöhnliche Todesfälle oder Unfälle in Ihrem näheren Umfeld?«

»Neben dem meines Verlobten meinen Sie?« Gesa lief ein Schauer über den Rücken, als sie die Tragweite seiner Frage erkannte. »Da fallen mir so drei oder vier weitere ein.«

Onnen schob ihr sein Notizbuch zu. »Es wäre hilfreich, wenn Sie die Namen hier notieren könnten«, bat er höflich.

Ihre Finger waren wie taub, als sie den Stift ansetzte.

Scharade bei Natusch – Ein Krimi in zwei Stimmen

von Marita und Jürgen Alberts

Ich gebe zu, die Idee stammt nicht von mir, aber sie ist genial. Schlicht genial. Ich hab sie noch ein bisschen verfeinert. Wie man bei einem guten Rezept noch eine Kleinigkeit hinzufügt. Ein Spritzer Angostura, eine Prise Vanille, etwas Sternanis. Sie merken schon, ich verstehe was vom Essen. Schließlich hab ich früher in den feinsten Häusern gespeist und weiß, wann ein Essen ein Genuss oder bloße Sättigung ist. Meine Geschäftspartner haben mich oft dafür gelobt. Viele Abschlüsse sind schneller zustande gekommen, weil ja alle zum Essen wollten. Ist halt so in meiner Spielklasse. Oder besser: Es war so. Viele, viele Jahre.

Dass es immer mich treffen muss. Es ist zum Kotzen. Sieben Bankeinbrüche in einem halben Jahr. Und immer die gleiche Masche. Kaum Zeugen, die etwas sagen können. Nur ein paar spärliche Hinweise. Ein Mann mit Pistole, irgend so eine Comic-Maske aufgesetzt – Mickey Mouse, Miss Piggy *– ein dunkler Overall und Elbsegler auf dem Kopf. Ein Zeuge will gesehen haben, dass der Bankräuber mit einem Motorrad davonbrauste. Die Nummer hatte er nur halb behalten. Immer alles in meinem Revier. Wir haben schon Wetten abgeschlossen, in welcher Verkleidung er das nächste Mal auftaucht: Froschkönig oder Schneewittchen.*

Essen gehen ist eine Marotte von mir geworden. Ich bin da durchaus wählerisch. Möchte schon genau wissen, welche Produkte verwandt werden, ob die Zubereitung besonders schonend ist. Sie können jedes Gemüse oder Fleisch in Grund und Boden kochen. Und das passiert millionenfach, täglich. Sehen Sie sich mal in den Supermärkten um, Fast Food regalweise. So was esse ich nicht. Essen gehen muss man sich leisten können. Ich konnte es plötzlich nicht mehr. Also musste eine Idee her. Von Hartz 4 können Sie nicht vornehm speisen. Das reicht nicht mal, eine anständige Flasche Wein zu kaufen.

Als ich Verstärkung anforderte, um diesem Bankräuber das Handwerk zu legen, hab ich nur Spott geerntet. Sollen wir jetzt alle Filialen in Bremerhaven und Umgebung unter Polizeischutz stellen? Sollen wir überall Video-Überwachung installieren? Nicht gerade legal! Die vier Leute, die ich in meinem Dezernat habe, sind auch nicht die größten Leuchten. Nix gegen die Kollegen. Wir sind einfach unterbesetzt. Bei der Menge von Hauseinbrüchen, Fahrraddiebstählen, Auto-Klau täglich. Und wenn man so gar keine Hinweise bekommt, wie im Fall des Bankräubers, dann kann man schon mal in eine Krise geraten.

Ich hatte mir das Rentnerleben so schön vorgestellt. Immer genügend Geld auf der Naht, niemals knausern müssen, alles gleich bezahlen und auf gar keinen Fall Schulden auftürmen. Und dann kam ein Schlag nach dem anderen: Entlassung wegen betrieblicher Einsparungen, ich war der älteste Mitarbeiter und dennoch haben sie mich geschasst. Zu enge Bindung an die Geschäftspartner und zu hohe Spesenrechnungen. Die Bankenkrise: Mein gut angelegtes Geld war innerhalb von drei, vier Wochen nicht mal mehr das Papier wert, auf dem die Fonds und Obligationen gedruckt wurden. Nach der gesetzlichen Frist musste ich von Hartz 4 existieren. Bis ich auf die Idee mit den Bankeinbrüchen kam. Ich hole mir übrigens nur das Geld wieder, was ich dank der falschen Beratung durch die Bankmenschen verloren habe. In kleinen Tranchen.

Die beklauten Banken spielen nur bedingt mit, weil die Summen, die dieser Bankräuber haben will, so lächerlich sind. Mal will er zweitausend, mal dreitausend Euro, niemals mehr. Deswegen ist die Belohnung für die Ergreifung des Täters auch so gering. Aber was das Schlimmste ist, der Bankräuber hat auch noch die Lacher auf seiner Seite. Denn die Medienfritzen lassen sich unverhohlen über die Unfähigkeit der Polizei aus und loben die Gewitztheit des Räubers. Will sich da jemand aufregen? Wegen ein paar Tausend Euro pro Raub.

Die Sache mit der Maske, die hab ich mal in einem Hollywood-Streifen gesehen, gefiel mir ganz gut. Der Overall und die Mütze, die sollen ein bisschen ablenken. Dann wissen die Kassierer schon, wer da kommt und mit der Pistole auf sie zielt. Ich brauche gar nichts mehr zu sagen. Beim letzten Mal fragte mich eine Kassiererin: »Zweitausend sind genug?« Ich hab nur genickt. Die Plastiktüte in meinen Overall gesteckt. Und weg war ich. Dauert nicht mal zwei Minuten. Das Motorrad, das vor der Tür steht, bringt mich zu meinem Auto und dort, Simsalabim, wird aus dem Mann im Monteuranzug ein Gentleman im Zweireiher. Auf dem Weg zu einem Spitzenrestaurant, um dort königlich zu speisen. Diesmal sollte es *Natusch* im Fischereihafen sein. Ein Traditionshaus. Wollte ich immer schon mal hin. Ich saß keine Viertelstunde an dem fein gedeckten Tisch unter den großen Koggen, die bedrohlich an der Decke hängen: Ein Blick zur Tür und ich wusste, jetzt bist du dran.

Manchmal muss man zwei und zwei zusammenzählen. Welche der Filialen hat der Bankräuber noch nicht überfallen. Mit jedem Fischzug verringerte sich die Zahl der möglichen Ziele. Es waren die Filialen von drei Banken, die infrage kamen. Und es gab auch einen zeitlichen Hinweis. Meist nach Ablauf von drei, vier Wochen ging er wieder auf Tour. Und immer kurz vor der Schließung am Donnerstag um 18 Uhr. Mir kam Kommissar Zufall zu Hilfe. Ich bin seiner schweren BMW *gefolgt. Habe gesehen, wie er die* Kermit-*Maske vom Kopf nahm. Im Auto zog er sich um. Sein Ziel: Natusch, das beste Fischrestaurant weit und breit.*

Ja, bitte?

Darf ich mich zu Ihnen setzen?

Ja, nein … sind doch noch jede Menge Plätze frei.

Aber ich sitze immer gerne hier.

Soll ich mich woanders hinsetzen?

Nein, bleiben Sie ruhig. Ich will Sie nicht verdrängen. Haben Sie schon bestellt?

Warum fragen Sie?

Ich brauche eine zweite Meinung.

Ach? Und worüber?

Na, über das Essen natürlich.

Wieso?

Entschuldigung, ich hätte mich gleich vorstellen sollen: Ich bin Theresa Liebeneit, die Restaurantkritikerin.

Ach, ja?

Und mir ist heute mein Essenspartner ausgefallen. Bei der Restaurantkritik kommt es darauf an, dass immer noch ein zweiter, meist männlicher … Sie verstehen.

Und der soll jetzt ich sein?

Wenn es Ihnen nichts ausmacht. – Was haben Sie bestellt?

Vorneweg: 6 Dublaix Felsenaustern mit Rotweinschalotten und als Hauptgericht: Leicht gegrilltes Steak vom »Yellowfin« Thunfisch an roter Currysauce, Pak-Choi-Wokgemüse und Mango-Papaya-Chutney, dazu Venere Reis.

Gute Wahl, klingt interessant. Ich werde etwas anderes bestellen, dann können wir gegenseitig probieren. Wenn Sie damit einverstanden sind...

Wenn Sie meinen. Beim Wein bin ich mir noch etwas unschlüssig.

Das überlasse ich ganz Ihnen!

Ich hatte mich für einen *Geheimrat ›J‹*-Riesling, Spätlese trocken, aus dem Rheingau entschieden, Jahrgang 2010.

Ein sehr guter Jahrgang, finden Sie nicht? – Kommen Sie eigentlich aus Bremerhaven?

Nein, nein.

Aber Sie sind schon ab und an hier? Oder irre ich mich da?

Ab und an schon.

Heißt was? Alle drei, vier Wochen?

Könnte hinkommen.

Ah, Herr Ober, ich habe mich schon entschieden. Ich nehme ein Mineralwasser, sehr kalt. Als Vorspeise die Sushi-Variation und als Hauptgericht gebratene Maischolle, neue Kartoffeln und Salate in Walnussdressing. Danke. – Sie haben noch gar nichts von sich erzählt. Ich schätze, Sie waren im Bankwesen tätig, oder?

Ganz falsch. Ich war Kapitän. Die Streifen sieht man nicht mehr. Mittelmeer, Holzfrachter, dreißig Jahre lang. Deswegen zieht es mich immer wieder ...

Nach Bremerhaven.

Nein, es zieht mich in maritime Restaurants wie dieses hier. Oder die *Schiffergesellschaft* in Lübeck, die *Schifferbörse* in Hamburg, die kennen Sie gewiss.

Ja, doch.

Als Restaurantkritikerin, meine ich, müssten Sie eigentlich …

Hab davon gehört, war aber noch nicht da.

Ich komme aber immer wieder gerne nach Bremerhaven. Unser schönes Museum, da werden die Erinnerungen an die eigene Zeit auf See geweckt, das *Auswandererhaus* … was schauen Sie eigentlich ständig auf die Tür?

Ich war hier verabredet.

Mit wem, wenn ich fragen darf?

Mit Kermit.

Mit wem?

Mit Kermit, *dem Frosch.*

Ist das der Partner, mit dem Sie normalerweise essen gehen?

Nein, nein, dem Frosch aus der Sesamstraße. Dem Frosch mit der Maske…

Toller Film, Edgar Wallace, mit Joachim Fuchsberger und Eddi Arendt, toll. – Scheint aber nicht zu kommen, Ihr Kermit.

Dafür kommen unsere Vorspeisen. Sehen lecker aus. Guten Appetit.

Wünsch ich Ihnen auch. Für eine Restaurantkritikerin haben Sie aber einen ausgefallenen Geschmack: nur Sushis. Mögen das Ihre Leser?

Man muss auch mal ungewöhnliche Wege gehen. Tun Sie doch auch, oder?

Wie meinen Sie das?

Jetzt essen wir erst mal.

Ich hab ihr Bild in der Zeitung gesehen.

Das bleibt nicht aus bei dem Job.

Aber nicht auf der Seite »Gut essen und trinken«.

Da müssen Sie mich verwechselt haben.

So wie Sie mich verwechseln.

Na, das wüsste ich aber. Sie sind der erste Kapitän, mit dem ich rede. Und dann auch noch aus dem Mittelmeer. Von wo nach wo sind Sie denn gefahren?

Immer andere Routen.

Zum Beispiel.

Das würde jetzt zu weit führen. Aber Marseille war häufig der Heimathafen.

Und da haben Sie Holz hingebracht?

Ja, aus Afrika und so. – Die Austern sind übrigens ganz ausgezeichnet. Sie sollten eine probieren.

Aber nur, wenn Sie ein paar Sushis essen und mir dann sagen, was Sie davon halten.

Der Ober könnte eigentlich den Wein bringen, meinen Sie nicht. Ist doch noch wenig los … um diese Uhrzeit.

Haben Sie es eilig?

Wieso?

Sie scheinen mir ein bisschen angespannt zu sein.

Wer? Ich? Nein, ich meine nur der Wein sollte …

Gehen Sie immer so früh essen?

Ich esse gerne zeitig. Ist auch viel gesünder. Dann geht man nicht mit vollem Magen …

Immer donnerstags, kurz nach 18 Uhr.

Wie kommen Sie darauf?

Nur so eine Vermutung! – Und wie sind meine Sushis?

Köstlich, superb, wirklich ausgezeichnet.

Ihre Austern sind nicht ganz mein Fall, aber …

Sowas müssten Sie doch gewöhnt sein …

Wieso?

Als Restaurantkritikerin, meine ich.

Essen denn Kapitäne so gerne Austern?

Bei den Franzosen schon.

Aber in Bremerhaven auch?

Ich schon.

Haben Kapitäne so eine gute Rente?

Es reicht.

Für ein Restaurant wie dieses, meinen Sie?

Dafür auch.

Aber man muss schon ein Bündel Bargeld in der Tasche haben, oder?

Das hilft. Auf jeden Fall möchte ich Sie …

Lassen Sie nur, das geht auf …

Staatskosten?

Wie kommen Sie jetzt darauf?

Wenn ich mir Sie so ansehe, dann steckt auch etwas Beamtiges in Ihnen.

Da täuschen Sie sich, Herr Kapitän.

Ich frage mich die ganze Zeit, ob Sie nur im Nebenberuf Restaurantkritikerin sind.

Und was wäre ich dann im Hauptberuf?

Wollen wir nicht vor dem nächsten Gang …

Ja, was?

Ich nehme Ihnen das Versteckspiel nicht ab.

Ach? Nicht?

Sie sind mehr an mir interessiert als am Essen.

Soll das ein Kompliment sein? Flirten Sie mit mir?

Wo denken Sie hin, Frau …

Ich habe mir Kapitäne immer ganz anders vorgestellt, sehr viel romantischer, mehr so windgegerbt…

Lassen wir doch die Spielchen. Wir sind zwei erwachsene Menschen. Eine Frau und ein Mann. Wir haben uns ein bisschen maskiert, gut, damit kann auch mal Schluss sein. Vergessen Sie einfach, warum Sie sich zu mir gesetzt haben. Ah, da kommt ja der Wein, wunderbar. Stoßen Sie mit mir an. Und das nächste Mal lade ich Sie in ein Restaurant Ihrer Wahl ein. Muss ja nicht unbedingt in Fishtown sein…

Für Elise

von Alexa Stein

18. August 1933

Karl lag auf der schmalen Pritsche und lauschte. Jeder Stiefelabsatz draußen auf dem Gang war ein Tritt in seine Magengrube. Er wusste, dass er nicht lange hier im Gefängnis im Bremer Amt bleiben würde. Längst hatte sich herumgesprochen, wozu man das alte Minensuchboot wirklich nach Bremerhaven gebracht hatte.

In den frühen Morgenstunden verharrten die Stiefel vor seiner Zellentür. Überdeutlich hörte er das Klirren des Schüsselbundes, das Aufschließen der Tür.

Als sie ihn auf das Schiff brachten, blickten einige der Hafenarbeiter müde zu ihnen herüber. Der Hilfspolizist, der hinter Karl ging, versetzte ihm einen Schlag mit dem Gummiknüppel und Karl stolperte vorwärts, hinüber zu dem behelfsmäßigen Aufbau, hinten am Deck des Schiffes.

Am Schreibtisch, der den kleinen Raum fast vollständig ausfüllte, saß ein SA-Beamter und lächelte ihn freundlich an. Karl zwang sich, ihm fest in die Augen zu sehen.

»Wollen Sie es sich nicht doch überlegen, Herr Mascheck. Ihre Mithilfe würde sich positiv auf das Urteil auswirken.«

»Ich habe nichts zu gestehen«, antwortete Karl und war selbst überrascht, wie fest seine Stimme klang.

»Ganz wie Sie wünschen«, sagte der Beamte zu Karl, während die beiden Hilfspolizisten ihn in ihre Mitte nahmen und unter Deck brachten.

Acht Männer befanden sich in der Kajüte, alle in Uniform mit schwarzer Hose und schweren Schnürstiefeln. Die Gesichter abgewandt, standen sie mit dem Rücken an den Wänden, zwischen ihnen befand sich ein niedriger Holztisch. Ehe sie Karl hineinstießen und auf den Tisch warfen, zogen sie ihm einen Leinensack über den Kopf.

Karl konnte nicht sagen, wie viele Schläge er abbekommen hatte, ehe er endlich das Bewusstsein verlor.

Mit einem Schwall brackigem Wasser holten sie ihn zurück, begannen erneut auf ihn einzudreschen. Karl fiel vom Tisch und als man ihn zurückhieven wollte, rutschte der Sack von seinem Kopf. Einer der Männer bückte sich, um ihn Karl wieder überzustülpen. Karls Augen waren fast zugeschwollen, brannten vom Blut und vom Wasser, dennoch erkannte er den Mann und lächelte ihm hoffnungsvoll zu.

3. März 1933
Franz lehnte an einer Hauswand. Die Hände in den Hosentaschen, die Mütze tief ins Gesicht gezogen, kaute er auf einem kleinen Stück Holz herum. Niemand der unzähligen Menschen, die mit Trommeln und Pfeifen an ihm vorbei Richtung Leher Marktplatz zogen, beachtete ihn. Tausende mussten es sein, die sich der Demonstration gegen die Faschisten angeschlossen hatten, nachdem am Morgen des 28. Februar zwei Nazis einen Reichsbannermann auf dem Marktplatz niedergestochen hatten.

Schneid haben sie, dachte Franz, das musste er ihnen lassen. Aber mehr noch als Mut, gehörte zu so etwas eine gehörige Portion Dummheit. Wenn sie noch immer nicht begriffen hatten, wer die neuen Herren im Land waren, dann war ihnen nicht zu helfen. Man konnte mit dem Strom schwimmen oder dagegen, natürlich. Aber es war nicht schwer zu erraten, wer den längeren Atem haben würde. Er selbst wäre jedenfalls ohne die NSDAP heute noch arbeitslos und müsste sich von diesen arroganten

Gewerkschaftern auslachen lassen. Die mit ihren hohlen Reden! Von wegen Solidarität und Gleichheit für alle. Ja, Gleichheit unter den Arbeitern, nur was war mit denen, die keine Arbeit hatten? Die interessierten sie nicht. Dagegen forderten sie immer kürzere Arbeitszeiten und höhere Löhne. Und hungerten damit auch noch die Industrie aus. Franz wusste, wie die tickten. Die und das rote Pack von der KPD.

Franz spuckte das Holz auf den Gehweg und wollte weiterziehen, als ihm auf der anderen Seite der Straße ein schlanker Frauenkörper ins Auge fiel. Sie stand mit dem Rücken zu ihm, trotzdem erkannte er sie. Das lange goldglänzende Haar, die schmale Taille. Elise. Seine Elise. Leider sah sie das seit ein paar Wochen anders. Aber die Umstände hatten sich inzwischen geändert, jetzt hatte er wieder Arbeit, eine Zukunft. Eine Zukunft für sie beide.

Er winkte Elise zu, doch die Menschenmenge versperrte ihr die Sicht. Franz drängelte sich hindurch. Als er auf der anderen Seite ankam, war Elise verschwunden. Er sah sich um, erblickte sie schließlich mittendrin, am Arm eines anderen Mannes. Er kannte auch ihn. Die dürre Gestalt mit dem Brillengestell auf der zu langen Nase. Karl. Else, er und Karl waren in derselben Straße aufgewachsen, bis Karl mit seinen Eltern in das Pottlappenviertel gezogen war, damals waren sie vierzehn.

4. März 1933

Franz war nervös. Er stand vor Elises kleiner Einzimmerwohnung, jeden Augenblick musste sie von der Schule zurückkommen, in der sie unterrichtete. Er hatte Blumen dabei und sogar Pralinen. Als Elise die Treppe nach oben kam, wirkte sie verwundert, dann lächelte sie, bat ihn herein.

Sie setzten sich an den Tisch, der sowohl als Schreibtisch wie als Esstisch diente. Ehe Franz sagen konnte, wozu er gekommen war, nahm sie sein Anliegen vorweg.

»Franz, ich mag dich, das weißt du. Alles andere ist vorbei. Akzeptiere es bitte.«

Franz senkte den Blick, seine Hände kneteten den Rand seiner Mütze, die auf seinem Schoß lag. »Ich hab wieder Arbeit«, sagte er, »gut bezahlte Arbeit und eine Wohnung.«

Elise lächelte. »Das freut mich für dich«, sagte sie.

»Es sollte dich für uns freuen.«

Elise schüttelte den Kopf. »Sei doch vernünftig.«

Franz stand auf. »Es ist Karl, er hat dir den Kopf verdreht, dieser kommunistische Aufwiegler. Ich versteh nicht, was du mit so einem zu schaffen hast.«

Elise sah ihn traurig an. »Ihr wart Freunde und er spricht immer gut über dich.« Elise stand ebenfalls auf, legte ihre Hand auf seinen Arm. Franz entzog ihn ihr mit einem Ruck. »Spar dir dein Mitleid«, sagte er und verließ die Wohnung.

Am Abend betrank er sich mit seinen neuen Kollegen in einer der Hafenkneipen. Jedes Bier, jeder Schnaps, jedes Schulterklopfen seiner neuen Kumpel bestätigte ihn in seiner Wut. Sie wird schon sehen, was sie davon hat, dachte er und wankte nach Hause. Dort erstellte er eine Liste. Fünf Namen und Adressen enthielt sie, wichtig war nur einer davon. Gleich am nächsten Morgen legte er sie seinem Vorgesetzten auf den Schreibtisch.

»Krause«, sagte dieser, »aus Ihnen kann noch was Großes werden, so was hab ich im Gespür. Weiter so, Kamerad.«

Franz schlug die Hacken seiner frisch gewienerten Schnürstiefel zusammen, hob die Hand zum Hitlergruß und verabschiedete sich. Der Stolz auf das Lob betäubte sein Unbehagen. Er tat es für Elise, redete er sich ein. Um sie zu schützen, bevor dieses Kommunistenpack sie noch tiefer in seine Machenschaften hineinzog.

18. August 1933
Vor zwei Tagen hatte man Franz für den vorbereitenden Verhördienst eingeteilt. Seit das Minensuchboot umgerüstet worden war, war auch der Personalbedarf gestiegen. Er versuchte sich rauszureden. Es ekelte ihn an, aber er wagte keinen Widerspruch. Er tröstete sich mit den Worten seines Vorgesetzten, es seien alles Verbrecher, Verräter, sie hätten es nicht anders verdient. Dennoch waren seine Schritte schwer, als er an Bord des alten Minensuchers ging, der nun an der Westseite des Neuen Hafens festgemacht hatte. Das Gespensterschiff, wie alle es unlängst nannten. Es war von seinem vorherigen Liegeplatz nahe der Verbindungsbrücke und der Schleusenstraße entfernt worden, weil die Anwohner der Schleusenstraße sich durch die Schreie vom Schiff gestört gefühlt hatten.

Sie waren zu acht im unteren Verhörraum. Der erste Gefangene war gerade an Bord gebracht worden. Wer es war, wusste keiner von ihnen. Sie wussten, was sie zu tun hatten, wenn er zu ihnen gebracht wurde, mehr interessierte sie nicht.

Franz hatte ein Kupferkabel in der Hand, damit fiel es ihm leichter zuzuschlagen als mit dem Gummiknüppel. Man musste nicht so nah ran, spürte nicht so deutlich, wie die Schläge auf dem Körper aufprallten.

Der Delinquent schrie bei den ersten Schlägen laut auf, dann war nur noch Stöhnen und Röcheln zu vernehmen. Nach ein paar Minuten war Stille. Einer der Kameraden nahm den Eimer und schüttete ihn über dem Bewusstlosen aus, der kurz darauf zu husten begann. Diesmal versuchte er die Schläge abzuwehren und rutschte vom Tisch. Gelächter erfüllte den Raum, Franz stimmte mit ein, ganz automatisch. Als jemand den Gefangenen zurückhieven wollte, rutschte diesem der Leinensack vom Kopf.

Franz erkannte Karl erst, als dieser ihn anlächelte. Erschrocken wich Franz zurück. Er umklammerte das Kupferkabel, alle Blicke waren auf ihn gerichtet. Er schlug nicht zu, stattdessen trat er Karl mit aller Kraft, die ihm die Verzweiflung verlieh, gegen den Kopf.

Karl war nicht sofort tot, man brachte ihn zurück in das Polizeigefängnis und von dort ins Krankenhaus, wo er wenige Stunden später verstarb. Es gab eine Aktennotiz über den Tod des Gefangenen, nicht über die Ursache. Franz' Vorgesetzter ermahnte ihn beiläufig, dass so etwas nicht zu häufig passieren sollte, wegen des Geredes. Franz nickte stumm.

22. August 1933

Franz wartete am Tage von Karls Beerdigung vor dem Friedhof auf Elise. Er wollte ihr sein Beileid ausdrücken. Es kam mehr von Herzen, als er es sich je eingestanden hätte. Elise lud ihn ein, mit zum Trauermahl zu kommen. Er schöpfte Hoffnung, es könnte zwischen ihnen werden wie früher. Er müsse ihr nur ein wenig Zeit geben. Gras über die Sache wachsen lassen.

12. Oktober 1933

Franz hatte einen Termin beim Kommandanten, der ihn sogar aufforderte sich zu setzen. Ein gutes Zeichen, dachte Franz, die Versetzung weg von hier, endlich.

Sein Vorgesetzter zog eine Mappe hervor, legte sie vor sich, als es an der Tür klopfte. Ein Offizier bat um eine kurze Unterredung und der Kommandant entschuldigte sich für einen Augenblick.

Franz blieb im Büro auf dem Deck des Gespensterschiffes alleine zurück. Seine Hände wurden feucht, er wusste, was sich in dieser Mappe befand. Er blickte sich kurz zur geschlossenen Tür um, dann griff er zu. Er holte eine Liste nach der anderen hervor, überflog Namen für Namen. Beim dritten Blatt stockte ihm der Atem.

Er steckte die Liste ein, ging kommentarlos an seinem Vorgesetzten und dessen Gesprächspartner vorbei und verließ das Schiff. Mit Glück würde er es nie wieder betreten, wenn doch, dann mit einem Leinensack über dem Kopf.

Er musste es tun, er musste Elise retten, sie von hier wegbringen. Er würde ihr die Liste zeigen. Jetzt endlich musste sie verstehen, in welche Gefahr Karl sie gebracht hatte und was er, Franz, bereit war für sie zu opfern. Er würde gleich zu ihr gehen, sie würden zusammen Bremerhaven verlassen, vielleicht sogar das Land, von ihm aus auch nach Russland. Ihm war egal, wohin, Hauptsache, sie wären zusammen.

Franz hatte Glück, Elise war zu Hause. Er wartete nicht, bis sie in der Wohnung waren. Er zeigte ihr die Liste und sagte: »Jetzt siehst du, was Karl dir eingebrockt hat.«

Elise starrte ihn an. »Wie kommst du zu so einer Liste?«

»Was spielt das jetzt für eine Rolle?«, fragte er. »Verstehst du denn nicht, was es bedeutet?«

»Dann ist es tatsächlich wahr«, sagte sie. »Ich wollte es nicht glauben, als man es mir erzählte, dass du dort arbeitest. Wie kannst du so etwas tun. Hast du etwas mit Karls Tod zu schaffen?«

Franz blickte betreten zu Boden, er brachte es nicht über sich, sie zu belügen. »Du musst von hier verschwinden«, sagte er und drückte ihr das zusammengefaltete Stück Papier in die Hand. »Sie werden dich holen.«

Statt einer Antwort drehte Elise sich um und knallte die Tür hinter sich zu.

Franz versuchte erst gar nicht noch einmal mit Elise zu sprechen. Schon als Kind war sie stur wie ein Maulesel gewesen. Damals hatte er sie für ihren festen Willen bewundert. Heute weiß er, dass es Dummheit ist. Sie weiß nicht, worauf sie sich eingelassen hatte. Was sie mit ihr machen würden.

Zu Hause wartete er, bis es weit nach Mitternacht war, dann verließ er seine Wohnung.

Es war einfacher, als er erwartet hatte. Das Schloss leistete kaum Widerstand. Elise schlief tief und fest. Dennoch hielt er ihr den Mund zu, ehe er zustach. Er hüllte sie in seinen Mantel, nahm sie auf die Arme und trug sie nach unten. Kein Mensch war zu sehen, als er sie sachte in die Handkarre legte und zudeckte.

Gemeinsam mit ihr machte er sich auf den Weg zur Weser, zu der Stelle, an der sie als Kinder gebadet hatten. Elise, Karl und er. Unbeschwert und glücklich, wichtig war nur ihre Freundschaft und das Gefühl frei zu sein.

Er presste Elise an sich, atmete den Duft ihres Haares ein, das immer noch nach Sommer roch. Dann ging er Schritt für Schritt ins Wasser. Es war kalt, aber er würde nicht lange frieren müssen.

In der Wellenkammer

von Volker Heigenmooser
mit Gruß an Uwe Friesel

Welch eine geniale Idee! Dass ich als gebürtiger Bremerhavener da nicht selbst darauf gekommen bin. Aber wie so oft sieht man das Naheliegende nicht und muss erst von anderen, die die Dinge mit fremdem Blick sehen, darauf gestoßen werden. Was die Wellenkammer betrifft, so hat vor vielen Jahren der damalige Schriftstellerverbandsvorsitzende und Krimiautor Uwe Friesel bei einem Besuch in Bremerhaven davon erzählt, er habe den damals noch vergleichsweise kleinen Containerterminal besichtigen können. Dabei sei er auch in der Wellenkammer gewesen, ein prächtiger Ort, um – zumindest literarisch – eine Leiche zu verstecken. Als ich gefragt wurde, ob ich auch etwas zu der Anthologie *Tödliche Untiefen* beitragen wollte, fiel mir die Idee Uwe Friesels ein und ich sagte zu, einen Kurzkrimi über die Wellenkammer unter dem Bremerhavener Containerterminal zu schreiben.

Wenn man über einen Ort schreibt, den man noch nicht kennt, gehören die Recherche und die Erkundung der örtlichen Gegebenheiten zu den Voraussetzungen, um literarisch ein realistisches Umfeld zu schaffen. Also rief ich den Pressesprecher von *Bremen Ports* an, die für die Infrastruktur des Hafens zuständige Gesellschaft. Ihn fragte ich, ob es möglich sei, die Wellenkammer unter dem Containerterminal zu besichtigen. Gehört hätte ich von dem eindrucksvollen Bauwerk ja schon viel, doch gesehen und begangen hätte ich es noch nie. Der Pressesprecher wartete sofort mit einer ganzen Menge an Informationen auf: Der Containerterminal in Bremerhaven sei mit fast fünf Kilometern die längste durchgehende Kaje weltweit. Seit der *CT4*, so kürzt man den vierten Bauabschnitt des Containerterminals ab, 2008 fertiggestellt worden sei, würden ungefähr sechs Millionen Standardcontainer jährlich in Bremerhaven umgeschlagen. Damit ist Bremerhaven der viertgrößte Hafen Europas.

Nun, das war für mich nichts Neues. Also fragte ich, wie es mit der Wellenkammer sei, ob ich sie zum Zweck der Recherche für einen Kurzkrimi besichtigen könne. Da ich von diesem Ort schon manch Mysteriöses gehört hätte, würde ich ihn gern mal persönlich in Augenschein nehmen.

Der Pressesprecher versprach, sich um mein Anliegen zu kümmern und mich zurückzurufen. Während der nächsten Tage, in denen ich auf seinen Rückruf wartete, malte ich mir eine Geschichte aus, zu der ich die Wellenkammer nutzen wollte. Auf jeden Fall wollte ich dort eine Leiche platzieren. Doch ich hatte noch keine Vorstellung davon, wie eine Leiche dorthin kommen könnte. Könnte man sie über den Landweg, also über den Containerterminal, oder über den Seeweg, also von einem Schiff aus, dort ablegen? Könnte die Wellenkammer möglicherweise als Depot von Schmuggelware genutzt werden? Könnte es beim Abtransport der Ware eine Auseinandersetzung gegeben haben, bei der einer der Kontrahenten zu Tode kam? Von der Besichtigung der Wellenkammer hing natürlich ab, was für eine Geschichte ich rund um die Leiche erfinden könnte. Mir war klar, dass nach 9/11, dem Anschlag auf die Türme des *World Trade Centers* in New York, auch der Hafen, vor allem auf Verlangen der USA, zu einer Sicherheitszone aufgerüstet wurde. Die Zäune sind mittlerweile überall mit Stacheldraht und Überwachungskameras bestückt und die Zugänge zu den Hafenanlagen werden genau kontrolliert. Damit wahrscheinlich auch der Zugang zur Wellenkammer, den ich irgendwo auf dem Containerterminal vermutete.

Nach gut einer Woche rief der Pressesprecher an. Ich sollte mich am Freitag, dem 8. März, um 10.30 Uhr an der nördlichen Einfahrt des *CT4* einfinden. Dort würde mich ein Mitarbeiter von *Bremen Ports* abholen und mit mir in die Wellenkammer fahren. Diese Auskunft irritierte mich ein wenig: Warum fahren? Die Wellenkammer sei so groß und so lang, dass man sie mit einem Kleinlastwagen abfahre und kontrolliere. Bei einer solchen Kontrollfahrt würde ich mitgenommen, erklärte mir der Pressesprecher. Ich stimmte zu und freute mich auf diese Erkundungstour. Meine Freude wäre sicher etwas getrübt gewesen, wenn ich in den Tidekalender geschaut und zudem noch die Mondphase im Blick gehabt hätte. Doch weder das eine noch das andere war für mich von Belang, weil meine maritimen Interessen sich eigentlich in Grenzen halten. Die einzige Vorbereitung, die ich traf, war, dass ich mich warm anzog. Es war schon tagelang nasskalt und der Wind wehte seit dem Winter kontinuierlich und kräftig, meist aus Nordwest oder aus Südwest. Es wäre gut gewesen, wenn er auch am 8. März aus Südwest geblasen hätte. Denn dann wäre der Wasserstand bei auflaufendem Wasser nicht so hoch gewesen. Doch daran dachte ich natürlich nicht, als ich an diesem Freitagmorgen in mein Auto stieg, um in den Hafen zu fahren. Der Wind blies kräftig aus Nordwest.

Ich wohne in Geestemünde und habe im Prinzip zwei Möglichkeiten ans nördliche Ende des Containerterminals in Weddewarden zu kommen, wohin ich beordert worden war. Der eine Weg führt durch den Hafen, der andere mehr oder weniger weiträumig darum herum. Die Fahrt durch den Hafen hat den Vorteil, dass sie immer interessant ist, weil man dann sehen kann, welche Schiffe gerade dort liegen; sie hat allerdings den Nachteil, dass beim Rangieren der Hafenbahn die Straßen gesperrt sein können. Der andere Weg, von Geestemünde im Süden nach Weddewarden im Norden der Stadt zu kommen, führt über die Stresemannstraße und die Wurster Straße und weiter über die Cherbourger Straße östlich am Hafen vorbei. Doch da wegen der Bauarbeiten für den Hafentunnel an den Kreuzungen Stresemann- und Wurster Straße mit ihren geänderten Abbiegemöglichkeiten und ihren Umleitungen zurzeit eher schwierige Verhältnisse herrschen, kann es vorkommen, dass man auch dort ewig warten muss.

Ich habe mich für die Fahrt durch den Hafen entschieden und bin vorsorglich zehn Minuten früher losgefahren, als die normale Fahrzeit erfordert hätte. Über die Barkhausenstraße ging es zum *Zolltor Roter Sand* mit seinem Nazi-Bau, an dessen Ecke man noch den Reichsadler sehen kann, von dem man nur das Hakenkreuz entfernt hat. Die Hafenein- und -ausfahrt ist nicht zuletzt wegen 9/11 umgebaut worden, um die Kontrollmöglichkeiten zu verbessern. Ich kam zügig voran, keinerlei Hindernisse waren zu sehen. Links und rechts der Straße waren die Plätze wie fast immer voller neuer Autos, die gerade aus Südostasien angelandet worden waren. Vorbei an der »Letzten Kneipe vor New York«, wie sich die Gaststätte *Treffpunkt Kaiserhafen* selbst nennt, eine ziemlich skurrile Kneipe, in der ich früher ziemlich oft war, aber nun schon seit Jahren nicht mehr. Warum, weiß ich nicht. Wahrscheinlich weil die Freunde und Bekannten, mit denen man sich dort treffen konnte, auch nicht mehr hingehen. Manches verändert sich einfach. So wie die *Lloyd Werft*, die heute nur noch eher unspektakuläre Reparaturarbeiten macht, keine legendären

Umbauten mehr wie die der *Queen Elizabeth II*, der »QII«, wie man sie in Bremerhaven liebevoll nannte, auch keine gewaltigen Schiffsverlängerungen mehr, bei denen man das Schiff auseinanderschweißte, eine vorgefertigte Sektion einschwamm und wieder alles zusammenschweißte. Doch wer weiß, vielleicht ändert sich die Lage ja mit dem neuen Großauftrag – das wäre doch schmuck.

Ich fuhr an der Werft vorbei, dann bog ich nach rechts ab und kam am ehemaligen Erzhafen vorbei, der heute ebenfalls Abstellfläche für Autos und andere Fahrzeuge ist. Die frühere Erztransportanlage dient heute als Brücke, um die Autos von den Schiffen zu den Hochregallagern zu fahren, die rechts von der Straße gebaut wurden. Hier standen wie immer Exportautos, meist *BMW*- und *Daimler*-Modelle. Danach wurde es wie immer spannend, weil man dann in den Rangierbereich der Hafenbahn kommt. Ich hatte Glück und konnte ungehindert an der Zufahrt zum Containerterminal mit den Gatehouses vorbeifahren.

Es war erstaunlich wenig Autoverkehr im Hafen. Das lag wohl an der Tageszeit. Es war ein normaler Werktag und gerade kein Schichtwechsel. Doch als ich auf das *Zolltor Nord* zufuhr, wunderte ich mich, dass dort die Autos eine Schlange bildeten. Ich sah Zollbeamte, die ganz offensichtlich einige Fahrzeuge kontrollierten. Hier einen Stau hatte ich noch nie erlebt. An diesem Tag wurde auch ich aufgehalten.

»Haben Sie etwas zu verzollen«, fragte mich der junge Beamte. »Nein, natürlich nicht«, antwortete ich und schob hinterher, dass ich das erste Mal, seit ich in Bremerhaven lebte, und das sei immerhin schon seit meiner Geburt vor 43 Jahren, an dieser Zollgrenze kontrolliert würde. Das beeindruckte den jungen Zollbeamten aber nicht, er schaute nur interessiert in mein Auto, wo er aber nichts entdeckte, was einen Verdacht hätte begründen können.

Er war wohl unschlüssig, ob er mich von seinen Kollegen genauer kontrollieren lassen sollte. Er blickte dann nach links, wo neben der Fahrspur ein PKW mit offenen Türen stand, den mehrere Zöllner durchsuchten. Er sah, dass seine Kollegen vollauf beschäftigt waren. Wohl deshalb ließ er mich weiterfahren. Komisch war diese Kontrolle aber schon. Ob jetzt verstärkt gegen Schmuggler oder Hafenterroristen vorgegangen werden sollte?

Doch meine Aufmerksamkeit war gleich wieder von dem Weg gefangen, der vor mir lag und den ich bisher noch nicht kannte. Hinter dem Zolltor fährt man in ein Trogbauwerk, auf dessen Sohle man links nach Weddewarden abbiegen muss. Bevor man dann den Grauwallkanal erreicht, geht links eine Straße ab, an der mir schon seit Jahren ein Schild mit der Aufschrift »Tagungscontainer CT4« auffiel. Ich dachte immer, dass dies noch ein Hinweis aus der Bauphase des *Containerterminals 4* sei. In diese gut asphaltierte Straße, deren Einfahrt eigentlich gesperrt und nur für Anlieger freigegeben war, bog ich nun ein. Sie führt unmittelbar am Zaun des Containerterminals entlang. Bei dem Zaun handelt es sich um eine Lärmschutzwand, die das seit dem Bau des *CT4* vom Hafen bedrängte Dorf Weddewarden optisch und akustisch abschirmen soll. Der Weg kam mir endlos vor. Links die hohe unüberwindliche Wand, hinter der sich der Containerterminal verbarg, rechts der parallel dazu wegen des *CT4* verlegte Grauwallkanal. Nach zwei bis drei Kilometern machte die Straße eine Kurve nach links, dann führte sie über den Deich, der das Sielbauwerk verlängerte. Nachdem ich die Deichhöhe erreicht hatte, ging es kaum merklich nach unten auf einen mit Spundwänden eingefassten Platz zu, auf dem ein Dienstfahrzeug des Zolls stand. Schon wieder der Zoll! Ich war etwas irritiert. Suchten sie jemanden? Schmuggler?

Das war doch kein Zufall, vorhin die ungewöhnliche Zollkontrolle und jetzt das Zollfahrzeug hier am Nordende des *CT4*! Würden sie mich nun aufhalten oder zumindest befragen? Ich beschloss, dass mich das nichts anging, stellte mein Auto in gehöriger Entfernung von dem Zollfahrzeug ab und stieg aus, ohne in dessen Richtung zu schauen.

Es war kalt und mich fröstelte. Der Wind wehte kräftig aus Nordwest. Im Schlepperhafen lag kein Schiff. Das Wasser war in diesem geschützten Bereich eher ruhig. Aber draußen auf der Außenweser, die dort in die Nordsee übergeht, war das Wasser kabbelig. Ob es auf- oder ablief, konnte ich nicht erkennen. Aber dass es ziemlich hoch stand, war deutlich. Doch ich fühlte mich sicher und überlegte, ob ich mich wieder ins Auto setzen sollte, um auf den Mann zu warten, mit dem ich die Wellenkammer besichtigen konnte. Während ich noch unschlüssig dastand, sah ich einen grauen *VW*-Pritschenwagen über die Deichhöhe kommen. Das Fahrzeug hielt auf mich zu, fuhr aber dann direkt an mir vorbei und stoppte vor einem großen Gittertor, das ich erst jetzt bemerkte. Ich ging auf das Fahrzeug zu. Der Wind blies heftig, ich zog den Reißverschluss meiner *Helly-Hansen*-Jacke zu, sodass der Hals gut geschützt war, und zog mir meine Wollmütze über die Ohren. Es war wirklich ein lausiges Wetter. Aus den Augenwinkeln registrierte ich, dass das Zollfahrzeug langsam wegfuhr. Dann ging die Fahrertür des Pritschenwagens auf und eine Frau stieg aus. Damit hatte ich nicht gerechnet. Sie war riesig. Vielleicht kam sie mir auch nur deshalb so groß vor, weil ich eher ein schmales Hemd bin und es mit Hut gerade mal auf einsfünfundsechzig bringe. Sie kam mir mit ausgestreckter Hand entgegen, schüttelte meine mit festem Druck und lachte freundlich.

»Netti Scholz, aber alle nennen mich die Rote.« Sie grinste und zeigte auf ihre leuchtend roten Haare. »Sie wollen also in die Wellenkammer«, sagte sie und fuhr fort: »Na, dann machen Sie sich mal auf was gefasst. Bitte, steigen Sie ein.« Ich muss zugeben, dass ich nicht ohne Bangigkeit auf diese Tour gegangen bin. Schon in meiner Vorstellung war die Wellenkammer kein Ort, an dem man sich besonders wohlfühlen konnte. Und nun diese Aufforderung. Ich stieg dennoch ein. Die Rote fuhr das Auto näher an das große Gittertor und stieg wieder aus. Es war mit mehreren Schlössern gesichert, die sie nun nacheinander aufschloss und dann das Tor öffnete. Sie fuhr hindurch, stieg erneut aus und verschloss das Tor. Jetzt waren wir also in der Wellenkammer. Gefangen, dachte ich. Wieder im Auto, sagte sie: »Ein bisschen unheimlich, oder?« Das war nicht zu leugnen. »Das war es für mich am Anfang auch«, erzählte sie. »Da sah ich bei meinen Kontrollfahrten schon mal einen Schatten hinter dem einen oder anderen dieser Pfeiler. Kennen Sie so was?« »Ja, ja«, antwortete ich und mir wurde noch unbehaglicher zumute. Langsam fuhr sie durch diesen Tunnel, der mich an Galeriestraßen in den Alpen erinnerte: circa sechs Meter breit, vielleicht zwei bis drei Meter hoch und nach einer Seite hin offen. Fast fünf Kilometer lang, wie sie erläuterte. An die offene Seite schwappte das Wasser. Die Wellenkammer war dazu da, die Wucht der Wellen abzufangen, um so den Containerterminal vor Überflutung zu schützen. So erklärte sie mir das Prinzip der Wellenkammer.

»Wird die Kammer auch überflutet, wenn keine Sturmflut ist?«, fragte ich und wies auf das schwappende Wasser. Die Rote nickte und schaute angestrengt nach vorne. »Ja, heute könnte es wieder passieren, bei Springflut kommt das schon vor.« Springflut – das hätte ich immer für Seemannsgarn gehalten, gestand ich.

»Nee, nee, ist kein Seemannsgarn, ist immer bei Voll- und Neumond. Und hier an der Küste haben wir eine

Springverspätung, ist also immer zwei, drei Tage nach Voll- oder Neumond. Vollmond war am Mittwoch.«

Ich erinnerte mich und erzählte ihr von meinem Vorhaben kriminalliterarisch in dieser Tunnelanlage eine Leiche unterzubringen. Sie lachte.

»An so was habe ich auch schon mal gedacht, aber ich bin ja keine Schriftstellerin.« Und dann sagte sie: »Ein totes Reh habe ich hier mal gefunden. Wie das hier reingekommen ist, konnte sich keiner …« Sie stockte mitten im Satz. »Moment mal«, sagte sie und hielt den Wagen an. Sie nahm ein Fernglas vom Armaturenbrett und schaute in die Tiefe des diffus erleuchteten Tunnels. Weil die Wellenkammer auch ein Seezeichen sei, müsse sie ständig beleuchtet sein, hatte mir die Rote kurz zuvor erklärt. Und nun sah sie durch ihr Fernglas und justierte das Okular. »Da liegt doch was«, sagte sie. »Wollen Sie auch mal schauen?« Sie reichte mir das Glas. Tatsächlich, in mehreren Hundert Metern Entfernung lag etwas.

»Komisch, hier liegt sonst eigentlich nie was«, wunderte sie sich. »Das müssen wir uns mal genauer ansehen.«

Mir wurde mulmig. Was lag da? Das Wasser war inzwischen höher aufgelaufen und schwappte in die Wellenkammer. »Mist«, fluchte die Rote, »heute haben wir eine verdammt hohe Flut.« Sie beschleunigte das Fahrzeug etwas. »Schneller geht es nicht, weil ich nicht ganz rechts fahren kann, wenn hier das Wasser einläuft. Und wenn ich weiter links fahre, schrappe ich mit dem Fahrzeugaufbau an die Decke. Wie Sie sehen, ist die hier leicht geneigt. Ist mal ’nem Kollegen passiert. Das war nicht lustig. Und bei diesem Wasserstand können wir das gleich gar nicht gebrauchen.« Sie klang jetzt nicht mehr so souverän wie bei der Begrüßung.

Wir fuhren auf dieses Etwas zu, das ziemlich genau in der Mitte des Tunnels lag. »Mist«, flüsterte die Rote. »Das liegt ja hinter dem Wendehammer!« Als wir den erreicht hatten, schaute sie noch mal durch ihr Fernglas. »Ich glaube, da liegt ein Mensch. Was meinen Sie?« Sie reichte mir erneut das Glas, das ich mir angestrengt und mit schweißnassen Händen vor die Augen hielt. Kein Zweifel, da lag ein Mensch. Sie überlegte. »Wenn ich bis dorthin fahre, muss ich anschließend zurücksetzen, weil am anderen Ende kein Ausgang ist. Bei diesem Wasserstand ist das schwierig. Ich fahre erst mal nur bis zum Wendehammer.« Bis zu dieser Einbuchtung waren es vielleicht zwei- bis dreihundert Meter. Es war jedoch kein Wendehammer der üblichen Art, in dem man ein Auto mit durchschnittlichem Wendekreis in einem Dreh wenden konnte. Hier müsse man rangieren, erklärte die Rote. Deshalb fuhr sie eine Wagenlänge am Wendehammer vorbei und stoppte. Angestrengt schauten wir nach vorn. Kein Zweifel, da lag ein Mensch. Und er bewegte sich nicht. Er wurde bereits vom Wasser umspült, das pausenlos in die Kammer schwappte.

»Ich muss die Zentrale benachrichtigen«, sagte die Rote und nahm ein Funkgerät aus der Kiste, die auf dem Sitz zwischen uns stand. »Mit dem Handy hat man hier keinen Empfang. Drei Meter dicke Betondecken.« Doch mit dem Funkgerät schien sie auch keinen Empfang zu haben. Mehrmals rief sie: »Hallo Zentrale, hier ist die Rote! Zentrale, bitte melden!« Sie fluchte. »Diese Schnarchsäcke sind bestimmt beim Kaffeetrinken.« Ich zog mein Smartphone aus der Jackentasche und kontrollierte die Feldstärke. Kein einziger Balken war zu erkennen. Hier gab es tatsächlich keinen Empfang. »Sag ich doch«, schnaubte die Rote und rief weiter in ihr Funkgerät. Ich hatte den Eindruck, dass das Wasser in der Wellenkammer stieg. Die Leiche, ich hatte keinerlei Zweifel mehr daran, dass es sich bei dem in etwa zweihundert Metern entfernt liegenden Etwas um einen toten Menschen handelte, lag jetzt vollständig im Wasser. Erst jetzt fiel mir auf, dass rechts von uns ein Schiffsrumpf war. Ich konnte allerdings keine Reling entdecken, denn das Schiff war so groß, dass nur eine schwarze Wand zu sehen war. Ohne Beleuchtung wäre es in der Wellenkammer an dieser Stelle kurz hinter dem Wendehammer stockdunkel. Ich starrte wieder auf dieses Etwas. Es schien sich nun doch zu bewegen.

Endlich meldete sich die Zentrale. Die Rote erläuterte kurz, dass sie glaube, etwa zweihundert Meter südlich des Wendehammers liege eine Leiche in der Wellenkammer.

»Warte, ich informiere die Wasserschutzpolizei. Ich komme gleich wieder«, schnarrte es aus dem Funkgerät.

»Dass wir heute auch so hoch auflaufendes Wasser haben müssen.« Die Rote schüttelte den Kopf, nahm das Fernglas wieder und schaute auf das Etwas, das sich leicht bewegte, wie ich selbst ohne Glas erkennen konnte. »Es bewegt sich«, flüsterte sie. »Wir müssen hin und schauen, was das ist, ob da womöglich jemand Hilfe braucht.« Sie drückte mir wieder das Glas in die Hand, griff hinter ihren Sitz und holte ein Paar Gummistiefel hervor. »Da ist noch ein Paar«, sagte sie. Durch das Fernglas erkannte ich jetzt einen Mann mittleren Alters mit schwarzen Haaren. Er bewegte sich tatsächlich, aber nicht aus eigener Kraft, sondern weil das Wasser ihn hin und her bewegte und ihn schließlich so drehte, dass ich seine starren, geöffneten Augen sehen konnte. »Die Polizei ist unterwegs«, krähte es aus dem Funkgerät. »Lass alles so, wie es ist.«

»Wir haben stark auflaufendes Wasser, wenn das so weitergeht, haben wir hier bald einen halben Meter Wasser. Dann ist die Leiche schnell weg.«

»Dann sichere sie, halte sie fest oder was weiß ich.«

»Was soll ich?«

»Sie festhalten!«

»Das geht nicht, ich muss zum Tor zurück, aufschließen, sonst kommt die Polizei nicht in die Wellenkammer rein.«

»Hast auch recht, stimmt.«

»Ich habe aber einen Schriftsteller hier, dem ich die Wellenkammer zeigen soll, der kann ja hier die Stellung halten, bis ich die Polizei reingelassen habe.«

Mir blieb die Luft weg. Mein Mund war so trocken, dass ich nichts sagen konnte. Nein, ich würde nicht hier bleiben, bei diesem Wind und dem hohen Wasser, das die Leiche immer heftiger bewegte. Ich spürte ein heftiges Ziehen in der Magengegend. »Nein, das kann ich nicht«, bekam ich schließlich krächzend heraus.

»Ziehen Sie bitte die Stiefel an und gehen Sie zu dem Toten. Der tut nichts mehr. Ich fahre zum Tor zurück und lasse die Polizei rein. Das dauert nicht lange.«

»Ich kann nicht.«

»Wollen Sie denn, dass die Leiche weggespült wird?«

Widerwillig zog ich die Gummistiefel an, die mir viel zu groß waren. Mein Herz raste. Mein Magen rumorte. Mein Kopf war so gut wie abgeschaltet. Ich stieg aus. Das Wasser war mindestens knöcheltief. Ich sah vor lauter Wasser nicht, wohin ich trat. Die Rote hatte die Autotür hinter mir zugezogen, wendete das Fahrzeug und fuhr vorsichtig durch das Wasser zum Ausgang. Nach wie vor wehte der Wind stark aus Nordwest. Er pfiff und heulte durch die Wellenkammer. Ich war jetzt mit dem Toten allein. Er lag ungefähr zweihundert Meter von mir entfernt. Und ich hatte große Angst. Schritt für Schritt watete ich durch das Wasser näher an ihn heran. Diese Leiche war alles andere als literarisch, sie war ganz real aus totem Fleisch und verblichenem Blut. In welche Geschichte war ich hier nur geraten?

Plötzlich sah ich hinter einem Pfeiler einen Schatten, eine Bewegung. Ich bekam Panik. Da war noch jemand. Der Mörder, schoss es mir durch den Kopf. Ich drehte mich auf der Stelle um und rannte, so schnell ich mit den unförmigen Gummistiefeln konnte, dem Auto der Roten hinterher. Ich wollte nur noch raus hier, raus aus dieser Wellenkammer und raus aus dieser Geschichte über die Wellenkammer…

Vitae

Marita & Jürgen Alberts, beide Jg. 1946, leben als Schriftsteller in Bremen. Gemeinsam haben sie zahlreiche Reiseromane geschrieben. Jürgen Alberts ist Spiritus rector der Literarischen Asservatenkammer, der ersten deutschen Krimibibliothek in Bremen. Neben anderen Preisen erhielt er 2011 den Ehrenglauser der Krimi-Autorenvereinigung DAS SYNDIKAT. Letzte Veröffentlichungen: *Kriminelles Doppel«* – zusammen mit Maj Sjöwall; *Goethe und das Taubstummenorchester – Zwei Gaunerromane zum Preis von einem*. Im Mai 2014 erschien *Auf ein Mord*, 25 Kriminalstories des Bremer Schriftstellerpaares (alle Bücher im KBV-Verlag). Mehr unter www.juergen-alberts.de

Walter Baitis, Jg. 1967, ist am Oberrhein und zwischen Elbe und Weser aufgewachsen. Nach Ausbildung zum Sparkassenkaufmann neben Beschäftigungen in der Finanzbranche Tätigkeiten in unterschiedlichen Berufsfeldern u.a. als Taxifahrer, Kellner, Verkäufer, Call-Center-Agent und Dozent. Diese Erfahrungen haben den Stoff für zahlreiche Kurzgeschichten geliefert und standen am Beginn seiner schriftstellerischen Tätigkeit. Nach einem Studium der Ökonomie in Bremen ist er heute als Trainer und Coach für eine Bundesbehörde tätig.

Inga Brodersen, Jg. 1970, ist im Schwabenland aufgewachsen. Nach ihrer Ausbildung arbeitete sie mehrere Saisons als Fotografin auf der Nordseeinsel Juist, später freiberuflich in Bremen. Als Quercinsteigerin wechselte sie 2002 in die Tourismusbranche, in der sie bis heute tätig ist. 2011 war sie mit ihrer Kurzgeschichte *megaperle_sensitive* für den Agatha-Christie-Krimipreis nominiert. Nach einigen Kurzkrimis in Anthologien hat sie ihren ersten Kriminalroman *Auf Heller und Pfennig* gemeinsam mit Sonja Höstermann 2014 im Schünemann Verlag in Bremen veröffentlicht.

Edelhard Callies, Jg. 1946, lebt in der niedersächsischen Wesermarsch. Schriftstellerisch tätig seit 1979 mit Lyrik, Kurzgeschichten und Romanen. Diverse Veröffentlichungen in Anthologien und im Internet. Preisträger bei Lyrikwettbewerben. Zahlreiche Lesungen im norddeutschen Raum. Mitbegründer der Autorengruppe Literaturpforte (Bremen-Nord) im Jahre 2007. Oktober 2013: Thriller *Auf dass sie matt werden zum ewigen Schlaf* (Windsor Verlag), ein zweiter Roman ist noch nicht veröffentlicht.

Dr. Jens-Ulrich Davids, geb. 1942 in Hamburg, Studium (Anglistik, Germanistik, Kulturwissenschaft) in Hamburg, Bangor (North Wales) und Tübingen. Diss. über *Das Wildwest-Romanheft in der Bundesrepublik Deutschland.* 1970–1973: Professor of German (in Wahrheit: Deutschlehrer) am Institute of Technology in Madras (Chennai). 1974–2004: Akademischer Rat im Fach Anglistik an der Universität Oldenburg. Jetzt: freischwebender Graukopf. Kurzgeschichten in Anthologien; Verse zu den Zeichnungen von Burkhard Pfister: *Meine Nächte mit Odysseus,* 2009; Roman *Frankensteins Erben.* Mitglied der Schreibwerkstatt Wortlaut. Im Vorstand des Literaturkontors Bremen.

Reinhold Friedl, geb. 1948 in Hamburg. Der promovierte Politik- und Wirtschaftswissenschafler arbeitete als Polizeivollzugsbeamter im BGS, als Oberstudienrat und als

Referatsleiter in der Präsidialabteilung der Hamburger Schulbehörde (Kultusministerium), war Mitinhaber eines politischen Kleinverlages und internationaler Beamter im diplomatischen Dienst der Vereinten Nationen (UNESCO/UNHCR) in Genf, Paris und Afrika. Er ist Honorarprofessor an der Carl von Ossietzky Universität Oldenburg und Vertreter der UNO-Flüchtlingshilfe für Norddeutschland. Er publiziert seit über dreißig Jahren wissenschaftliche Bücher und Artikel, Pressebeiträge sowie Kurzgeschichten und Kurzkrimis. Seine Krimis/Romane spielen im Elbe-Weser-Dreieck und reichen in die internationale Politik: *Tödliches Tabu* (2005). *Genfer Schlendertage* (2008). *Die große Hochzeit* (2010). *Tödliche Schriftrollen vom Nil* (2012). 2011 wurde ihm der Literaturpreis Goldener Hecht verliehen. Er lebt im Cuxland und in Oldenburg.

Corinna Gerhards, Jg. 1977, war schon Tischlergesellin, Restaurant- und Hotelfachfrau, reisende Künstlerin, Projektleiterin, Boutiquebesitzerin und Redakteurin bei einer Elternzeitschrift. Nach einem Studium der Germanistik und Kulturwissenschaften und der Mitarbeit im Institut für Bilderbuch- und Erzählforschung wandte sie sich der Prosa zu. Neben Veröffentlichungen in Anthologien und Literaturzeitschriften erhielt sie mehrere Preise, unter anderem das Bremer Autorenstipendium. 2011 erschien ihr Kinderbuch *Mondläufer.* Sie ist Gutachterin bei einem Jugendbuch-Verlag und Lehrbeauftragte der Universität Bremen für Kreatives Schreiben. Seit einer entsprechenden Ausbildung im Jahre 2012 arbeitet sie außerdem als Drehbuchautorin. www.corinnagerhards.de

Volker Heigenmooser betreibt die Wortmanufaktur Heigenmooser (www.wortmanufaktur-heigenmooser.de) und ist zu fast allem fähig, was mit Worten zu tun hat. Nach dem Studium der Theologie, Skandinavistik und Soziologie war er unter anderem Redakteur und Reporter bei Radio Bremen sowie Pressesprecher der Stadt Bremerhaven; er ist seit 1994 freiberuflicher Journalist und Autor. Er hat bislang zwei Bremerhaven-Krimis veröffentlicht, *Die Leiche im Keller* (2006) und *Die Leiche im Hafen* (2008).

Sonja Höstermann, Jg. 1968, ist in Ostfriesland aufgewachsen, hat Diplom-Politikwissenschaften studiert und am Journalistenzentrum Hagen eine Ausbildung zur Multimedia-Publisherin angeschlossen. Sie arbeitet freiberuflich als Journalistin und Grafik-/Webdesignerin in Bremen (www.webkonzepterin.de). Als Dozentin für Kreatives Schreiben leitet sie außerdem Seminare und Schreibwerkstätten (www.schreibgeschichten.de). Nach einigen Kurzkrimis in Anthologien hat sie ihren ersten Kriminalroman *Auf Heller und Pfennig* gemeinsam mit Inga Brodersen 2014 im Schünemann Verlag in Bremen veröffentlicht.

Truxi Knierim, lebt und schreibt in Bremen; befasst sich überwiegend mit Themen aus der Vergangenheit der Hansestadt, u.a. in den altbremischen Kriminalgeschichten *Wer mit dem Teufel buhlt.*

Toby Martins – arbeitete als Journalist und hat sich durch zahlreiche Fach-Publikationen einen Namen gemacht. Unter dem Pseudonym Brian Abercrombie veröffentlichte er Anfang der neunziger Jahre im Neuen Malik Verlag eine Thriller-Trilogie. Der erste Band *HOFFMANN* erschien 1991 auch in russischer Übersetzung beim Quadrat-Verlag in Moskau. Toby Martins lebt in Bremen und ist Mitglied der Krimi-Autorenvereinigung DAS SYNDIKAT. Im Buchfink-Verlag erschienen zwei Krimis: *Die Trachtenpuppe* und *Tod einer Wahrsagerin*.

René Paul Niemann, in Bremen geboren, studierte Romanistik und Kulturwissenschaft. Neben seiner Arbeit im kulturellen Bereich sowie zahlreichen Jobs unterschiedlichster Couleur ist er seit mehreren Jahren als Kriminalautor tätig. Zum Schreiben seiner Romane und Kurzgeschichten zieht er sich in ein kleines gallisches Dorf zurück. Zuletzt erschien im Emons-Verlag, Köln, sein Kriminalroman: *Der Komet von Palling*.

Mirjam Phillips, geb. 1958 in Bremen-Findorff. Sie studierte Hispanistik und Amerikanistik in Großbritannien und verbrachte ein Jahr als Fremdsprachenassistentin und Lehrerin in Madrid, Spanien. Nach ihrer Lehrerausbildung in Großbritannien arbeitete sie fast zehn Jahre lang als Dozentin an einer Hochschule in Cambridge. 1993 kehrte sie nach Bremen zurück und unterrichtet seitdem Englisch und Spanisch am Gymnasium. Mirjam Phillips lebt heute im Bremer Süden und hat zwei erwachsene Kinder. Durch einen englischen Workshop vor drei Jahren entdeckte sie ihre Freude am Schreiben neu und kann nicht mehr damit aufhören.

Gesine Reichstein, geb. in der Grafschaft Bentheim nahe der Niederländischen Grenze, studierte Plattdeutsch in Göttingen. Sie arbeitet als Redakteurin und leitet seit vielen Jahren unter anderem die plattdeutschen Nachrichten bei Radio Bremen. 2007 erschien ihre erste Kurzgeschichten-Sammlung auf Niederdeutsch *Dag för Dag mit de Taxe* *föhren*. 2008 wurde ein multimedialer Plattdeutsch-Kurs veröffentlicht, den sie mit zwei anderen Autoren erstellte.

Carmen Schmidt, geb. in Verden (Aller), lebt in Bremen. Sie studierte Deutsch und Sport an der Uni Bremen. Durch ihre Nebentätigkeit als Komparsin in diversen Film- und Fernsehproduktionen entdeckte sie ihre Liebe zum Krimi. Ihr erster Kurzkrimi entstand 2011 in einem Workshop der Krimiwerkstatt, veröffentlicht in der Bremen-Anthologie *Etwas Besseres als den Tod* (Verlag KBV). Weitere Veröffentlichungen: *Gute Freunde* in *Scharf ist die Waffe des Schreiberlings* (Verlag Schünemann), *Schöne Bescherung* in *Weihnachten am Kamin*, Bd. 29 (Verlag Rowohlt).

Gesa Schwarze, wohnt in Bremen-Schwachhausen, ist verheiratet und hat zwei Kinder. Ihren Beruf als Lehrerin übt sie mit Spaß aus und schreibt hauptsächlich Kurzgeschichten.

Alexa Stein, gebürtige Nürnbergerin, lebt im niedersächsischen Umland von Bremen. Seit 1997 schreibt sie Kurzgeschichten und Romane unterschiedlicher Genres. 2008 debutierte sie mit dem Kriminalroman *Kronus' Kinder*. Sie ist Mitglied im SYNDIKAT und Präsidentin der Mörderischen Schwestern. 2010 gewann sie ein Autorenstipendium des Bremer Literaturkontors für ihr Romanmanuskript *Am Ende der Schuld*. Seit 2011 ist sie die Organisatorin des Bremer Krimifestivals Prime Time – Crime Time. www.alexa-stein.de

Anja Ulbig, geb. 1964 in Bremen. Lebt mit zwei Söhnen in Bremen. Schreibt sowohl Prosa als auch Lyrik. Hat zwei regionale Literaturpreise gewonnen.

Jürgen Warmbold, geb. in Braunschweig, hat viele Jahre im kommunikativen Bereich des Marketings gearbeitet und dort als Werbe- und Marketingleiter verantwortliche Positionen in den Bereichen Presse- und Öffentlichkeitsarbeit, Werbung und Verkaufsförderung bekleidet. Seit 1992 ist Warmbold als freiberuflicher Fachjournalist in technischen Themenbereichen tätig. Mit *Kalte Schreie*, *Erfrorene Seelen* und *Falsche Schatten* hat der Autor, der heute im Bremer Umland lebt, drei Kriminalromane veröffentlicht.

Holger Wittschen, geb. 1964 in Bremen. Der gelernte Speditionskaufmann und examinierte Krankenpfleger schreibt und veröffentlicht seit 15 Jahren Kurzgeschichten. Schreibt für die Buchreihe *Weihnachtsgeschichten am Kamin* Kurzgeschichten. Februar 2008 Gründung der Autorengruppe Weyher Schreiberlinge. 2013 Veröffentlichung der Kurzkrimianthologie *Etwas Besseres als den Tod ...* im KBV-Verlag und 2014 *Scharf ist die Waffe des Schreiberlings*, eine Krimianthologie zusammen mit Mitgliedern des Bremer Krimistammtisches im Schünemann Verlag.

Von Bremens Miss Marple bis zum Ewigen Eis – Spannende Geschichten in der Edition Temmen

Hannes Sprado
Kalt kommt der Tod
Thriller
416 S.
ISBN 978-3-8378-7020-6
9,90 €

Millionen Barrel Öl schlummern unerreichbar im Grund unter dem Eis der Arktis. Doch der Klimawandel reißt Löcher in die weiße Festung. Ein Mini-U-Boot hat die russische Flagge in den Meeresboden gerammt – und auf Spitzbergen bereitet eine skrupellose Privatarmee den Angriff auf das Öl vor.
In dies hochexplosive Szenario jagt Hannes Sprado seinen Ermittler Phong Packer. Er soll die von einer Expedition nicht zurückgekehrte Tochter eines erfolgreichen Bremer Reeders finden. Doch statt auf die Wissenschaftlerin stößt er in der Eiswüste Spitzbergens auf einen exklusiven Callgirl-Ring, einen russischen Multimilliardär und viele blutige Spuren.

Kiekebusch | Büttner
Mord(s)geschichten
Krimivergnügen auf Hoch und Platt
208 S.
ISBN 978-3-8378-7026-8
9,90 €

Doris Köhler
Knigge für Mörder
Bremen-Krimi
280 S.
ISBN 978-3-8378-7030-5
9,90 €

Martha Bull
Frau Friese und der Fenstersturz
Bremen-Krimi
208 S.
ISBN 978-3-8378-7019-0
9,90 €

Martha Bull
Frau Friese und das Bunkergrab
Bremen-Krimi
224 S.
ISBN 978-3-8378-7027-5
9,90 €

Titelabbildung: *Leading Light*, Leuchtfeuer auf der Juliusplate in Berne, ©Tanja Arnold Photography

Die Deutsche Bibliothek verzeichnet diese Publikation in der Deutschen Nationalbibliografie; detaillierte bibliografische Daten sind im Internet unter http://dnb.ddb.de abrufbar.

Hohenlohestraße 21
28209 Bremen
Tel. 0421-34843-0
Fax 0421-348094
info@edition-temmen.de
www.edition-temmen.de

ISBN 978-3-8378-7033-6